AF295604

plaisir
d'amour

SAWYER BENNETT

ERIK

ARIZONA VENGEANCE

Sawyer Bennett
Arizona Vengeance Teil 2: Erik

Aus dem Amerikanischen ins Deutsche übertragen
von Julia Weisenberger

© 2018 by Sawyer Bennett unter dem Originaltitel
„Erik (Arizona Vengeance, Book #2)"
© 2021 der deutschsprachigen Ausgabe und Über-
setzung by Plaisir d'Amour Verlag, D-64678 Lin-
denfels
www.plaisirdamour.de
info@plaisirdamourbooks.com
© Covergestaltung: Sabrina Dahlenburg
(www.art-for-your-book.de)
© Coverfoto: Shutterstock.com
ISBN Print: 978-3-86495-540-2
ISBN eBook: 978-3-86495-541-9

Kapitel 1

Erik

Man muss das Wetter hier in Phoenix einfach lieben. Blauer Himmel, sechsundzwanzig Grad und ein paar weiße, flauschige Wolken, die einen manchmal dank ihres kühlenden Schattens aufatmen lassen, wenn sie über den Himmel ziehen.

Dax und ich schlendern hinter Brooke und Bishop her, die ehrlich gesagt so ineinander verliebt sind, dass ich mich wundere, dass ihre Seelen nicht miteinander verschmolzen sind oder so. Seit er sie vor einer Woche aus New York zurückgebracht hat, hängen sie jeden verdammten Tag beieinander. Sie kehrten nach Phoenix zurück und genossen eine Woche mit nur zwei Heimspielen und viel Zeit dazwischen, um sich zu versöhnen – was sie offensichtlich nötig hatten.

Obwohl ich nicht weiß, ob sie sich jemals richtig getrennt haben. Es hat nicht so ausgesehen. Bishop hatte mir geschrieben, dass Brooke nach New York gegangen war, um ihren Kopf klar zu kriegen, und dass er ihr dabei helfen würde. Also ist er hingeflogen, hat ihn ihr anscheinend zurechtgerückt und jetzt sind sie wieder da.

Als sie mich heute gefragt haben, ob ich zum Erntedankfest rüber nach Scottsdale gehen möchte, dachte ich, warum zum Teufel nicht? Es ist ja nicht so, als hätte ich etwas Besseres mit mir anzufangen gewusst.

Das Festival findet entlang des Kanals statt; es sind verschiedene Stände aufgebaut, an denen Kunsthandwerk, würziges Essen und Krüge mit Margaritas verkauft werden. Es gibt Livemusik, Salsa und eine Vielzahl von Kinderaktivitäten. Nachdem die Sonne untergegangen ist und die Temperatur von sechsundzwanzig Grad auf angenehme achtzehn Grad gesunken ist, werden die Bars und Außenplätze der Restaurants voll sein. Die Bäume werden von blauen oder weißen Lichtern beleuchtet, und es ist ein beliebter Ort für Paare, die hierher kommen und Zeit miteinander verbringen.

Oder auch nicht.

Dax, Legend und ich sind schon ein paarmal hier gewesen und haben einige wirklich tolle Bars besucht.

Brooke und Bishop biegen nach rechts ab und gehen zu einem Stand mit handgemachten Kupferwindspielen. Dax und ich schlendern ebenfalls hinüber.

„Die sind so hübsch", ruft Brooke und fährt mit den Fingern leicht über eines. Das Geräusch, das sie dadurch erzeugt, ist wirklich schön.

„Ich kaufe dir eines", sagt Bishop und zückt seine Brieftasche.

„Nein", erwidert sie lachend, legt ihre Hand auf seinen Arm und schiebt ihn zurück in Richtung seiner Tasche. „Ich brauche dich nicht, um alles zu kaufen, von dem ich sage, dass es nett aussieht.

Nur weil ich sage, dass es nett ist, heißt das noch lange nicht, dass ich es auch will."

Bishop beugt sich vor, küsst ihren Hals und flüstert ihr etwas ins Ohr. Ihr Gesicht färbt sich in einem hübschen Rosa, und sie stößt ihn an und wirft einen verstohlenen Blick um ihn herum auf Dax und mich, um zu sehen, ob wir gehört haben, was er gerade gesagt hat.

Haben wir nicht, aber ich kann mir vorstellen, dass es etwas sehr, sehr Schmutziges war.

„Ich hole mir noch eine Margarita", murmelt Dax zu mir und deutet mit dem Daumen in Richtung Brooke und Bishop. „Die Kletten da drüben, die sich gegenseitig anschmachten, fangen an, mir auf die Nerven zu gehen."

„Ich habe auch Hunger", bemerke ich, während wir uns nach dem nächstgelegenen Essens- und Alkoholstand umsehen. Wir entdecken einen ein Stück weiter und ich rufe den Turteltauben zu: „Wenn ihr fertig seid – wir sind dort unten und trinken etwas."

Bishop winkt zustimmend und wir marschieren los.

„Schön, dass die beiden das geklärt haben", bemerkt Dax zu mir. „Aber sie wollen wahrscheinlich etwas Zeit für sich allein, meinst du nicht auch?"

„Ja. Und ich will mir diesen Kunsthandwerksscheiß nicht ansehen. Ich bin wegen des Essens und des Alkohols gekommen."

„Ja." Dax nickt enthusiastisch. „Weil wir echte

Männer sind."

„Außer Bishop", sage ich mit einem Schnauben. „Der hat sich in ein Weichei verwandelt."

„Legend auch", fügt Dax hinzu, was mich zum Schmunzeln bringt.

Legend hat es abgelehnt, heute mit uns zu kommen, weil er einige Arbeiten an dem Haus vornimmt, das er gekauft hat. Er nimmt seine Rolle als Eigenheimbesitzer sehr ernst und verbringt seine ganze Freizeit damit, zu streichen, zu beizen, zu reparieren und alles Mögliche um sein neues Haus herum zu renovieren.

Vor uns befindet sich eine Bühne, und es sieht so aus, als würde sich die nächste Band bereitmachen, anzufangen. Davor ist eine kleine Tanzfläche abgesperrt, auf der wir vorhin einige Salsa-Tänzer beobachtet haben. Die Musik beginnt, während wir unsere Bestellungen – mexikanische Spiegeleier mit würziger Chorizo auf Papptellern und Margaritas in großen Plastikbechern – aufgeben.

Wir gehen an die Seite, ergattern einen hohen Tisch und hören eine Weile zu, während wir essen. Die Band spielt gute alte klassische Countrymusik, was so gar nicht mein Ding ist, und ich erkenne bis jetzt keinen einzigen Song. Offenbar reicht die Musik aber aus, um die Leute auf die Tanzfläche zu locken, und schon bald bewegen sich Paare im Twostepp im Kreis gegen den Uhrzeigersinn.

„Was willst du heute Abend machen?", fragt Dax.

Ich fühle ein bisschen mit ihm. Bishop ist sein bester Freund und Mitbewohner, aber Dax hängt mit mir ab, seit Brooke ins Spiel gekommen ist. Jetzt verbringt er an unseren freien Abenden regelmäßig Zeit mit Legend und mir.

„Das *Sneaky Saguaro*?", schlage ich vor. Es ist unser Stammlokal geworden.

„Hört sich gut an", sagt er und schaudert dann gespielt. „Auch wenn ich immer Angst habe, dass diese verrückte Schlampe auftaucht."

Er spricht natürlich von Nanette. Sie ist vor Kurzem zu einer ziemlichen Bedrohung für unser Team geworden, und ich bin ewig dankbar, dass ich mich nie mit ihr eingelassen habe. Dax hat nicht viel vom Sex mit ihr erzählt, aber ich nehme an, das bedeutet, dass sie nicht so toll war. Normalerweise entpuppen sich Frauen, die sehr direkt sind, als heiße Luft und sind im Bett scheißlangweilig.

Trotzdem, egal ob ich sie gefickt habe oder nicht, dieses Miststück hat mich dennoch in einer falschen Klage wegen sexueller Belästigung erwähnt, also wäre es besser für sie, wenn sie nicht auftaucht. Keine Ahnung, was ich mit ihr machen würde.

„Hey, Erik", sagt Dax und schaut auf etwas über meiner Schulter. „Ist das nicht Blue? Die Flugbegleiterin?"

Ich wirble so schnell herum, dass ich meine Margarita vom Tisch stoße und sie in ein paar niedrige Büsche fliegt. Mein Blick sucht die Menge nach ihrem goldblonden Haar und ihrem verdammt sexy Körper ab.

Dax lacht. „Gott, dich hat es echt übelst erwischt."

Das stimmt, obwohl ich das noch niemandem gegenüber laut zugegeben habe. Die Tatsache, dass sie mich regelmäßig ignoriert, macht sie für mich aus irgendeinem Grund unendlich viel heißer.

Sie ist schlicht und ergreifend eine Herausforderung für mich geworden, denn ich habe noch keine Frau getroffen, die ich will und die nicht irgendwann nachgegeben hat. Sie ist schwer zu kriegen und ich genieße die Jagd sehr.

Endlich erblicke ich sie in der Menge. Sie geht ein wenig gebückt, vielleicht trägt sie etwas Schweres mit beiden Armen. Ich kann beim besten Willen nicht herausfinden, was, doch schließlich teilt sich das Meer von Menschen und ich sehe sie deutlich.

Sie läuft leicht gekrümmt, weil sie einen Rollstuhl schiebt. Darin sitzt ein junger Mann, und obwohl ich sein Alter nicht einschätzen kann, ist er definitiv ein Erwachsener. Dann sehe ich noch ein paar andere Menschen in Rollstühlen, jeder mit jemandem, der ihn schiebt. Keine der Personen in den Stühlen ist ein Kind. Es gibt einige weitere Erwachsene, die mit Hilfsmitteln wie Rollatoren oder Krücken unterwegs sind.

„Denkst du, sie arbeitet für ein Gruppenheim oder so?", fragt Dax und beweist damit, dass er sieht, was ich sehe.

„Keine Ahnung. Vielleicht engagiert sie sich dort ehrenamtlich oder so. Ich schätze, sie muss ziemlich gut verdienen, wenn sie im Teamflugzeug arbeitet."

„Stimmt vermutlich."

Mein Essen ist vergessen, und ich denke nicht einmal daran, mir meine Margarita nachfüllen zu lassen. Glücklich stehe ich an meinem Tisch und beobachte einfach Blue. Sie schiebt den Rollstuhl an den Rand der Tanzfläche und beugt sich herunter, um dem Mann etwas ins Ohr zu sagen. Ich bemerke, dass seine Arme nach innen verschränkt sind, aber er verdreht den Hals, um sie anzusehen. Er lächelt sie strahlend an und sein Kopf zuckt irgendwie auf und ab, was ich als Zeichen dafür werte, dass ihm gefällt, was sie ihm gerade gesagt hat. Dann reckt er einen Arm in Richtung Tanzfläche. Er streckt ihn nicht ganz aus, macht jedoch eine stoßende Bewegung dorthin.

Blue grinst ihn an und nickt.

Sie arretiert die Bremsen des Stuhls und geht nach vorn und in die Hocke, um die Fußstützen anzuheben, bevor sie sie zur Seite schiebt. Blue setzt seine Füße sanft auf den Beton, steht dann auf, beugt sich vor und lässt den Mann seine Arme um ihren Hals legen. Sie wiederum legt ihre um seine Taille und zieht ihn mit einer gewaltigen Kraftanstrengung aus dem Rollstuhl hoch. Seine Beine strecken sich nicht ganz aus, sodass Blue einen guten Teil seines Gewichts trägt, aber sie stehen einfach nur da, Gesicht an Gesicht, schwankend.

Tanzend.

Sie tanzen.

Der Mann wollte tanzen und Blue hat ihm das

geschenkt.

Sie lehnt ihren Kopf zurück, um ihn anzusehen, und er grinst sie mit leuchtenden Augen an. Blue wiegt die beiden etwas schneller im Takt, und ich kann tatsächlich das Lachen des Mannes über die Musik hinweg hören.

Fuck, das könnte das verdammt Süßeste sein, was ich je gesehen habe.

„Oh nein", sagt Dax leise und warnend. „Ich kenne diesen Blick."

Ich mache mir nicht die Mühe, ihm meine Aufmerksamkeit zu schenken, sondern fixiere weiter Blue. Aber ich frage ihn: „Welchen Blick?"

„Dein Blick wurde gerade räuberisch." Er lacht.

„Was soll's", knurre ich ihn an, doch dann gehe ich auf Blue zu.

Ohne nachzudenken.

Ohne Sinn und Verstand.

Die Frau kann es nicht ertragen, dass ich mich ihr bis auf einen Meter nähere, und doch muss ich sie begrüßen.

Aus reiner Höflichkeit natürlich.

Obwohl das Lied weiterläuft, senkt Blue den Mann zurück in den Rollstuhl, bevor ich sie erreiche. Ich vermute, dass es dabei nicht um Blues körperliche Ausdauer ging, sondern um die des anderen. Sie lächelt ihn an, während sie in die Hocke geht, um seine Füße in die Stützen zu setzen. Dann erhebt sie sich und entdeckt mich, wie ich näherkomme.

Das Lächeln, das sie für den Mann im Rollstuhl

aufgesetzt hatte, entgleitet ihr, und sie sieht mich misstrauisch an, als ich neben ihr anhalte. Ich blicke auf ihren Begleiter hinunter, der mit einem glücklichen Lächeln zu mir aufschaut. Ich lächle ihn an und wende mich dann wieder an Blue.

„Hey … ich war da drüben mit Dax, Bishop und Brooke, habe dich hier gesehen und dachte, ich sage mal Hallo."

„Hallo", erwidert sie knapp und schiebt sich an mir vorbei, um die Bremsen zu erreichen. Sie löst sie, ohne mich noch einmal anzuschauen.

Ich beuge mich hinunter, stelle mich in ihr Blickfeld. „Also … was machst du? Seid ihr auf einem Gruppenausflug?"

„Jepp", sagt sie, während sie sich aufrichtet.

„Willst du mich deinem Freund vorstellen?", frage ich mit einem charmanten Lächeln und werfe einen Blick auf den Mann im Rollstuhl, der immer noch zu mir zurückgrinst. Ich will ihr zeigen, dass ich ein durch und durch geselliger Mensch bin und sie aufhören kann, wegen ein paar dummer Worte sauer auf mich zu sein. Ich weiß nicht einmal mehr genau, was ich gesagt habe, das sie überhaupt verärgert hat.

„Sicher", gibt sie mit einem zuckersüßen Lächeln zurück, aber ihr Tonfall macht mich nervös. Sie beugt sich zur Seite, um die Aufmerksamkeit des Mannes zu gewinnen, und sagt: „Billy, das ist Erik."

Billy schaut zu mir auf. Er hat leuchtend blaue Augen, die vor Freude und Vitalität funkeln. Er lächelt noch breiter, und sein Kopf ruckt ein wenig, als er ein Wort herauspresst, das auszusprechen ihm scheinbar furchtbar schwerfällt. „Hi."

Blue dreht sich zu mir um. Sie macht eine schwungvolle Bewegung zu Billy. „Erik, das ist mein Bruder Billy."

Ich kann meinen fassungslosen Gesichtsausdruck nicht verbergen. In einer Million Jahren wäre es mir nie in den Sinn gekommen, dass er ein Familienmitglied ist. Ich habe nicht daran gedacht, dass sie etwas anderes ist als eine verdammt heiße Flugbegleiterin, mit der ich gern dem *Mile High Club* beitreten würde.

Ich erhole mich aber schnell. Ich hocke mich an die Armlehne seines Rollstuhls. Da ich aufgrund meiner Beobachtung weiß, dass er seinen Arm nicht ganz ausstrecken kann, reiche ich ihm die Hand und nehme seine. Ich schüttle sie, was ihn zum Lachen bringt. „Schön, dich kennenzulernen, Billy", sage ich.

Als ich zu Blue aufschaue, sehe ich, dass sie mich wie ein Falke beobachtet, völlig misstrauisch gegenüber jedem Wort oder jeder Bewegung, die ich machen könnte.

Ich blicke zurück zu Billy. „Du hast da ziemlich gut getanzt."

Er grinst noch breiter und sein Kopf rollt hin und her, als ob ihn das, was ich gesagt habe, wirklich freuen würde.

Ich drücke Billy die Schulter. „War nett, dich kennenzulernen, Kumpel. Vielleicht sieht man sich ja mal wieder."

Ich stehe auf, schenke Blue ein sanftes Lächeln und trete einen Schritt zurück. Mit einem Nicken sage ich zu ihr: „Genießt ihr beide euren Tag, okay? War schön, euch zu treffen."

Jetzt ist sie diejenige mit dem fassungslosen Gesichtsausdruck. Ich sehe es in ihrem Gesicht, kurz bevor ich mich umdrehe und weggehe.

Ich bin allerdings froh, dass ich noch einige Schritte machen muss, ehe ich zurück bei Dax bin. Mein verdammtes Herz hämmert wie ein Presslufthammer, der von einem steroidgesteuerten Bauarbeiter bedient wird.

Mein Gott ... Blue hat verborgene Seiten an sich, die ich mir nie hätte vorstellen können.

Das ist allerdings nicht das, was mich aufgewühlt hat.

Ich bin nervös, weil ich unbedingt diese Seiten entdecken und mehr über sie erfahren will.

Normalerweise geht es mir nur darum, herauszufinden, was unter der Kleidung liegt, aber bei Blue will ich so viel mehr als das.

Und das ist das erste Mal für mich.

Kapitel 2

Blue

Ich ziehe an dem silber-blau-grünen Seidenschal, der um meinen Hals gebunden ist, während ich über das Rollfeld laufe. Er ist Teil meiner Uniform, also muss ich ihn tragen, aber ich kann es nicht leiden, wenn irgendetwas meinen Hals berührt. Bei jedem Flug verbringe ich viel Zeit damit, an dem blöden Accessoire zu zerren. Ich konnte noch nie etwas Einschnürendes anhaben, was auch vierzig Zentimeter lange Halsketten, Choker oder Rollkragen einschließt. All das gibt mir das Gefühl, zu ersticken.

Mein Fuß stößt auf die unterste Stufe der Treppe, die zur Flugzeugtür hinaufführt, und ich sehe Sadie, die oben steht und zu mir herunter grinst.

„Du bist spät dran", ruft sie und tippt mit einem Grinsen auf ihre Armbanduhr.

„Vielleicht fünf Minuten", stoße ich hervor und jogge in meinen acht Zentimeter hohen Pumps im gleichen Navy-Farbton, der auch in meinem Schal vorkommt, die Treppe hinauf. Während ich mich bei jedem Flug mit der einschnürenden Seide um den Hals abmühe, habe ich keinerlei Probleme, stundenlang in High Heels zu stehen.

„Fünf Minuten, von wegen", antwortet sie und stemmt eine Hand in die Hüfte. „Eher eine Viertelstunde. Das Team wird bald einsteigen."

Die Uniform, die Sadie trägt, ist mit meiner identisch. Wir haben mehrere verschiedene Varianten, denn der Besitzer des Teams, Dominik Carlson, kann es sich leisten, seine Mitarbeiter gut einzukleiden. Beim heutigen Trip tragen alle vier weiblichen Flugbegleiterinnen des Hockeyteams Arizona Vengeance einen marineblauen Rock, der züchtig auf Kniehöhe endet, mit einer sehr gut sitzenden weißen Baumwollbluse. Einige meiner Kolleginnen haben ihr Oberteil skandalös weit aufgeknöpft, aber meine Brüste sind viel zu groß, um damit durchzukommen. Ich knöpfe nur die oberen zwei auf und Schluss. Komplettiert wird das Outfit mit einem marineblauen Blazer und dem bunten Schal, der zum Logo der Mannschaft passt.

„Was ist passiert?", fragt Sadie, als ich an ihr vorbei und durch das riesige Luxusflugzeug in Richtung der hinteren Bordküche gehe, wo ich auf dem heutigen Flug arbeiten werde. „Du bist immer mindestens eine Viertelstunde zu früh."

Mein Seufzer der Frustration gibt ihr einen Hinweis, aber ich steuere die zusätzlichen Details bei. „Billy hatte einen kleinen Nervenzusammenbruch und ich musste kurz raus zum *Cresson*."

„Ist er okay?"

„Ja", sage ich mit einem Lächeln, von dem ich weiß, dass es meine Augen nicht ganz erreicht. „Es geht ihm gut. Ich habe ihn beruhigt."

Billy hat selten einen Nervenzusammenbruch, und dieser hat mich unvorbereitet erwischt, da ich mich gerade für die Arbeit anziehen wollte. Ich liebe meinen Bruder mehr als alles andere auf der

Welt und würde ihm nie einen Besuch missgönnen, wenn es nötig ist. Hätte ich wählen müssen zwischen Billy und dem Flug, hätte ich mich eindeutig für Billy entschieden. Ich hatte aber die Möglichkeit, etwas Zeit mit meinem Bruder zu verbringen und trotzdem pünktlich zur Arbeit zu erscheinen.

Na ja, fast pünktlich.

Spastische Tetraplegie – zerebrale Kinderlähmung.

Das ist die Diagnose, die unsere Familie vor etwas über zwanzig Jahren für immer veränderte, als Billy als Frühchen geboren wurde. Ich war damals sechs Jahre alt, und es gab nichts auf der Welt, was ich mir mehr wünschte als einen kleinen Bruder oder eine kleine Schwester – nicht den Weihnachtsmann, keine Geburtstagsgeschenke und auch nicht meine Lieblingskekse mit Schokoladenstückchen.

Die Unterschiede zwischen uns waren nicht sofort offensichtlich, aber selbst als ich herausfand, dass ich kein Geschwisterchen haben würde, mit dem ich rennen und spielen konnte, liebte ich ihn deshalb nicht weniger.

Ich trete in den hinteren Bereich des Raums, eine Edelstahlküche, fein säuberlich ausgestattet mit den teuersten Geräten, die es gibt. Von hier aus können wir ein ganzes Eishockeyteam plus Personal mit Gourmet-Mahlzeiten und Snacks sowie so ziemlich jeder Art von Getränken versorgen, die man sich vorstellen kann. Mein Blick schweift über den Bereich, und es scheint, als hätte Sadie alle notwendigen Vorbereitungen getroffen, bevor das Team an Bord kommen würde.

Ich drehe mich um und schenke ihr ein dankbares Lächeln. „Danke, dass du dich um alles gekümmert und alles vorbereitet hast."

„Das ist es, was Freunde tun", scherzt sie.

Der Klang von Männerstimmen erreicht uns, und ich lehne mich nach links, um an Sadie vorbeizuschauen. Die Spieler steigen ein, und es ist Zeit, an die Arbeit zu gehen.

„Los geht's", murmle ich ihr zu und ziehe ein letztes Mal an dem Schal, um ihn ein wenig zu lockern.

Sadie schaut zu ihrer Brust hinunter, wo sie vier Knöpfe ihrer Bluse geöffnet hat, sodass ein schönes Dekolleté frei legt. Zufrieden blickt sie wieder zu mir hoch und zwinkert. „Los geht's."

Wir treten mit einem freundlichen Lächeln aus der Bordküche, während das Team, die Betreuer, Trainer und andere Personen ihre Plätze einnehmen. Der hintere Teil des Flugzeugs, in dem ich auf diesem Flug arbeite, ist mit Gruppen von Drehstühlen um Mahagonitische herum sowie mit Sofas, die die Wände flankieren, ausgestattet. Es ist der beliebteste Bereich in der Maschine auf dem Hinflug, und man muss der Erste sein, der an Bord geht, wenn man einen der begehrten Plätze unter den dreißig Möglichkeiten haben will. Im vorderen Teil des Flugzeugs gibt es zwei Reihen mit Ledersitzen, die sich vollständig umklappen und in Betten umwandeln lassen, was sehr beliebt ist, wenn man spätabends nach einem Spiel fliegt. In solchen Situationen wird den Veteranen immer der Vorzug vor den Rookies gegeben.

Diese Reise wird eine lange sein. Wir sind auf dem Weg an die Ostküste und werden eine ganze Woche fort sein. Das Team wird Spiele in Florida, Georgia, North Carolina und Washington, D.C. haben, bevor wir zurückfahren. Ich bin kein Fan von diesen gehäuften Auswärtsspielen, da es mich nervös macht, länger als ein paar Tage so weit von Billy entfernt zu sein. Aber das ist etwas, worauf ich keinen Einfluss habe. Wo das Team hinfliegt, fliege auch ich hin, weil es mein Job ist.

Mehr Spieler kommen herein, und Sadie und ich beginnen mit dem Servieren, bieten an, Jacken aufzuhängen, und nehmen Getränkebestellungen auf. Sadie flirtet unverschämt, und ich weiß, dass es die anderen beiden Flugbegleiterinnen, Lyla und Valerie, vorn genauso machen. Ich bin mir ziemlich sicher, dass ich als die Niete von uns vieren gelte, aber Flirten und Anmachen sind nicht mehr mein Ding.

Nicht seit ich nach Phoenix zurückgekehrt bin, um mich um Billy zu kümmern.

Eine tiefe, ungestüme Stimme dringt an meine Ohren und ich verkrampfe mich, als ich Erik Dahlbeck sagen höre: „Schnapp dir den Tisch, Bishop."

Ich drehe mich um und sehe, wie Erik Bishop Scott zu einem der Tische folgt, die in der Mitte der Kabine stehen. Sie halten Plätze für Legend

Bay und Dax Monahan frei, da sie normalerweise zusammensitzen.

Sadie ist in der hinteren Kombüse und nimmt die Getränkebestellungen auf, also atme ich tief durch und ringe mir ein freundliches Lächeln ab, während ich zu ihrem Tisch gehe. Bishop schenkt mir ein Willkommenslächeln und ich würdige Erik keines Blickes.

„Was kann ich für euch besorgen?", frage ich.

„Hey, Blue", sagt Bishop warmherzig. „Ich nehm' ein Heineken, kein Glas."

Ich zwinge mich, nicht die Nase zu rümpfen, als ich zu Erik schaue. „Und du?"

„Das Gleiche", antwortet er und ein breites Grinsen bricht auf seinem hübschen Gesicht aus. Er weiß, dass ich mich bei ihm unwohl fühle, und ich glaube, es macht ihm Freude.

Ich wünschte, er wäre nicht so gut aussehend, denn dann wäre es viel einfacher, ihn zu ignorieren. Sein Gesicht besteht jedoch leider aus geformten Wangenknochen und einer starken Kieferlinie, die immer von etwas mehr als einem Dreitagebart bedeckt ist, aber etwas weniger als einem Vollbart. Dunkle Haare und noch dunklere Augen vermitteln den unmittelbaren Eindruck von Gefahr und Sünde, doch sobald er den Mund zum Flirten öffnet, weiß man, dass er nicht mehr ist als ein lebenslustiger Playboy.

„Bin gleich wieder da", murmle ich und mache mich auf den Weg in die Küche, froh, nicht länger in Eriks Gegenwart zu sein.

Ich hasse es, dass er mir nicht mehr aus dem Kopf geht, seit ich ihn vor drei Tagen auf dem Erntedankfest gesehen hatte. Das *Cresson*, das Gruppenheim, in dem Billy jetzt lebt, hat einen Ausflug für einige der Bewohner organisiert, und ich bin als Anstandsdame mitgegangen. Es war eine tolle Gelegenheit, mit Billy außerhalb des Heims Zeit zu verbringen, was für mich allein nur schwer möglich ist. Billy ist in der Lage, sich mithilfe seiner Bremsen und mit Unterstützung einer anderen Person kurze Strecken fortzubewegen. Das beinhaltet normalerweise so etwas, wie ihn von seinem Rollstuhl zum Waschbecken in seinem Zimmer zu bringen, um die morgendlichen Routinen wie Zähneputzen und Haarekämmen zu erledigen.

Aber für jede Unternehmung, die mehr als ein paar Schritte erfordert, braucht er einen Rollstuhl. Er besitzt im *Cresson* einen elektrischen, es ist allerdings nicht praktisch, ihn bei Gruppenausflügen zu transportieren, also muss es überall, wo wir hingehen, möglich sein, eine normale tragbare Version zu benutzen. Ich bin nach den meisten Maßstäben eine starke Frau, da ich sehr intensiv trainiere, aber es fällt mir trotzdem in vielen Situationen schwer, Billys Gewicht allein zu bewältigen.

Erik hat mich wirklich damit überrascht, wie er mit Billy auf dem Festival umgegangen ist.

Oder besser gesagt, *nicht* mit ihm umge*gangen ist.*

Er hat Billy wegen seiner Behinderung nicht anders behandelt. Er sprach ihn direkt an, ohne zu wissen, ob Billy antworten konnte. Und er war aufrichtig und echt, und seien wir ehrlich … das ist der Teil, der mich irremacht, denn der Erik Dahlbeck, den ich kenne, ist ein egozentrischer, egoistischer Idiot. Das lässt sich einfach nicht miteinander vereinbaren.

Nachdem ich die Biere zusammen mit einer kleinen Schale mit warmen gemischten Nüssen auf einem Tablett arrangiert habe, kehre ich zu Erik und Bishop zurück. Ich bahne mir einen Weg durch die anderen Spieler, die herumwuseln und ihre Plätze suchen, und merke mir die, die ich bedienen muss.

„Vielen Dank", sagt Bishop, als ich sein Bier vor ihm abstelle. Ich platziere die Schale mit den Nüssen in der Mitte, dann Eriks Bier, ohne ihn anzusehen.

„Gerne", antworte ich. „Wo ist Brooke?"

Bishop grinst mich an. „Stimmt ja. Du hast es wahrscheinlich nicht gehört."

„Du meinst, dass du eine Scheinbeziehung mit ihr hattest, die echt wurde?", werfe ich lachend ein.

Denn diese Geschichte hat die Gerüchteküche ausflippen lassen, ganz zu schweigen von den nationalen Sportnachrichtenblättern. Der Starspieler in einer Fake-Beziehung mit der Tochter des Trainers war eine Zeit lang wirklich saftiges Futter.

„Ja, das auch", antwortet Bishop ebenfalls mit einem Lachen. „Aber Brooke arbeitet nicht länger in der Teambetreuung. Sie ist drüben im Merchandising, das heißt, sie reist nicht mehr mit uns."

„Schade", bemitleide ich ihn.

„Wem sagst du das." Er zieht eine Grimasse.

Mein Lächeln wird wohlwollend. „Nun, grüße sie von mir, okay?"

„Wird gemacht", antwortet Bishop mit einem Nicken, und das ist das perfekte Stichwort für mich, zu gehen, damit ich mich um die anderen Spieler kümmern kann.

Ich will mich wegdrehen, erstarre aber auf der Stelle, als Erik fragt: „Wie geht es Billy?"

Was ich wirklich tun möchte, ist, die Frage zu ignorieren und mich meinen Pflichten zu widmen, das wäre allerdings unausstehlich unhöflich. Ich habe keine Hemmungen, regelmäßig unhöflich zu Erik zu sein, doch ich kann es nicht übertreiben. Ich werde dafür bezahlt, für ihn da zu sein und ihm die Reise angenehm zu machen. Ich darf den Bogen nicht überspannen, sonst werde ich gefeuert.

Mein Lächeln ist gezwungen und ich scheine keine Wärme in meine Stimme legen zu können, aber es ist das Beste, was ich zustande bringe. „Es geht ihm gut."

So. Der Höflichkeit ist Genüge getan, und ich beginne, mich wieder wegzudrehen.

„Er scheint ein toller Typ zu sein", sagt Erik beiläufig, eine völlig nervige Methode, das Gespräch zu verlängern.

Wirklich ärgerlich, und mein Temperament flammt auf.

Meine Worte sind messerscharf, als ich mich erneut zu ihm umdrehe. „Was weißt du schon? Du hast insgesamt zehn Sekunden lang mit ihm gesprochen."

Der Ton meiner Stimme ist ekelhaft genug, dass Bishop tatsächlich vor Überraschung zusammenzuckt. Erik jedoch setzt wieder ein träges Lächeln auf, während er mit den Schultern zuckt. „In diesen zehn Sekunden habe ich einen glücklichen, lächelnden Mann gesehen, der seine Schwester anbetet. Ich entschuldige mich, wenn ich falschliege, dass er ein toller Kerl ist."

Erik schafft es, mich in meine Schranken zu weisen und mir gleichzeitig ein schlechtes Gewissen zu machen. Es verstärkt die Wut auf ihn, die sich aufgestaut hat, seit die Saison begonnen hat und er so arrogant dachte, er käme mit einem charmanten Lächeln und ein paar schönen Worten in mein Höschen.

Lange bevor die Zusammenstellung des Teams abgeschlossen war, habe ich diesen Job angenommen, und ich hatte keine Ahnung, dass Erik Dahlbeck und ich uns wieder über den Weg laufen würden. Als ich mitbekam, dass er zur Vengeance kommen würde, hat das eine ganze Menge negativer Gefühle in mir wachgerufen, die ich ihm gegenüber hege.

Gefühle, die ich in den letzten fünf Jahren seit meiner „Begegnung" mit dem größten Player, den die Liga wahrscheinlich je gesehen hat, verdrängt habe, und ich spreche nicht von seinen Fähigkeiten auf dem Eis.

Meine Worte sind abgehackt. „Du kennst weder

Billy noch mich, und ich will auch nicht, dass du uns kennst. Also lass uns einfach in Ruhe, okay?"

Bishops Gesichtsausdruck wird misstrauisch und Erik blinzelt mich nur an. Sein Gesicht ist frei von jeglicher Emotion. Ich weiß, dass ich eine Grenze überschritten habe, die ich nicht hätte überschreiten sollen, aber wegen Billys Zusammenbruch vorhin und der extremen Art und Weise, wie Erik mich aufregt, gibt es kein Zurück mehr für das, was gerade aus mir herausgeplatzt ist.

Es herrscht eine peinliche Stille, die in der Luft hängt, aber sie wird unterbrochen, als Erik sich von seinem Sitz erhebt. Seine Hand legt sich um meinen Ellbogen und er murmelt: „Wir müssen unter vier Augen reden."

Ich will mich aus seinem Halt befreien, doch sein Griff wird fester. Er beugt sich vor und sagt mit tiefer Stimme: „Mach keine Szene, Blue."

Erik führt mich dann direkt in die hintere Küche, wo Sadie gerade Getränke auf ein Tablett lädt. Ihre Augenbrauen schießen nach oben, als sie uns sieht, aber sie macht sich schnell auf den Weg nach draußen, um uns Privatsphäre zu geben.

Mein Ellbogen wird losgelassen und ich drehe mich zu Erik um. Seine Lippen sind zu einer schmalen Linie zusammengepresst und sein Blick ist hart. „Ich verstehe, dass ich dich irgendwann in der nahen Vergangenheit mit meinem schamlosen Flirten verärgert haben muss, aber ich habe eine nette Frage über deinen Bruder gestellt, ohne Hintergedanken. Ich denke, deine Reaktion war ein wenig übertrieben, findest du nicht auch?"

„Nicht, wenn es um Männer wie dich geht", erwidere ich.

Eriks Kinn zuckt nach hinten und seine Augenbrauen heben sich. „Männer wie ich? Was soll das denn heißen?"

Ich winke ihm mit der Hand zu. „Männer wie dich. Du weißt schon … Solche, die den Wert einer Frau bloß daran festmachen, wie gut es zwischen ihren Beinen ist."

Wenn ich dachte, das würde ihn beleidigen, habe ich mich geirrt. Er grinst mich nur an. „Das ist einfach nicht wahr."

Ich verenge meine Augen und werfe ihm dann die Worte ins Gesicht, die er vor nicht allzu langer Zeit zu mir gesagt hat. Dabei ahme ich seinen leichten Minnesota-Akzent nach. „‚Du siehst aus wie ein Partygirl.' Das hast du zu mir gesagt, und das heißt übersetzt: Du siehst aus, als wärst du ein toller Fick."

„Ich habe es nicht böse gemeint", murmelt er und wirkt zumindest ein bisschen gezüchtigt. Sein Lächeln wird etwas verlegen. „Es ist nur … Du siehst aus, als wüsstest du, wie man Spaß hat, und ich dachte, wir könnten zusammen Spaß haben."

„Ich weiß, von welcher Art von Spaß du sprichst", zische ich ihn an.

„Du kennst mich überhaupt nicht", antwortet er sanft und verschränkt die Arme vor der Brust.

Ich beuge mich vor und senke meine Stimme, um sicherzugehen, dass dieses Gespräch privat bleibt.

„Ich weiß mehr über dich, als du denkst. Und nur um das klarzustellen, ich bin nicht daran interessiert, dein nächster Spielball zu sein. Also hör einfach auf zu flirten und alles wird gut. Verstanden?“

Erik wirft seine Hände in die Höhe, das universelle Zeichen der Kapitulation. Sein Lächeln ist schelmisch und charmant, als wollte er sich über jedes Wort hinwegsetzen, das ich gerade gesagt habe. Aber er überrascht mich. „Völlig verstanden. Kein Flirten mehr.“

Ich starre ihn nur an und weiß, dass mein Gesichtsausdruck so skeptisch ist, wie ich mich fühle.

„Obwohl ich nicht damit einverstanden bin, dass du glaubst, das Recht zu haben, meine Moral zu beurteilen, werde ich deine Bitte respektieren und mich zurückhalten. Hand aufs Herz.“ Und er zieht seine Fingerspitze in einem X-Muster über seine gut definierte Brust, die zu seinen breiten Schultern und kräftigen Beinen passt.

Erik dreht sich um und geht weg. Er hat auch einen tollen Arsch.

Ich stoße einen frustrierten Seufzer aus. Obwohl Erik mir gerade gegeben hat, worum ich ihn gebeten habe, bin ich immer noch nicht zufrieden.

Ich habe jedes Recht, über seine Moral zu urteilen, denn ich war das Opfer seines glühenden Charmes und seiner gottlosen Bewegungen in den Laken. Er ließ mich mit Sternen in den Augen zurück und mit dem Versprechen auf mehr und änderte dann schlagartig seine Meinung.

Das war vor etwas mehr als fünf Jahren und ich habe ihm nach wie vor nicht verziehen.

Die Tatsache, dass er sich nicht an mich erinnert, macht die Sache nur noch schlimmer.

Kapitel 3

Erik

O kay, ich bin bereit", sagt Legend und kommt aus dem Bad.

" Ich reagiere nicht, sondern starre von meinem Platz auf dem Bett weiter an die Decke. Die Hände hinter dem Kopf, einen Knöchel über dem anderen verschränkt.

Ich grüble über Blue nach.

Das Gespräch im Flugzeug gefiel mir nicht, und zwar wegen des spürbaren Spottes in ihrer Stimme, als sie mir mitteilte, dass sie genau wisse, was für ein Typ Mann ich sei.

Völlig herablassend und meiner Meinung nach völlig daneben, und doch tat sie so, als hätte sie Insiderinformationen.

„Kumpel", sagt Legend, und ich drehe den Kopf, um ihn anzuschauen.

Ich habe fünfzehn Minuten hier gelegen, während er nach unserem langen Flug von Phoenix nach Miami geduscht und sich umgezogen hat, damit wir zum Abendessen ausgehen können. Ich durfte zuerst duschen und habe geduldig auf ihn gewartet.

„Was nagt an dir?"

Eine meiner Augenbrauen hebt sich. „Was meinst du?"

„Du hast diesen Ausdruck im Gesicht."

„Welchen?"

Legend schnappt sich seine Brieftasche von der Kommode und schiebt sie in die Gesäßtasche seiner Shorts. Wir essen heute Abend leger und es ist verdammt heiß in Miami, also haben wir uns beide entsprechend angezogen. „Du weißt schon … dieser Blick. Perplex. Verblüfft. Erstaunt."

Ich rolle mich vom Bett und schnappe mir mein eigenes Portemonnaie und Handy vom Nachttisch. „Es ist nichts."

„Da ist doch etwas", erwidert er. Obwohl wir uns erst seit knapp einem Monat kennen, nämlich, seit wir beide im Zuge der Liga-Erweiterung zu den Vengeance gekommen sind, sind wir uns schon recht eng miteinander. Wir haben bei allen Auswärtsfahrten zusammen gewohnt und in unserer Freizeit hängen wir oft gemeinsam ab.

Legend ist ein cooler Kerl und ziemlich entspannt. Es ist einfach leicht, bei ihm zu sein.

„Blue", sage ich und brauche nur ein Wort, damit er mich versteht.

Alle meine Teamkollegen sind Zeugen der extrem kalten Schulter, die mir Blue zeigt, seit wir uns das erste Mal im Teamflugzeug getroffen haben. Nachdem ihre atemberaubende Schönheit mich für ein paar Minuten umgehauen hatte, erholte ich mich und machte mich sofort an sie ran, bevor ein anderer Teamkollege mir zuvorkam.

Aus irgendeinem Grund nahm sie großen Anstoß daran und war seitdem nur noch unhöflich zu mir.

Zuerst war ich amüsiert, weil ich es irgendwie mochte, ihr unter die Haut zu gehen. Aber jetzt bin ich einfach verärgert. Trotz meiner vielen Fehler denke ich nicht, dass ich die Art von Feindseligkeit verdient habe, die sie mir entgegenbringt.

Und ich bin frustriert, denn obwohl sie im Flugzeug extrem fies war, bin ich nicht im Geringsten abgeneigt oder abgestoßen. Ich will sie immer noch besser kennenlernen. Es ist wie ein Zwang, und wenn ich etwas will, bekomme ich es normalerweise auch. Ich habe keine Angst vor einer Herausforderung und ich kann manchmal übermäßig stur sein. Ich habe sie im Visier und werde nicht aufgeben, nur weil sie mich nicht mag.

„Mann, du solltest es einfach aufgeben", sagt Legend, als wäre er gerade in meinem Kopf gewesen und hätte meine Gedanken gelesen.

Ich schüttle den Kopf. „Noch nicht."

„Warum?", fragt er, während er das Hotelzimmer verlässt. Ich folge ihm und ziehe die Tür hinter uns zu. „Ich meine, ja … sie ist verdammt heiß. Wer würde die nicht anbaggern wollen? Aber es gibt jede Menge superheiße Tussis, die man viel leichter ins Bett bekommt."

Das weiß ich. Aber mein Fokus liegt so sehr auf Blue, dass ich mir selbst eingestehen müsste, dass ich mehr will als nur „mit ihr ins Bett".

„Ich kann es nicht erklären", sage ich auf dem Weg zum Aufzug. „Ich bin total fasziniert von ihr, besonders nachdem ich sie mit ihrem Bruder gesehen habe."

Legend war vor drei Tagen nicht mit uns auf dem Erntedankfest, aber ich habe ihm am nächsten Tag beim Training erzählt, dass ich Blue dort mit ihrem Bruder Billy getroffen habe. Sie mit ihm tanzen zu sehen, hat mich tief im Inneren berührt.

Und so etwas macht sie für mich unendlich viel interessanter. Es ist fast so, als würde ich unter die Fassade der Schönheit schauen, um zu sehen, wie sie tickt. Ich kann mich nicht erinnern, für eine andere Frau jemals eine solche Neugierde empfunden zu haben, und das treibt mich an.

Nö. Ich werde jetzt nicht aufgeben.

Die Fahrstuhltür öffnet sich und Legend und ich steigen ein. Er tippt auf den Knopf für die Lobby, und als sich die Türen schließen, fragt er: „Also, wie sieht dein Plan aus? Weil sie im Flugzeug nicht mit dir reden wird."

„Ich habe noch keine richtige Idee, aber ich weiß, was ich *nicht* tun werde", sage ich mit einem Grinsen.

„Das da wäre?"

„Flirten", antworte ich, als die Aufzugskabine zum Stehen kommt und sich die Türen öffnen, um den blau geäderten, marmorierten Boden der Lobby zu zeigen. „Sie meinte, ich solle damit aufhören, und ich habe ihr gesagt, das würde ich."

Legend schlägt sich eine Hand vor die Brust und stößt ein übertriebenes, ungläubiges Schnaufen aus. „Du meinst, der große Frauenheld Erik Dahlbeck kann sich tatsächlich mit einer Frau unterhalten, ohne mit ihr zu flirten?"

„Halt die Klappe", motze ich, während wir durch die Lobby zu den Ausgangstüren gehen. Wir sind auf dem Weg zu einem kubanischen Restaurant ein paar Blocks weiter, wo sich einige der anderen Jungs aus dem Team zum Abendessen treffen wollen. Unser Spiel ist erst morgen Nachmittag, also haben wir den Abend frei.

„Alles, was ich damit sagen will", sagt Legend dramatisch, „ist, dass du nicht gerade dafür bekannt bist, dich mit Frauen nur angeregt zu unterhalten. Du bist eher der Typ, der sie bumst und dann stehen lässt."

„Sehen mich die Leute echt so?", frage ich ihn neugierig, ohne einen Hauch von Verteidigung in meiner Stimme. Es ist mir wirklich egal, was über mich gedacht wird, aber wenn es mir einen Einblick in Blue gibt, würde ich gern seine Meinung hören.

„Du bist ein Player, Kumpel", sagt Legend lachend und klopft mir auf den Rücken. „Daran ist nichts auszusetzen. Du bist jung und in deiner Blütezeit. Du solltest dir die Hörner abstoßen."

Da hat er recht. Außer, dass das einzige Ziel für meine Hörner Blue Gardner sein soll.

Ich schüttle den Kopf. Moment. Das klingt überhaupt nicht richtig.

Legend erreicht die Tür zur Lobby genau dann, als ich die anderen drei Flugbegleiterinnen aus dem Hotel gehen sehe. Legend öffnet die Tür und bedeutet ihnen, vor ihm nach draußen zu treten. Sie sind in kurze, sexy Kleider gekleidet und tragen hochhackige Sandalen. Sie lächeln uns kokett an, während wir alle in den feuchten Abend von

Miami hinaustreten.

„Wo geht es denn hin, meine Damen?", fragt Legend.

Valerie, eine große Rothaarige mit ausgeprägtem Südstaatenakzent, antwortet. „Wir dachten, wir laufen einfach herum, bis wir etwas entdecken."

„Ihr könnt euch uns anschließen, wenn ihr wollt", bietet Legend an. Mir entgeht das leicht raubtierhafte Zwinkern in seinen Augen nicht. Er ist vielleicht kein Serien-Schürzenjäger wie ich, aber ich weiß, dass er jede dieser Schönheiten auf jeden Fall nageln würde, wenn sie dafür offen wären.

„Gerne", sagt die Brünette namens Lyla. Sie ist definitiv ein Partygirl, und ich weiß das, weil mehrere der anderen Spieler intimes Wissen darüber haben, was zwischen den Schenkeln der hübschen Lyla abgeht.

„Dann lasst uns gehen", sagt Legend und bietet den Damen lässig einen Arm an, damit er sie den Bürgersteig hinunterbegleiten kann. Sie kichern und schlingen ihre Arme durch seine.

Ich wende mich schnell an Sadie. „Wo ist Blue?"

Ihr Blick folgt Legend, Lyla und Valerie, die von uns weggehen, bevor er zu mir zurückkehrt. „Schwimmen."

„Schwimmen?", wiederhole ich, denn das erscheint mir einfach … merkwürdig.

„Ja. Sie liebt es, zu schwimmen. Sie ist früher in der Highschool bei Wettkämpfen geschwommen oder so etwas in der Art. Sie ist im Pool, wann immer sie kann, wenn wir unterwegs sind."

„Hm", murmle ich und drehe den Kopf, um wieder zu den Türen der Lobby zu blicken.

„Wir gehen besser, sonst lassen sie uns hier", bemerkt Sadie und zeigt in die Richtung der anderen.

Ich schaue dorthin, dann kurz zurück zu den Türen des Hotels, bevor ich Sadie erneut ansehe. „Also … Ich weiß, dass du mit Blue gut befreundet bist. Oder zumindest scheint es im Flugzeug so zu sein. Wie dumm wäre es, wenn ich jetzt zu ihr gehen und mit ihr reden würde?"

„Dummheit hoch zehn", sagt sie, ohne auch nur eine Sekunde zu zögern. Doch schließlich lächelt sie verständnisvoll und nickt zu den Türen. „Aber das heißt nicht, dass man es nicht versuchen sollte."

Ein Grinsen breitet sich auf meinem Gesicht aus. „Mir gefallen deine aufmunternden Worte, Coach. Vielleicht schließe ich mich euch später noch an."

„Viel Glück", sagt sie.

„Danke", sage ich mit einem Zwinkern, während ich mich von ihr abwende. „Ich werde es brauchen."

Im Hotel gehe ich an die Rezeption und lasse mir den Weg zum Pool weisen. Es gibt tatsächlich einen Innenpool im Untergeschoss und einen Außenpool auf dem Dach. Ich vermute, wenn Blue zu Trainingszwecken schwimmt, wird sie im Innenpool sein. Wahrscheinlich ist der Pool auf dem Dach mit Partylöwinnen in Badeanzügen gefüllt, die fruchtige Cocktails trinken.

Der Geruch von Chlor schlägt mir entgegen, als

ich in einen Flur einbiege und auf eine lange Glaswand treffe, die das Hallenbad umschließt. An einem Ende stehen eine Handvoll Leute mit ein paar Kindern, und dann ist da noch Blue. Sie schwimmt Freistil auf der anderen Seite. Ihr Badeanzug ist ein Einteiler, schwarz, und sie trägt eine Badekappe und eine Schwimmbrille.

Sie gleitet mit Leichtigkeit durch das Wasser, ihre Bewegungen sind stets gleichmäßig und gemessen. Sie neigt den Kopf etwa bei jedem vierten Zug zur Seite, um Luft zu holen.

Ich gehe langsam um den Pool herum, während ich ihr beim Schwimmen zusehe. Sie schafft es bis zum einen Ende, vollführt eine perfekte Drehung und setzt in die andere Richtung zurück. Ich habe nicht die Absicht, sie beim Training zu stören, also lasse ich mich an einem Tisch in der Ecke nieder, wo eine Sporttasche und ein Handtuch liegen – vermutlich ihre –, und warte, bis sie fertig ist.

Sie scheint völlig unermüdlich und ich höre nach fünfundzwanzig Runden auf zu zählen.

Schließlich schwimmt sie wieder auf mich zu, und anstatt zu wenden, als sie die Wand erreicht, legen sich ihre Hände auf den Rand und ihr Blick hebt sich, um mit meinem zu verschmelzen. Sie ist kaum aus der Puste und ich bin beeindruckt.

Blue nimmt die Brille von ihren Augen, sodass sie oben auf ihrem Kopf sitzt. Ihre Lippen sind zusammengepresst, als sie fragt: „Was machst du hier, Erik?“

„Ich bin gekommen, um mich zu entschuldigen.“

Sie seufzt und zieht sich aus dem Pool hoch. Ich gebe mir verdammt viel Mühe, nicht zu bemerken, wie umwerfend ihr Körper im Badeanzug aussieht, und halte Augenkontakt mit ihr, während sie auf den Tisch zugeht. Ich greife hinüber, schnappe mir das Handtuch und reiche es ihr.

„Danke", murmelt sie, wickelt es um ihren Körper und hält es an ihrer Brust fest.

„Sadie hat mir gesagt, dass du hier schwimmst", erkläre ich. „Und ich möchte mich wirklich dafür entschuldigen, dass ich dich beleidigt habe. Ich weiß, dass ich das getan habe, und es war überhaupt nicht meine Absicht."

„Du konntest nicht anders", erwidert sie müde, während sie ihre Schwimmbrille und Badekappe abnimmt. Ihr blondes Haar fällt ihr über den Rücken und sie greift in ihre Sporttasche, um ein Haarband herauszuholen. Sie bindet ihr Haar zu einem unordentlichen Dutt auf dem Kopf zusammen und fügt hinzu: „Das ist einfach deine Natur."

„Okay", sage ich mit einem Hauch von Wut in der Stimme. „Du sagst dauernd so einen Scheiß, als ob du denkst, du kennst mich. Aber ich finde, du gibst ein ziemlich hartes Urteil ab, basierend auf ein paar Gesprächen im Flugzeug."

„Ich kenne dich", entgegnet sie, während sie die Arme vor der Brust verschränkt. „Wir haben uns vor fünf Jahren kennengelernt."

Ich kann nicht verhindern, dass mein Mund weit aufklappt. „Wie bitte?"

Einen Moment lang antwortet sie mir nicht. Stattdessen beißt sie auf ihre Unterlippe. Ihre Zähne leuchten strahlend weiß auf dem natürlichen Kirschrot ihres Mundes. Normalerweise würde ich das sexy finden, aber ich bin zu aufgewühlt, um überhaupt etwas darüber zu denken.

„Vor fünf Jahren. Auf einer Party in L.A.", führt sie schließlich weiter aus.

„Auf keinen Fall", erwidere ich unnachgiebig und schüttle den Kopf zur Betonung. „Ich würde mich an dich erinnern."

Auf keinen Fall würde ich jemanden wie Blue jemals vergessen.

Auf keinen Fall!

„Es stimmt", sagt sie selbstbewusst. „Ich hatte damals dunkles Haar, aber das mindert nicht den Stachel, dass du dich nicht erinnerst."

„Nein, nein, nein. Nicht möglich."

„Wir haben miteinander geschlafen", erwidert sie, und in meinem Kopf beginnt sich alles zu drehen.

„Das ist eine verdammte Lüge", knurre ich, als ich vom Tisch aufstehe.

„Ist es nicht", murmelt sie und ihre braunen Augen sind auf meine gerichtet. Es ist ihr sanfter Ton, der mich wirklich an mir selbst zweifeln lässt. Sie scheint nicht wütend zu sein, sondern sich mit der Tatsache abzufinden, dass wir eine Begegnung hatten, an die ich mich beim besten Willen nicht mehr erinnern kann.

Verfluchte Scheiße!

„Hör mal, Erik", sagt sie, während sie sich ihre

Sporttasche schnappt und sich über die Schulter wirft. „Ich denke, es ist das Beste, wenn wir getrennte Wege gehen. Ich verspreche, im Flugzeug nett zu dir zu sein, und du hast mir schon versprochen, mich nicht mehr anzumachen. Es ist alles gut und wir vergessen einfach, dass dieses Gespräch stattgefunden hat.“

Ich würde gern zustimmen, aber ich taumle tatsächlich ein bisschen, weil ich nun erfahren habe, dass Blue und ich uns bereits früher kennengelernt haben.

Wir haben verdammt noch mal miteinander geschlafen, und was auch immer vor fünf Jahren passiert ist, hat sie ernsthaft dazu gebracht, sauer auf mich zu sein. Mein Magen dreht sich, weil ich einfach weiß, dass ich etwas getan habe, was sie eindeutig verärgert oder, noch schlimmer, verletzt hat.

Aber ich kann ebenfalls sehen, dass sie keine Lust mehr hat, darüber zu reden, und ich denke nicht, dass es in unser beider Interesse wäre, sie jetzt zu drängen.

Also neige ich nur den Kopf, ein schweigendes Zeichen, dass ich anerkenne und akzeptiere, was sie gerade vorgeschlagen hat.

Ich erhalte ein erleichtertes Lächeln. „Gut. Danke schön.“

„Klar doch“, sage ich ihr. „Gute Nacht.“

Sie antwortet nicht, und ich beobachte, wie sie aus dem Poolbereich hinausgeht. Als sie aus meinem Blickfeld verschwindet, reibe ich mit der

Hand über die Bartstoppeln an meinem Kinn und frage mich, was zum Teufel zwischen uns passiert ist. Es ist mir ein verdammtes Rätsel, und ich mag es nicht, im Dunkeln zu tappen.

Mein Magen knurrt und erinnert mich daran, dass ich nicht nur leicht krank von diesem Gespräch bin, sondern auch noch Hunger habe. Ich beschließe, zu Legend und den Mädels zu gehen, in der Absicht, mir ein gutes Essen und hoffentlich viele, viele Mixgetränke zu gönnen, die mir helfen sollen, Blue zu vergessen.

Kapitel 4

Erik

Mein Schwanz war noch nie härter und ich wollte noch nie in meinem Leben so dringend kommen. Meine Hände liegen fest auf ihren Hüften, hin- und hergerissen zwischen dem Wunsch, sie schneller auf mir reiten zu lassen, und dem, sie ein wenig zu bremsen, um es in die Länge zu ziehen.

Blues Augen sind geschlossen, als sie sich über mich lehnt. Die Hände sind auf meine Brust gepresst, um sie als Hebel zu benutzen, während sie auf meinem Schwanz auf und ab wippt. Lange, glänzende Locken von schokoladenbraunem Haar fließen über ihre Schultern und verdecken teilweise den Blick auf ihre Brüste. Ich habe vorhin einige Zeit damit verbracht, in ihre rosa Brustwarzen zu beißen und daran zu saugen. Mein Mund lechzt nach einer weiteren Kostprobe.

Ich lasse meinen Blick an ihrem Körper hinuntergleiten. Flacher Bauch mit einem juwelenbesetzten Piercing im Bauchnabel, das die meisten Frauen in L.A. zu bevorzugen scheinen, und ja … es ist sexy.

Aber nicht so sexy wie ihre Pussy, die komplett gewachst ist. Ihre Haut ist die weichste, auf die ich jemals meinen Mund gepresst habe, und ich hatte meinen Mund eine ganze Weile dort.

Meine Eier spannen sich an, und ich weiß, dass ich bald explodieren werde. Ich hebe meinen Blick wieder zu Blues Gesicht. Ihre Stirn ist gerunzelt, als würde sie *versuchen, sich auf nichts anderes zu konzentrieren als auf das Vergnügen. Ihre Lider flattern langsam auf, und sie schenkt mir ein Lächeln, bevor sie auf ihre Unterlippe beißt.*

Ihre Zähne sind gleichmäßig und leuchten strahlend weiß gegen den natürlichen Kirschfarbton ihres Mundes.

„Mein Gott", keuche ich, als ich aus dem Tiefschlaf erwache, und setze mich aufrecht in meinem Bett auf, denn mir wird klar, dass ich meinen Mund schon einmal auf diesen süßen, roten Lippen hatte.

Ich spüre einen Schmerz in meiner Lendengegend und merke, dass ich einen Steifen habe. Ich schiebe meine Hand vorn an meinem Slip herunter, lege sie um meinen Schwanz und drücke ihn fest zusammen, um zu versuchen, die Erektion loszuwerden. Zum Glück schnarcht Legend im anderen Bett und bemerkt meine missliche Lage nicht.

Die daraus resultiert, dass ich gerade einen sehr lebhaften Traum über Blue hatte, nur dass es gar kein Traum war.

Es war eine verdammte Erinnerung.

Da bin ich mir sicher.

Ich löse den Griff um meinen Schwanz und lasse mich wieder auf mein Kissen sinken. Ich schließe die Augen und versuche, mehr von der Erinnerung freizulegen.

Was zum Teufel ist dann passiert? Bin ich explodiert, während sie mich ritt, oder habe ich mich wie ein Höhlenmensch verhalten und sie von hinten kommen lassen?

Ich habe nichts als ein schwarzes Nichts und eine unzufriedene Leere in der Magengrube, weil ich meine Lust gerade selbst beim Aufwachen blockiert habe.

Es gibt jetzt keinen Zweifel mehr in mir, dass Blue mir gestern Abend am Swimmingpool die Wahrheit gesagt hat. Wir haben gefickt, und während ich mir die Erinnerung nicht ganz ins Gedächtnis rufen kann, verstehe ich nicht, wie zum Teufel ich eine Frau wie sie vergessen konnte, egal ob sie damals brünett war und heute blond ist.

Weitaus wichtiger ist, dass ich keine Ahnung habe, was ich getan haben könnte, um sie so zu verärgern, dass sie es mir fünf Jahre später immer noch übel nimmt. Mit einem frustrierten Knurren schnappe ich mir mein Handy vom Nachttisch und schalte es ein, wobei ich die Rückseite in Richtung von Legends Bett drehe, damit das grelle Licht ihn nicht aufweckt. Es ist kurz vor vier Uhr früh und draußen ist es stockdunkel.

Ich schicke eine Nachricht an Bishop und kümmere mich nicht wirklich darum, ob das *Pling* einer eingehenden Nachricht ihn aufweckt. Ich hoffe es sogar irgendwie, denn ich bin ein ungeduldiger Mann. *Sobald du diese Nachricht erhältst, ruf Brooke an und finde heraus, welche Nummer Blues Hotelzimmer hat.*

Brooke arbeitet zwar nicht mehr in der Team-Service-Abteilung, aber ich weiß, dass sie leicht an die Informationen herankommt, die ich haben möchte, und sie wird mich nicht danach fragen. Sie wird auch keine Bedenken haben, mir die Zimmernummer von Blue zu geben, weil sie mich gut genug kennt, um zu wissen, dass ich nichts Schändliches tun würde.

Ich erhalte erst gegen sieben Uhr eine Antwort von Bishop mit den von mir angeforderten Informationen.

Es gibt kein Zögern. Ich klopfe einfach mit den Fingerknöcheln scharf gegen die Tür von Zimmer Nummer 3048. Es ist erst Viertel nach sieben, und ich weiß, dass Blue vielleicht noch schläft, aber verdammt, das kann warten.

Sadie öffnet die Tür in einem der Hotelbademäntel und mit einem Handtuch um den Kopf gewickelt. Sie scheint nicht überrascht zu sein, mich dort zu sehen, und ich bin mir sicher, dass sie mich durch den Türspion gesehen hat, bevor sie die Tür aufgeschlossen hat.

„Erik", sagt sie strahlend. „Das ist eine Überraschung."

„Ist Blue wach?", frage ich sie, nicht in der Stimmung für Höflichkeiten.

„Ja", antwortet sie, während sie von der Tür zurücktritt, um mich hereinzulassen. „Komm rein."

Blue muss unser Gespräch an der Tür gehört haben, da sie hinter Sadie erscheint. Sie ist eindeutig eine Frühaufsteherin, denn sie ist bereits angezogen. Ihr goldblondes Haar fällt in Wellen um ihre Schultern, die bloß sind, weil sie ein weißes Sommerkleid trägt, auf dem überall Zitronen aufgedruckt sind. Weiße, flache Sandalen vervollständigen das Outfit, und sie sieht jung, frisch und unschuldig aus.

Aber ich weiß, dass sie es nicht ist.

Ich erinnere mich gerade an genug, um zu wissen, dass sie eine sexy, schmutzige Seite hat. Ich erinnere mich an den selbstbewussten Blick auf ihrem Gesicht, mit dem sie mich ansah, während sie mich ritt …

Ich muss aufhören, daran zu denken, oder ich werde mich mit einer ungewollten Erektion blamieren.

„Was gibt es?", fragt Blue neugierig, aber mit einer gehörigen Portion Vorsicht in der Stimme. Sie tritt an die Tür und Sadie scheint irgendwo im Raum zu verschwinden.

Ich hebe eine Hand und halte mich am Türpfosten fest, lehne mich ein wenig über sie, um nicht in den eigentlichen Raum zu treten. Meine Stimme ist leise, damit wir absolut ungestört sind, falls Sadie zuhört. „Ich erinnere mich an dich."

Blue zuckt erstaunt zusammen. „Wirklich?"

„Nicht an viel", gebe ich zu und hoffe, dass das meine Chancen bei ihr nicht vermasselt. Aber ich will ehrlich sein. „Ich erinnere mich an uns beide … körperlich. Du hattest braunes Haar und es war lang. Du warst … auf mir und wir waren in einem Hotelzimmer, glaube ich."

Ich weiß nicht, ob ich entzückt oder beschämt sein soll, aber Blues Wangen flammen rot auf und ihr Blick senkt sich auf den Teppich.

„Und dann lässt mich mein Gedächtnis im Stich“, sage ich und ihr Blick springt wieder hoch und trifft auf meinen. „Ich verstehe nicht, warum, und es tut mir wirklich leid, dass ich dich damit beleidigt habe.“

Die sanften, braunen Augen weiten sich und ein überraschtes Keuchen entweicht ihren Lippen.

Verdammt perfekte Lippen.

Ihr Kopf neigt sich leicht und ihre Augen verengen sich. „Du denkst, ich wäre beleidigt, weil du dich nicht an mich erinnerst?“

„Nun … ja“, murmle ich, doch jetzt beschleicht mich das Gefühl, dass das nicht richtig ist.

Blue verschränkt die Arme vor der Brust und schenkt mir ein hämisches Lächeln. „Ich nehme an, das pikt ein wenig, aber es war das, was danach passiert ist, das einen Eindruck hinterlassen hat.“

Mir wird eiskalt, als ich darüber nachdenke, was ich getan haben könnte. Ich bin vielleicht ein geiler Bock und ein verdammter Player, wenn es um Frauen geht, ich würde allerdings nie eine verletzen.

Niemals.

„Ich weiß nicht, was passiert ist, Blue“, sage ich leise. „Und ich muss es wissen, denn um ehrlich zu sein … Es macht mich verrückt, dass ich offenbar etwas getan habe, was dich verletzt hat.“

Blue errötet wieder, und ich bin überrascht, Schuldgefühle in ihren Augen zu sehen. „Es ist nichts“, versichert sie mir schnell. „Ich will nicht, dass du dich schlecht fühlst oder so. Ich meine, verdammt … meine Absicht ist es nicht, dass du dich wegen so etwas übel fühlst."

„Wegen was?", frage ich mit leisem Knurren. „Sag mir, was ich getan habe."

Nach einem kurzen Blick über die Schulter in den Raum legt Blue mir eine Hand auf die Brust und schiebt mich aus dem Zimmer. Sie tritt mit mir hinaus und zieht die Tür hinter sich zu.

Ich spüre ihre Nervosität, als sie seufzt und sich die Haare hinters Ohr streicht. „Nach unserer … Begegnung", beginnt sie leise. „Du hast mich gebeten, am nächsten Abend mit dir auszugehen. Es war eine Party, aber du wolltest dich dort mit mir treffen. Es war ein Date und ich bin in dieser Erwartung aufgetaucht."

„Ich schätze, es war keines", knurre ich.

Sie schüttelt den Kopf. „Du warst mit zwei Mädchen ineinander verschlungen, und verschlungen meine ich wörtlich. Auf einer der Couches und du hast mit beiden rumgemacht. Ich habe dich damit konfrontiert."

Ich kann mich absolut nicht an diesen Moment erinnern, aber ich zweifle nicht an dem, was sie mir sagt. Meine Worte kommen langsam und zwischen zusammengebissenen Zähnen heraus. „Und was habe ich gesagt?"

Sie nimmt kein Blatt vor den Mund. „Du hast auf deinen Schoß geklopft und mich eingeladen, mich zu dir und den anderen Frauen zu setzen."

Ich murmele einen Fluch vor mich hin und lasse

meinen Blick einen Moment lang den Flur hinunterschweifen, um mich zu sammeln. Als ich zu Blue zurücksehe, hat sie sich wieder verschlossen. Die Augen wirken stumpf, die Arme hat sie vor der Brust verschränkt, fast so, als würde sie sich selbst umarmen.

„Es tut mir leid", sage ich.

Sie zuckt mit den Schultern, als ob es keine Rolle spielen würde.

„Nicht nur, dass ich mich nicht erinnere, sondern dass ich so gefühllos war."

„Es ist schon okay", erwidert sie mit gespielt heiterer Stimme. „Ich habe es mir von der Seele geredet. Es geht mir gut."

„Mir nicht", antworte ich leise, und dann berühre ich sie. Lege meine Finger direkt unter ihr Kinn, sodass sie meinem Blick standhalten muss. „Ich kann nicht behaupten, dass ich betrunken und dass das der Grund war, obwohl das eine Entschuldigung wäre. Ich kann dir keine Ausrede anbieten, weil ich mich einfach nicht erinnern kann. Ich würde dir gern sagen, dass das das einzige Mal war, dass ich so etwas getan habe, aber das wäre eine Lüge. Damals war ich nicht an Beziehungen oder zweiten Dates interessiert. Ich war dreiundzwanzig, hatte mehr Geld, als ich ausgeben konnte, und ich habe gern und viel gefeiert. Das Beste, was ich dir sagen kann, ist, dass es mir aufrichtig leidtut, deine Gefühle verletzt zu haben. Es war nicht meine Absicht, aber es ist auf jeden Fall alles meine Schuld."

Blue sagt kein Wort, doch ihr Blick weicht nicht von meinem. Sie versucht auch nicht, sich mir zu entziehen.

Also starren wir uns einen sehr langen Moment an und lassen meine Worte auf uns wirken. Ich bin mir nicht sicher, ob ich jemals zuvor etwas zu einer Frau gesagt habe, was so direkt aus meinem Herzen kam.

Ich lasse meine Hand von ihrem Gesicht fallen und mache einen Schritt zurück. Ich versuche mich an einem entschuldigenden Lächeln, bevor ich mich umdrehe und zum Aufzug gehe.

„Erik … warte", ruft sie.

Ich drehe mich um, und sie ist diejenige, die sich auf mich zubewegt. „Also … Ich … ähm … Ich war damals auch ein Partygirl. Du hast mich nicht ausgenutzt oder so. Ich wusste, worauf ich mich einlasse, als ich in dein Hotelzimmer ging, und wir hatten beide viel getrunken. Ich bin da reingegangen ohne Erwartung von mehr als Sex. Es ist nur … Ich dachte, wir hätten eine Verbindung, und als du mich für den nächsten Abend eingeladen hast, glaubte ich, das bedeutet, dass du das auch fühlst. Es war ein harter Schlag ins Gesicht, zu erfahren, dass ich damit falschlag."

„Es tut mir leid …"

Sie streckt mir eine Handfläche entgegen und schüttelt den Kopf. „Entschuldige dich nicht noch einmal. Ich akzeptiere es. Ich wollte nur, dass du weißt, warum es mich wütend gemacht hat. Und dann habe ich dich im Flugzeug wiedergetroffen und du hast mich ‚Partygirl‘ genannt, was den ganzen alten Mist wieder hochgeholt hat. Ich *war* ein Partygirl und ich bin nicht stolz darauf. Aber ich bin nicht mehr diese Person. Also habe ich es an dir ausgelassen. Ich wollte klarstellen, dass ich heute ein anderer Mensch bin.“

„Ich würde gerne glauben, dass ich auch anders bin“, sage ich. „Menschen können in fünf Jahren erwachsen werden und sich sehr verändern.“

Sie wirft mir einen Blick unter erhobener Augenbraue zu, ihre Lippen zucken.

Das bringt mich zum Lachen. „Na gut … vielleicht bin ich heutzutage immer noch ein bisschen ein Player.“

„Du wurdest bei diesem Prozess wegen sexueller Belästigung angeklagt“, wirft sie ein.

„Du solltest nicht alles glauben, was du liest“, ermahne ich sie. Ich bin tatsächlich von Brookes verrückter ehemaliger Freundin in einer Klage beschuldigt worden, aber ich habe nicht erwartet, dass das Konsequenzen haben würde. Ich habe die Frau nie angefasst.

„Stimmt“, antwortet sie schnell. „Das ist ein gutes Argument. Fünf Jahre sind eine lange Zeit und deine Entschuldigung war aufrichtig. Wie wäre es, wenn wir die Vergangenheit einfach ruhen lassen?“

Sie streckt mir die Hand entgegen. Sie wäre bestimmt entsetzt, wüsste sie, dass ich sie lieber in meine Arme ziehen und küssen würde, denn nichts an diesem Gespräch hat mich auch nur im

Geringsten abgeschreckt. Wenn überhaupt, will ich sie noch mehr.

Doch ich lege meine Hand in ihre und sie schüttelt sie kräftig.

„Freunde?"

Nicht wirklich das, was ich will, aber ich nehme, was ich verdammt noch mal bekommen kann.

„Freunde."

Kapitel 5

Blue

Die Carolina Cold Fury sind der amtierende Meister der Liga.

Zwei Jahre in Folge, um genau zu sein, weshalb dieses Spiel alle vollkommen aufheizt. Die Vengeance waren in den letzten Wochen eine gut geölte Maschine und kommen mit einer 10-3-Bilanz – die beste der gesamten Liga – in das heutige Match-up.

Wenn also der amtierende Meister und das brandneue führende Team zum ersten Mal gegeneinander antreten, ist die Atmosphäre ziemlich aufgeladen.

In der Arena der Cold Fury ist es unglaublich laut, als die Teams ihr Aufwärmtraining absolvieren. Rockmusik dröhnt, während Stroboskop- und Laserlichter die Luft um uns herum durchschneiden. Das verstärkt den Rausch, der mich durchströmt, denn in den wenigen Wochen, seit ich für die Vengeance arbeite, habe ich diesen Sport lieben gelernt. Ich war schon früher bei Eishockeyspielen, als ich in Los Angeles wohnte, weil die beiden Teams dort – die L.A. Demons und die L.A. Dragons – eine große Sache sind. Ich war ein Fan der L.A. Demons. Das hatte nichts mit der Tatsache zu tun, dass Erik Dahlbeck für sie spielte, während ich dort lebte, sondern nur damit, dass ihre Arena näher an meinem Wohnort lag, und nichts weiter.

Einer der Vorteile der Arbeit im Teamflugzeug ist, dass wir Tickets für jedes einzelne Auswärtsspiel bekommen. Valerie, Sadie, Lyla und ich tragen alle Vengeance-Trikots, die der Besitzer des Teams, Dominik Carlson, uns zur Verfügung gestellt hat. Ich habe mich für das Trikot von Tacker Hall entschieden. Valerie, Lyla und Sadie haben beschlossen, das von Bishop Scott zu wählen. Das sind die beiden besten Spieler im Team und natürliche Anführer, weshalb sie wohl auch Kapitän bzw. Vizekapitän sind.

Die Teams beenden ihr Eislaufen und Aufwärmen und gehen zurück in die Umkleidekabine. Die Leute strömen zu den Ständen, die die Erlaubnis ergattern konnten, etwas zu verkaufen, um sich mit Essen und Getränken zu versorgen, ehe das Spiel beginnt. Wir haben die Angebote schon abgeklappert, bevor wir unsere Plätze aufgesucht haben, also bleiben wir hier. Ich knabbere ein paar kandierte Nüsse und trinke ein Bier. Valerie und Lyla trinken Wein und essen Popcorn – eine seltsame Kombination –, und Sadie isst einen großen Hotdog, obwohl wir vor ein paar Stunden ein frühes Abendessen hatten.

Ich sitze zwischen Sadie und Valerie, und Lyla befindet sich auf der anderen Seite von Valerie.

„Gott, ich hoffe, wir gewinnen heute Abend", sagt Lyla, deren Stimme vor Aufregung ein wenig höher klingt. Sie ist die zierliche in unserer Gruppe.

„Wem sagst du das", antworte ich. Meine Nerven

vibrieren vor aufgestauter Energie. „Das Spiel in Florida war schon spannend, aber das hier fühlt sich ganz anders an, oder?“

„Wie wahr“, stimmen die Frauen mir zu.

Das erste Spiel dieses vier Spiele umfassenden Roadtrips war in Miami gegen die Florida Spartans. Obwohl ich seit Jahren in L.A. lebe, ist es für mich immer noch etwas seltsam, dass ein Staat, der für Wärme und ewigen Sonnenschein bekannt ist, ein Eishockeyteam hat, aber was weiß ich schon. Wir haben jetzt ein Team im sonnigen Phoenix.

Das Spiel gegen die Spartans war gut, weil der Trade von Legend zu den Vengeance umstritten war. Er war in den ersten beiden Jahren, in denen er für die Spartans gespielt hat, die Nummer eins im Tor, hat aber irgendwann angefangen, Einsatzzeit an einen perfekt haltenden neuen Rookie zu verlieren. Sie haben ihn bei der Liga-Erweiterung an die Vengeance abgegeben, was bestimmt ein wenig schmerzt.

Doch das war zu ihrem Nachteil. Legend spielt das beste Eishockey seines Lebens, seit er zu den Vengeance gekommen ist, und führt die Liga mit einem Gegentorschnitt von 2,24 an. Ich habe bei allen Spielern in diesem Team gesehen, dass sie ihren ehemaligen Mitspielern beweisen wollen, dass es ihnen in Phoenix gut geht.

Legend ließ kein Tor der Spartans zu und ihre Fans waren am Ende des Spiels sehr still. Er wiederholte seine Leistung gegen die Atlanta Sting, die die nächste Station auf unserer Reise waren.

Legend erlaubte erneut kein Gegentor.

Aber heute Abend ist es definitiv anders, denn wir spielen gegen die Cold Fury und sie werden einer unserer härtesten Gegner in diesem Jahr sein.

Sadie lehnt sich nach vorn, um an mir vorbei zu Valerie zu schauen, und sagt mit einer Stimme, die etwas leiser sein sollte: „Und wie war dein Treffen mit Legend gestern Abend?"

Ich verschlucke mich an meinen Nüssen und gebe Sadie einen kräftigen Stups in die Rippen. „Senke deine Stimme."

Sadie zuckt mit den Schultern. „Valerie ist es egal, wer mitbekommt, dass sie *den* Legend Bay vögelt. Vor allem angesichts dessen, wie er die letzten zwei Spiele gespielt hat."

Valeries Augen funkeln teuflisch und sie schenkt uns ein verruchtes Lächeln. „Es ist wahr. Es macht mir nichts aus, wenn das jemand weiß. Und um deine Frage zu beantworten: Die letzte Nacht war unglaublich. Der Mann hat Durchhaltevermögen."

Das löst eine Flut von Fragen von Sadie aus, und die beiden sprechen über die kleinsten Details, was letzte Nacht zwischen Legend und Valerie vorgefallen ist und anscheinend einen unanständigen Gebrauch seiner Krawatten und der Bettpfosten beinhaltete.

Ich frage mich, ob Ausdauer etwas ist, das alle Eishockeyspieler besitzen. Erik ist der Einzige, mit dem ich je zusammen war, aber ich weiß noch, dass ich am nächsten Morgen kaum laufen konnte, als ich sein Hotelzimmer verließ. Wir haben es die ganze Nacht getrieben und es war, als hätten wir nicht genug voneinander bekommen können.

Ehrlich gesagt, war das der Grund, weshalb ich dachte, dass wir eine Verbindung hätten. Es war das, was mich so nervös gemacht hat, weil er mich am nächsten Abend hatte sehen wollen. Denn ich war noch nie mit einem Mann zusammen gewesen, der so aufmerksam und so auf mich konzentriert war. Ich glaubte eindeutig, dass es mehr bedeutete, als es der Fall war.

Ich kann mir ein Lächeln nicht verkneifen, wenn ich an die letzten Tage denke und wie radikal sich alles zwischen Erik und mir verändert hat.

Ich schäme mich tatsächlich ein wenig dafür, wie sehr ich Erik auf negative Weise auf mich habe einwirken lassen. Ich habe in den vergangenen fünf Jahren keineswegs einen obsessiven Groll gehegt, und eigentlich habe ich, bevor ich zurück nach Phoenix zog, selten an ihn gedacht. Aber verdammt, bei dem ersten Treffen im Flugzeug hat er mich unglaublich wütend gemacht, als er mich ein „Partygirl" nannte. Ich ließ zu, dass meine Wut meinen gesunden Menschenverstand überwältigte, als mich geschmacklose Erinnerungen überwältigten und mich daran erinnerten, was für eine Idiotin ich damals gewesen bin. Nicht, dass ich nicht sauer sein durfte, denn das war ich durchaus. Erik hat sogar bestätigt, dass ich das Recht hatte, wütend zu sein.

Aber im Nachhinein fühle ich mich ein bisschen dumm, weil Erik nicht ganz so ist, wie ich ihn mir vorgestellt habe.

Er hat sich im Laufe der Jahre eindeutig verändert. Ist reifer geworden. Hat eine bessere Perspektive auf das Leben gewonnen.

Seine Entschuldigung an mich war von echtem Bedauern und Reue erfüllt, und ich hatte keine andere Wahl, als sie zu akzeptieren.

Es läuft also gut zwischen uns und wir sind Freunde, wie wir es uns versprochen haben. Das ist alles, was es jemals sein wird, denn Erik mag zwar über die Jahre gereift sein, aber er ist immer noch ein absoluter Player, und meine Phasen der One-Night-Stands und der Suche nach Liebe an den falschen Orten sind vorbei.

In den letzten fünf Tagen haben Legend und Erik mich, Sadie, Valerie und Lyla zwischen den Spielen eingeladen, mit ihnen zu Abend zu essen. Auch Bishop und Dax haben sich zu uns gesellt. Jedes Mal war es ein wenig peinlich, allerdings nicht wegen der Vergangenheit zwischen Erik und mir. Es liegt daran, dass Legend und Valerie schamlos miteinander flirten und keiner von ihnen sich mit sexuellen Anspielungen zurückhält. Sie haben aber beide Spaß und wissen, dass es nicht mehr als das ist. Hätte ich vor fünf Jahren mehr von dieser Einstellung gehabt, hätte ich mir in den letzten Wochen eine Menge Frust erspart.

Der erfrischendste Aspekt von Eriks Entschuldigung und unserem Versprechen, Freunde zu sein, ist, dass ich es tatsächlich lustig finde, mit den Jungs herumzuhängen, Erik eingeschlossen. Sie

sind alle im gleichen Alter und verdammt eingebildet, aber auch schelmisch charmant, was einen
ihre Arroganz etwas verzeihen lässt. Sie sind außerdem alle witzig – alle außer Tacker, der an einem Abend mit uns aß und kaum ein Wort sagte –
und mein Bauch schmerzt normalerweise am Ende
des Abends von all dem Lachen.

Erik hat, getreu seinem Wort, nicht ein einziges
Mal versucht, mit mir zu flirten oder mich anzubaggern. Er schenkt mir dieselbe Aufmerksamkeit
wie Sadie und Lyla, wenn wir alle zusammen zum
Essen gehen. Valerie allerdings nicht, seit Legend
mit ihr schläft.

Sadie hört auf, mit Valerie zu reden, als die Spieler auf das Eis kommen, und da wir die Gastmann-
schaft sind, ist das Vengeance-Team das erste. In
Anbetracht der Tatsache, dass wir das Auswärts-
team sind, bin ich überrascht von dem lautstarken
Gebrüll unserer Fans, obwohl wir wahrscheinlich
sieben zu eins in der Unterzahl sind. Die Mädchen
und ich stehen vor unseren Plätzen, stampfen mit
den Füßen auf den Betonboden und klatschen begeistert in die Hände.

Sadie gibt mehrere scharfe Pfiffe von sich und Valerie schreit: „Tritt ihnen in den Arsch, Legend.“

Mein Blick neigt dazu, auf Erik zu ruhen, wenn er
auf dem Eis ist. Ich bin mir sicher, dass es nichts
weiter bedeutet, außer dass ich eine etwas engere
Verbindung zu ihm habe als zu den anderen Männern, mit denen ich in letzter Zeit abgehangen habe. Es hat absolut nichts mit der Tatsache zu tun,

dass ich ihn eine Million Mal attraktiver finde als jeden anderen Kerl, der heute Abend in dieser Arena steht. Es hat bestimmt auch nichts damit zu tun, dass meine eine Nacht mit Erik der absolut beste Sex war, den ich in meinem ganzen Leben gehabt habe. Tatsächlich bin ich mir sicher, dass es nichts weiter ist als Zuneigung ihm gegenüber, weil er die Verantwortung für seine schlechten Taten übernommen hat, und wegen der aufrichtigen Entschuldigung, die er mir gegeben hat.

Ja … deshalb beobachte ich ihn.

Wir bleiben während der Nationalhymne und für gut zwei Minuten nach Spielbeginn stehen. Die Fans der Cold Fury sind eine engagierte Gruppe, und sie haben allen Grund, nach zwei aufeinanderfolgenden Meisterschaften zu jubeln. Wenn sie in diesem Jahr einen dritten Titel holen würden, wäre das eine große Leistung.

Der Grund, warum wir weiterhin stehen, ist, dass sich die Cold-Fury-Fans nicht hinsetzen, nachdem das Spiel begonnen hat. Sie bleiben aufrecht und jubeln, und damit wir sehen können, was sich hinter den Leuten vor uns abspielt, müssen auch wir auf den Beinen bleiben. Es dauert ein paar Minuten, bis sich alle auf ihren Plätzen niedergelassen haben.

Wir sind vollkommen auf das Spiel fokussiert. Es ist eine Zitterpartie. Die Cold Fury kommen mit viel Schwung aus der Kabine, und das ist logisch. Sie haben einige der bemerkenswertesten Veteranen unter den Spielern der Liga. Männer wie Alex

Crossman und Garrett Samuelson. Ihr Torwart, Max Fournier, ist wahrscheinlich der beste der Liga, und ich bezweifle, dass Legend etwas dagegen hat, wenn ich das sage.

Und vergessen wir nicht, dass sie eine knallharte Frau als General Managerin haben. Gray Brannon, die mit dem Torwarttrainer und ehemaligen Cold-Fury-Torwart Ryker Evans verheiratet ist, hat die Eishockeywelt buchstäblich auf den Kopf gestellt, indem sie kontroverse Spieler-Akquisitionen auf der Grundlage statistischer Modelle tätigte. Ich verstehe die Zusammenhänge nicht, aber ich erinnere mich, dass die Sportwelt nach dem Gewinn der ersten Meisterschaft nie wieder ganz dieselbe war.

Sadie lehnt sich zu mir und stößt ihre linke Schulter an meine rechte. Sie wendet ihren Blick nicht vom Geschehen auf dem Eis ab, sondern fragt von der Seite: „Also, was läuft da wirklich zwischen dir und Erik?"

Obwohl Sadie und ich uns nahestehen, habe ich ihr nicht von meiner Vergangenheit mit Erik erzählt. Das liegt einfach daran, dass es mir peinlich ist, auf so krasse Weise versetzt worden zu sein, nachdem ich direkt in sein Bett gesprungen bin, obwohl ich ihn kaum kannte. Es fühlt sich irgendwie an, als hätte ich es so gewollt. Jedenfalls denkt sie, dass meine Verärgerung über ihn mit der Art und Weise zu tun hat, wie er mich in der Anfangszeit angemacht hat. Ich habe ihr lediglich gesagt, dass Erik sich aufrichtig entschuldigt hat und wir uns darauf geeinigt haben, Freunde zu sein.

„Was meinst du?", frage ich.

Sie dreht sich zu mir, und der Ausdruck auf ihrem Gesicht sagt, dass sie nicht glauben kann, dass ich so dumm bin. „Oh, komm schon, Blue. Du merkst doch sicher, wie sehr er auf dich steht. Jeder kann es sehen."

Ich schüttele verneinend den Kopf. „Auf keinen Fall. Er ist zu jedem so freundlich wie zu mir."

Sadie schnaubt. „Du weigerst dich, wirklich zu sehen, was vor sich geht. Aber wenn du richtig aufpasst, wenn Erik in deiner Nähe ist, würdest du merken, dass er nichts außer dir sieht."

Es fällt mir echt schwer, das zu glauben. Erik ist freundlich, locker und entspannt zu mir. Und das ist alles.

Deshalb verstehe ich auch nicht, warum der Gedanke, dass er wirklich an mir interessiert ist, mich warm durchflutet und meinen Puls schneller werden lässt. Ich folge ihm mit dem Blick aufs Eis, beobachte, wie er einen Gegner gegen die Bande schmettert, und die Aggressivität, die er auf dem Eis an den Tag legt, trifft mich zwischen den Beinen.

Ich seufze frustriert.

Ich mag es nicht, dass mein Gehirn mir sagt, ich solle einfach mit ihm befreundet sein, während mein Körper mir etwas ganz anderes erzählt.

Ich zwinge meine Aufmerksamkeit auf das Spiel selbst und nicht auf Erik. Ich lasse mich von der Aufregung des Kampfes gegen den aktuellen Cup-

Champion anstecken und schließe mich den anderen Vengeance-Fans an, indem ich so laut wie möglich schreie und juble, um sie zu unterstützen.

In den nächsten Stunden schaffe ich es, die meisten meiner Gedanken auf das Spiel zu richten und nicht darauf, wie toll Erik da draußen aussieht. Und als alles vorbei ist, schafft es Legend im dritten Spiel in Folge.

Er beschert uns einen weiteren Sieg ohne Gegentor und wir gewinnen 2:0.

Vielleicht überdenke ich sogar meine Position, dass Max Fournier im Moment der beste Torwart der Liga ist.

Kapitel 6

Erik

Ich bin bestürzt, als ich mein Auto auf den Besucherparkplatz des *Cresson* fahre. Ich weiß nicht, was ich von dem Gruppenheim, in dem Billy Gardner lebt, erwartet habe, aber definitiv nicht dieses triste, institutionell aussehende dreistöckige Gebäude. Ich schätze, weil ich Billy beim ersten Treffen als einen so fröhlichen Kerl kennengelernt habe und er mit Blue Freude auf dem Festival hatte. Vielleicht habe ich unterbewusst gedacht, dass er in etwas wohnt, was Disney World ähnelt, wo er den ganzen Tag glücklich sein und Spaß haben kann.

Stattdessen sehen der glanzlose Stuck und die graue Betonfassade mit den Wasserflecken eher wie ein Gefängnis aus als wie eine Betreuungseinrichtung für Erwachsene. Das Einzige, was dazu noch fehlt, wäre Stacheldraht um die Anlage.

Ich schalte den Motor aus und steige aus der tief liegenden Corvette, die ich vor ein paar Wochen gekauft habe. Die knallblaue Farbe hebt sich auffällig von dem trist wirkenden Gebäude ab, in dem Billy lebt.

Ich stecke meine Schlüssel ein und gehe zum Eingang. Die Lobby ist riesig, und das Erste, was mir auffällt, ist, dass sie genauso trist ist wie der Außenbereich: hellgraue Wände mit abblätternder Farbe und weißen Fliesen, die mit der Zeit vergilbt sind wie kaffeebefleckte Zähne. Wenigstens hat man sich bemüht, die Lobby mit bunten Drucken und Vasen mit Seidenblumen aufzuhellen. Es gibt eine Fülle von Möbeln, die Besucher zum Sitzen einladen, aber sie sind billig und unpassend. Der Empfangstresen hat schon bessere Tage gesehen und weist an der Unterseite Schrammen auf, die wohl von Rollstühlen stammen, die dagegengestoßen sind. In einer Ecke steht ein altes Klavier, an dem ein Mann mittleren Alters sitzt und auf die Tasten tippt.

Mehrere Bewohner und deren Angehörige tummeln sich in der Lobby. Einige sitzen in elektrischen Rollstühlen, andere werden geschoben. Ein paar benutzen Krücken, andere können ganz gut allein gehen. Die meisten von ihnen sehen unglaublich zufrieden aus, aber sie haben ja auch ihre Familienangehörigen zu Besuch.

Eine freundlich aussehende ältere Frau sitzt hinter dem Empfangstresen, das Haar mit den dichten grauen Locken liegt eng an ihrem Kopf an.

„Kann ich Ihnen helfen?", fragt sie mit einem strahlenden Lächeln.

„Ja … Ich bin wegen der Kunstauktion hier."

Anstatt mich dorthin zu führen, wo ich hinmuss, werden die Augen der Frau größer und dann zu riesigen Kugeln, die puren Schock zeigen. „Oh mein Gott. Sie sind Erik Dahlbeck."

Meine Lippen beginnen sich zu einem charmanten Lächeln zu formen, das ich jedem Fan schenken würde, aber ich erschrecke mich fast zu Tode,

als sie aufschreit und mit dem Finger auf mich
zeigt. „Oh. Mein. Gott! Sie sind Erik Dahlbeck!"

Alle Leute in der Lobby – Patienten, Familienmitglieder und Pflegepersonal – halten inne und drehen sich um; nicht zu der Frau, die gerade geschrien hat, sondern zu mir.

Das Rampenlicht ist nichts, wovor ich jemals zurückgeschreckt bin. Ein professioneller Eishockeyspieler zu sein, bringt natürlich ein gewisses Maß
an Berühmtheit und Ruhm mit sich. Als ich in Los
Angeles lebte und für die Demons spielte, kamen
solche Dinge noch hundertmal häufiger vor. Ich
feierte mit Rockstars und Schauspielerinnen und
hatte zwischendurch ein paar Affären mit ihnen.
Paparazzi haben immer Kameras in mein Gesicht
gehalten. Ich war oft auf irgendeinem Unterhaltungskanal oder in einer Sportshow zu sehen,
meist mit einer schönen Schauspielerin oder einer
Prominenten an meiner Seite drapiert.

Aber irgendetwas daran, in dieser schmuddeligen
Lobby mit einer Frau zu stehen, die alt genug ist,
um meine Großmutter zu sein, und die wegen mir
vor Aufregung kreischt, lässt meine Wangen heiß
werden. Zum Glück merkt sie, was für einen Krach
sie gemacht hat, und senkt ihre Stimme um etwa
vierzig Dezibel. „Oh mein Gott. Sie sind Erik Dahlbeck", flüstert sie.

Ja … ich habe das schon die ersten beiden Male ver
standen.

„Das bin ich", sage ich mit gesenkter Stimme und
in der Hoffnung, dass es sie ermutigt, ebenfalls

leiser zu sprechen.

Ich überlege, ob ich ihr die Hand reichen soll, aber bevor ich mich versehe, ist sie aufgestanden, um den Empfangstresen herum gelaufen und wirft sich mir praktisch in die Arme. Sie drückt mich fest um die Taille, wobei ihr Kopf kaum mein Schlüsselbein berührt, und ruft aus: „Sie sind mein Lieblingsspieler bei den Vengeance."

Schmunzelnd lege ich die Arme um den Rücken der Frau und drücke sie leicht an mich. Als sie sich zurückzieht, schaue ich auf sie herab und sehe das vielleicht strahlendste Lächeln, das mir in meinem ganzen Leben geschenkt wurde. Ich habe schon alle Arten von Fans aus allen Gesellschaftsschichten und Altersgruppen getroffen, aber der Gesichtsausdruck dieser alten Frau macht mich tatsächlich ein wenig demütig.

Ich werfe einen Blick nach unten auf ihr Namensschild. Dann schaue ich wieder auf. „Helen … es freut mich wirklich, Sie kennenzulernen."

Eine ihrer Hände flattert hoch, um ihren Mund zu bedecken, und sie schüttelt den Kopf, als ob sie nicht fassen könnte, dass ich vor ihr stehe. Sie schlägt spielerisch nach mir und erklärt: „Oh Gott. Sie müssen mich für unglaublich dumm halten. Allerdings kann ich es nicht ändern. Mein Mann, Bobby, und ich lieben Eishockey. Wir haben erst angefangen zu schauen, als Phoenix ein Team bekam, aber wir sind süchtig danach. Bobbys Lieblingsspieler ist Legend Bay. Ich hoffe, Sie nehmen ihm das nicht übel."

„Ganz und gar nicht.“

Helen scheint sich zu beherrschen und richtet sich auf, während sie ganz geschäftsmäßig wird. „Verzeihung. Sie sagten, Sie wären wegen der Kunstauktion hier?“

„Ja. Ich dachte, ich biete auf etwas Hübsches für mein neues Haus.“

Helens Gesichtsausdruck wird sanft und gerührt, als sie erneut die Hand hebt, um ihren Mund zu bedecken. Sie schüttelt den Kopf und stößt mich wieder an. „Oh, ich wusste, dass Sie ein guter Mensch sind. Ein großartiger Eishockeyspieler, aber ich wusste, dass Sie nett sind.“

Ich kann mir einfach nicht helfen. Ich ziehe Helen zurück in eine kurze Umarmung, und sie hat kein Problem damit, sie zu erwidern. Nachdem wir uns voneinander gelöst haben, weist sie mir den Weg zum Gemeinschaftsraum im ersten Stock, wo ich alle von den Bewohnern gefertigten Kunstwerke finden würde, die heute zur stillen Auktion angeboten werden. Als ich mich von Helen verabschiede, notiere ich mir, dass ich ihr Karten für das nächste Heimspiel besorgen muss.

Ich weiß, ich sollte wahrscheinlich nicht hier sein und mein heutiger Besuch wird Blue verwirren, auch wenn er sie hoffentlich dazu bringen wird, sich mir zu öffnen. Beim Abendessen vor ein paar Tagen hat sie mit einem der anderen Mädchen über Billy gesprochen, und ich habe schamlos gelauscht, obwohl es so aussah, als wäre ich in eine heftige Diskussion mit Dax über die beste Marke von Klebeband zum Umwickeln unserer Eishockeyschläger verstrickt.

Durch das Mithören ihres Gesprächs erfuhr ich, dass die Bewohner hier eine Kunstauktion veranstalten, um Geld für einen Ausflug nach Disneyland zu sammeln. Blue beschrieb die Komplexität der Reise mit mehreren behinderten Menschen. Nicht nur der Transport wäre schwierig, sondern sie bräuchten auch eine Hilfskraft für jede einzelne Person und weitere Betreuer für zusätzliche Hilfe.

Es hat mich vollkommen verzaubert, wie Blue immer wieder von einem Bild schwärmte, das Billy für die Auktion gemalt hat, und wie stolz er darauf war. Ich kenne die künstlerischen Fähigkeiten ihres Bruders nicht, also habe ich keine Ahnung, ob ich ein Kunstwerk kaufen werde, das aussieht, als wäre es von einem Drittklässler oder von Monet gemalt worden.

Das ist mir auch egal.

Ich nehme die Treppe in den ersten Stock und folge Helens Richtungsangaben zum Gemeinschaftsraum. Rundherum sind Tische aufgestellt, auf denen die verschiedenen Kunstprojekte ausgestellt sind. Es gibt Gemälde, geformte Tontöpfe, Fotokunst und geflochtene Körbe, um nur einige zu nennen. Während ich herumlaufe und mir die Werke ansehe, bin ich etwas verblüfft über das Niveau der Kunst. Ja, natürlich gibt es die üblichen bemalten und auf Pappteller geklebten Makkaroni, aber auch einige wirklich erstaunliche und komplexe Objekte.

An einigen der Stationen sitzen die Künstler selbst und zeigen stolz ihre Meisterwerke, meist zusammen mit einer Hilfskraft, wenn nötig, oder einem Familienmitglied. Ich spreche mit ihnen allen und stelle Fragen. Einige können mir antworten, andere nicht. Ich lege Wert darauf, sie ausgiebig zu loben, und es ist mehr als nur ein bisschen herzerwärmend, zu sehen, wie stolz jeder Einzelne auf sein Werk ist.

Ich kenne die spezifischen Beeinträchtigungen der anderen Bewohner hier nicht, aber ich weiß ein wenig mehr über Billy. Blue scheint unseren Waffenstillstand und die Vereinbarung, Freunde zu sein, wirklich akzeptiert zu haben, denn sie hat meiner Neugier nachgegeben, als ich Fragen über ihn gestellt habe. Ihr Bruder hat spastische Tetraplegie, eine Form der Zerebralparese. Sie erklärte mir, dass die zerebrale Lähmung den Muskeltonus und die Bewegung beeinträchtigen, was wiederum die Mobilität in unterschiedlichem Maße behindert. Billy ist meist auf seinen elektrischen Rollstuhl angewiesen, um sich unabhängig bewegen zu können.

Ich schlängele mich weiter durch die Leute, die sich hier befinden und die verschiedenen Ausstellungsstücke ansehen. Vor jedem Stück befindet sich ein Klemmbrett, auf dem man sein stilles Gebot aufschreiben kann. Ich biete auf einen geschnitzten hölzernen Spazierstock, den weder ich brauche noch jemand, den ich kenne, aber ich fand ihn wirklich gut gemacht.

Und dann komme ich zu Billys Gemälde und bin absolut überwältigt. Weder er noch Blue sind hier, was wahrscheinlich eine gute Sache ist, denn ich wette, mein Gesichtsausdruck ist völlig skeptisch, dass er dieses erstaunliche Werk tatsächlich gemacht hat. Auf den ersten Blick ist es schwer, es zu erkennen. Die Pinselstriche sind abgehackt, dicke Kleckse von Ölfarbe bleiben zurück. Aber sobald man den Blick erweitert, um das Ganze zu erfassen, sieht man einen Wald.

Ein Mammutbaumwald, glaube ich.

Und es ist aus der Perspektive von Billy gemalt, der sich dazwischen bewegt. Obwohl die Pinselstriche grell und ungeschliffen wirken, geben sie den Baumstämmen tatsächlich eine erstaunliche Textur. Er hat es sogar geschafft, gefiltertes Licht und gesprenkelte Schatten auf dem Boden zu malen.

Ich frage mich, wie er das gemacht hat. Woher hatte er die Inspiration – denn ich bezweifle, dass Billy jemals durch einen Wald aus Mammutbäumen laufen konnte. Ich grüble sogar über die physische Vorgehensweise. Obwohl Billys Arme etwas verkrampft sind, muss er eine gute Feinmotorik in seinen Händen haben. Blue hatte erzählt, dass er mehrmals in der Woche eine Therapie bekommt, um seinen angespannten Muskeln zu helfen.

Mit einem Blick nach unten lese ich die Gebote, die für das Gemälde abgegeben wurden. Es sind mehrere. Das letzte liegt bei 225 $, was im Vergleich zu den Geboten, die ich bei anderen Projekten gesehen habe, ziemlich großzügig ist.

Ohne jeden Zweifel an dem, was ich tue, nehme ich das Klemmbrett und den Stift, der mit einem Stück Schnur daran befestigt ist, und kritzle mein Gebot unter das letzte. Ich muss auch meinen Namen und meine Telefonnummer hinterlassen für den Fall, dass ich gewinne. Ich starre es einen Moment an, bevor ich es wieder auf den Tisch lege.

Ich werde auf jeden Fall gewinnen.

Meine Arbeit ist getan und ich mache mich auf den Weg aus dem Gemeinschaftsraum, die Treppe hinunter und durch die Lobby. Ich zeige auf Helen, die mir entgegenstrahlt. „Ich schicke Ihnen und Bobby ein paar Karten für das nächste Heimspiel."

Sie schlägt die Hände vor ihren vor Überraschung offen stehenden Mund. Ich bin an der Tür, als sie sie schließlich sinken lässt, um zu rufen: „Danke, Erik."

Ich grinse ihr immer noch über die Schulter zu, als ich höre, wie sich die elektronische Schiebetür, die nach draußen führt, zischend öffnet. Es gelingt mir, mit jemandem zusammenzustoßen und denjenigen fast umzuwerfen.

Ich strecke blindlings die Hände aus, aber als ich den Kopf drehe, um zu sehen, was diese kurvige Weichheit ist, die ich in der Hand halte, weiß ich bereits, dass es Blue ist. Ihr Parfüm ist unverwechselbar. Es ist blumig, mit einer gewissen Würze. So stelle ich mir vor, dass Sonnenblumen riechen würden, wenn ich jemals an einer schnuppern würde: hell und sonnig.

„Hey", sage ich, während ich mich vergewissere, dass sie sicher auf ihren Füßen steht, bevor ich sie loslasse.

„Was machst du denn hier?", ruft sie mit einer leichten Neigung des Kopfes aus.

Ich deute mit dem Daumen über meine Schulter in Richtung der Lobby. „Oh, du hast vor einigen Tagen beim Abendessen von der Kunstauktion gesprochen, da dachte ich, ich komme mal vorbei und biete auf ein paar Stücke. Helfe, Geld für den Ausflug zu sammeln."

Ich kann alles über ihr Gesicht huschen sehen: Überraschung, Verärgerung, Unsicherheit. Hat das die Linie überschritten, die sie in den Sand gemalt hat?

„Hast du auf Billys Gemälde geboten?", fragt sie.

In diesem Moment, als Leute an uns vorbeigehen, merke ich, dass wir direkt in der Tür stehen. Ich nehme Blue am Oberarm und führe sie hinaus und zur Seite, damit sich die elektronischen Türen schließen können.

Nachdem ich sie losgelassen habe, beantworte ich ihre Frage. „Ja … Ich habe darauf geboten und auf ein paar andere Dinge."

Blue verschränkt die Arme vor der Brust und ihr Blick wird skeptisch. „Wie viel hast du für das Gemälde geboten?"

„Ich erinnere mich nicht", sage ich ausweichend.

„Erik", sagt sie in einem warnenden Ton.

„Schön", schnauze ich sie an. „5000 Dollar."

„Was?!", ruft sie aus und reißt ihre Augen weit auf.

Ich schiebe meine Hände in die Taschen meiner Jeans und murmele: „Es ist keine große Sache."

„Das ist eine total große Sache", erwidert sie, aber ich kann die Belustigung hören, die hinter der Verärgerung steckt. „Das wird ihren gesamten Ausflug finanzieren."

„Gut", sage ich mit Nachdruck. „Das wird mich glücklich machen."

„Warum sollte dich das glücklich machen?" Ihre Augenbrauen haben sich zusammengezogen, als würde sie anfangen, eigene Schlüsse zu ziehen.

„Weil es Billy glücklich machen wird, was wiederum dich glücklich machen wird, und das macht mich glücklich."

„Erik", sagt Blue mit einem langen Seufzer, wobei das Wort sanfter klingt, weil sie mich auf die unausweichliche Abfuhr vorbereiten will.

„Also, ich denke an ein Abendessen", presche ich vor, während sie versucht, mich abzuwimmeln. „Ein Date. Das ist alles, worum ich bitte."

Sie grinst mich an. „Du hast 5000 Dollar für das Gemälde geboten, um ein Date mit mir zu bekommen?"

„Nee", sage ich mit einer abweisenden Handbewegung. „Das habe ich für Billy gemacht. Aber wenn es dich irgendwie erweicht ..."

„Das tut es nicht", wirft sie ein.

Ich blinzle überrascht, weil ich wirklich dachte,

dass es so wäre.

„Du hast schon einmal versucht, dich mit mir zu verabreden."

„Daran erinnere ich mich." Ich knirsche mit den Zähnen.

„Und es war schmerzhaft, als ich herausfand, dass du mich nicht wirklich wiedersehen wolltest."

Ich sage nichts. Ich würde mich noch mal bei ihr entschuldigen – verdammt, noch eine Million Mal, wenn sie mich darum bittet –, doch ich habe das Gefühl, sie will etwas anderes.

„Aber ich sage dir etwas", murmelt sie und tritt näher an mich heran. Wir berühren uns nicht, aber nur Zentimeter trennen unsere Körper. „Ich gebe dir die Chance, dir ein Date mit mir zu verdienen."

„Wie?", frage ich, begierig darauf, die Aufgabe, die sie für mich hat, zu erledigen. Ich habe gerade fünftausend Dollar für ein Gemälde von ihrem Bruder ausgegeben, also sollte sie meinen Tatendrang nicht unterschätzen.

Ich bin fassungslos, als sie ihre Hand auf meine Brust legt und sich auf die Zehenspitzen stellt, damit ihr Gesicht näher an meinem ist. Ich könnte sie leicht küssen und würde es auch tun, wenn ich nicht wüsste, dass ich ihr Knie in die Eier bekommen würde.

Sie ist mir so verdammt nah, dass ich ihren minzfrischen Atem riechen kann.

„Erinnerst du dich an die Nacht, in der wir zusammen waren?", fragt sie mit kehliger Stimme.

Gott, und wie ich mich daran erinnere, verflucht. Das ist alles, woran ich in letzter Zeit denken kann, besonders wenn ich nachts im Bett liege und nur meine Faust als Gesellschaft habe. Ich nicke ihr einfach zu.

„Es schien dich richtig verrückt zu machen, dass ich gewachst war", flüstert sie.

Mir läuft tatsächlich das Wasser im Mund zusammen, als ich mich daran erinnere, wie toll sie geschmeckt hat und wie weich ihre Haut war. Ich nicke wieder.

„Also, hier ist mein Vorschlag, Erik", sagt sie, und ich kann einen Hauch von Verruchtheit in ihrer Stimme hören. „Du lässt dich untenrum für mich wachsen und ich gehe auf ein Date mit dir."

„Weil du Männer auch nackt magst?", frage ich sie, nicht ganz bereit, darüber nachzudenken, so etwas zu tun. Aber ich bin sicher, sie könnte mich überreden.

Blue lässt sich wieder auf ihre Fersen sinken und tritt einen Schritt von mir zurück. Ihre Augen glitzern schelmisch. „Nein. Ich will mich nur zuerst schmerzhaft an dir rächen. Glaub mir, Wachsen ist nichts für schwache Nerven."

Ich beiße mir auf die Zunge, um nicht zu lachen. Stattdessen recke ich mein Kinn hoch. „Ich bin ein Eishockeyspieler. Ich habe schon mit gebrochenen Knochen gespielt. Ich bezweifle, dass mir ein bisschen Wachs etwas anhaben kann."

Blue wirft ihren Kopf zurück und lacht *tatsächlich*. Als sie wieder zu mir sieht, zwinkert sie mir zu.

„Das werden wir sehen.“

„Ja, das wirst du“, sage ich hartnäckig.

Ihr Blick hält meinen für einen Moment, bevor sie sich zu den Türen dreht. Sie zögert und schaut über ihre Schulter zu mir. „Und danke für das Gebot auf das Gemälde. Das war wirklich sehr nett von dir.“

„War mir ein Vergnügen.“

Kapitel 7

Erik

Ich trete aus dem Mannschaftsduschbereich, ein Handtuch um die Hüfte und ein weiteres um den Hals drapiert. Ich bin ganz aus dem Häuschen, wie gut sich das Wasser auf meinen frisch gewachsten Eiern anfühlt. Verdammt, das tat weh, und ich werde das nie, nie wieder tun. Für keine Frau. Nicht mal, wenn das Schicksal der Menschheit davon abhinge.

Mein Respekt vor jeder Frau, die ihrem Körper so etwas antut, ist allerdings gestiegen. Ich persönlich habe ja immer vermutet, dass Frauen eine höhere Schmerztoleranz haben als wir Männer – Geburten und so –, aber das hier bestätigt es irgendwie. Meine Augen tränten die ganze Zeit, und ich musste mir auf die Innenseite meiner Wange beißen, um nicht jedes Mal zu schreien, wenn ein Wachsstreifen abgezogen wurde.

Ich fahre mit den Fingerspitzen an den drei Nähten an meiner linken Augenbraue entlang. Zu Beginn des zweiten Drittels habe ich einen Faustkampf mit Ronny Reaves ausgefochten. Es hat mir nicht gefallen, wie er Tacker in den Rücken gecheckt hat, und ich habe ihm zur Vergeltung einen kleinen Schlag mit dem Ende meines Stocks verpasst.

„Mach das noch mal und ich trete dir in den Arsch", habe ich ihm gesagt.

Er hat es wieder getan.

Also habe ich ihm ordentlich in den Arsch getreten.

Unglücklicherweise landete er einen Glückstreffer an meiner Schläfe und meine Haut riss direkt an der Seite meiner Augenbraue. Das war nichts weiter als ein zehnminütiger Ausflug in die Umkleidekabine, wo mich die Teamärztin zusammennähte. Ich ließ mir nicht einmal ein Betäubungsmittel von ihr geben, weil ich keine Zeit verschwenden wollte.

Ja, der Doc hat mich ohne Betäubung genäht, und es war nur ein Kitzeln im Vergleich zum Wachsen meiner Leisten, meiner Eier und meines Arsches.

Ich setze mich auf die Bank, die sich über die gesamte Länge der Spinde erstreckt. Sie sind speziell angefertigt und oben sind unsere Namen auf schicken Schildern angebracht. Es gibt keine Türen an der Vorderseite jeder Einheit, aber unser Umkleideraum ist von der Öffentlichkeit abgeschottet und man braucht einen Sicherheitscode, um hineinzukommen. Keiner der Spieler würde jemals einen anderen beklauen, also sind keine Türen völlig in Ordnung.

Ich beuge mich vor, zerre meine Sporttasche aus dem unteren Regal zu mir und öffne mit einer Hand den Reißverschluss, während ich mit der anderen das Handtuch von meinen Schultern ziehe. Ich lasse es auf den Boden fallen.

„Wie fühlt sich deine Platzwunde an?", fragt Bishop, der sich ein paar Meter entfernt auf dieselbe

Bank setzt, da sein Spind zwei Plätze weiter ist. Er kommt auch frisch aus der Dusche.

„Es fühlt sich an, als hätte mich dort ein Schmetterling geküsst", sage ich, was unserem Assistenzkapitän ein tiefes Lachen aus dem Bauch entlockt. Eishockeyspieler würden nie zugeben, bei einem Kampf verletzt worden zu sein.

Ich krame meine Boxershorts aus der Tasche und stehe von der Bank auf. Ich löse das Handtuch um meine Taille und lasse es fallen. Als ich einen Fuß hebe, um in meine Unterwäsche zu steigen, frage ich: „Kommst du mit Brooke heute Abend ins *Sneaky Saguaro*?"

Bishop wirft mir einen kurzen Blick zu. „Ja. Wir kommen ein bisschen mit raus."

Er schaut weg, doch dann zuckt sein Kopf mit großen Augen zu mir zurück. Er hebt den Arm und zeigt mit einem Finger auf mich. „Was zum Teufel ist das?"

Ich schaue nach unten, aber ich weiß, wovon er spricht. Hastig ziehe ich meine Boxershorts an den Beinen hoch und bedecke meine jetzt weichen und glatten Eier.

„Halt's Maul", brumme ich, während ich in meiner Tasche nach einem frischen T-Shirt greife, das ich unter meinem Oberhemd tragen werde.

„Ernsthaft, Erik ... was zum Teufel war das?", fragt er lachend.

Ich knurre in seine Richtung. „Warum zum Teufel glotzt du meinen Schwanz an?"

„Ich schaue mir deine nackten Nüsse an, Alter",

antwortet er, wobei sein Lachen noch etwas hysterischer wird.

Dax geht auf uns zu. Sein Spind ist gegenüber von meinem.

Als ich das T-Shirt über meinen Kopf ziehe, lacht Bishop. „Dax ... wusstest du, dass Erik sich die Eier rasiert hat?"

Mein Kopf ragt durch den oberen Teil des Shirts. „Ich habe sie nicht rasiert. Ich habe sie gewachst."

Bishop beginnt so sehr zu lachen, dass er fast von der Bank fällt. Dax' Lippen verziehen sich amüsiert. Er hat meine frischen, neuen Eier nicht zu sehen gekriegt, also versteht er nicht wie Bishop den Witz.

Er fragt jedoch: „Warum hast du dich enthaaren lassen?"

„Um ein Date mit Blue zu bekommen", antworte ich. Es ergibt keinen Sinn, zu lügen.

Das bringt Bishop zu so lautem Lachen, dass mehrere Teamkollegen ihre Köpfe um die Ecke unserer Umkleidereihe stecken, um zu sehen, was da los ist. Ich schüttle nur den Kopf und ziehe mich weiter an.

Heute Abend trage ich einen hellgrauen Anzug, den ich mir vor Kurzem habe maßschneidern lassen. Dominik Carlson möchte, dass wir für die Presse und die Fans, die vor dem Spielerparkplatz auf uns warten, in bester Kleidung erscheinen. Aus demselben Grund müssen wir sie auch außerhalb des Stadions tragen.

„Du hast ernsthaft deine Nüsse für ein Date gewachst?", fragt Dax ungläubig.

„Es geht um Blue", antworte ich nur, als ob das der einzige verdammte Grund wäre, den ich brauche.

„Wer hat seine Nüsse gewachst?", fragt Legend, als er zu uns tritt. Sein Spind ist direkt links neben mir.

Bishop lehnt sich weiter vor, drückt eine Handfläche auf die Bank und die andere auf seinen Bauch, als ob er vom Lachen schmerzen würden. Und er lacht immer noch.

„Ich", antworte ich Legend und beschließe, einfach dazu zu stehen. „Ich habe Blue zum Essen eingeladen, und sie hat zugestimmt, wenn ich mir ein Brasilian Waxing machen lasse."

„Das ist Folter, Kumpel", erwidert Legend mitfühlend.

„Woher weißt du das?", fragt Dax.

Bishop lacht weiter und tupft sich jetzt die Augen ab.

„Bin mal mit einem Mädchen ausgegangen, das es getan hat, und sie hat es mir erzählt. Ich habe es nicht angezweifelt."

„Es war keine große Sache", lüge ich meine Freunde an.

„Wie fühlt sich das an?", keucht Bishop, während er versucht, sich aufrecht hinzusetzen. „Nicht das eigentliche Wachsen, aber du weißt schon … seidige, weiche Hoden."

Ich mache mir nicht die Mühe, ihm zu antworten. Was immer ich sage, wird ihm wahrscheinlich nur einen Leistenbruch bescheren.

„Er wird dir Bescheid geben, sobald er Blue an ihnen lecken lässt." Dax gluckst und ich wirble mit einem wilden Knurren zu ihm.

„Rede nicht so über sie, verdammt", stoße ich hervor.

Bishop fängt jetzt an zu gackern und Dax hält entschuldigend die Hände hoch. „Whoa, Kumpel. Entschuldigung. Ich schätze, das heißt, du meinst es ernst mit diesem Mädchen."

„Ich habe mir gerade von jemandem heißes Wachs auf die Eier und in die Arschritze gießen und mir dann die Haare ausreißen lassen. Was denkst du denn?"

„In. Deine. Arschritze?" Bishop lacht und keucht die Frage heraus.

„Ach, werd erwachsen", schnauze ich ihn an. Er hat seinen Spaß gehabt. Zeit, das Thema fallen zu lassen.

Aber ich sage zu ihnen allen, falls es noch Zweifel gibt: „Blue ist tabu."

Mehr brauche ich nicht zu sagen. Sogar Bishop hört endlich auf zu gackern. Es wird sich unter den Spielern herumsprechen. Blue darf von nun an nur noch respektvoll angeflirtet oder angesprochen werden.

Das *Sneaky Saguaro* ist für viele Spieler zum Stammlokal geworden. Es ist ein einstöckiges Lokal mit Südwest-Flair, in dem die Kellnerinnen enge Shorts und Cowboystiefel tragen. Ich mag es, weil es 127 Biersorten führt und ich Bier mag. Das

Essen ist auch nicht schlecht.

Der Manager hat einen Bereich im ersten Stock für die Spieler abgesperrt, damit wir etwas trinken und uns entspannen können, ohne von Fans überrannt zu werden. Das heißt aber nicht, dass wir uns nicht um die Fans kümmern, die hierherkommen, um uns zu sehen. Sobald wir da sind, tummeln wir uns im Barbereich im Erdgeschoss und geben allen Fans die Möglichkeit, Fotos zu machen und Autogramme zu erhalten.

Es kommen nach jedem Spiel mehr und mehr Menschen zu uns, vor allem, weil wir so gut abschneiden. Heute Abend gibt es tatsächlich eine Schlange von Leuten, die darauf warten, reinzukommen.

Ich nicke einem Türsteher zu, der jetzt die Tür bewacht, seit das *Sneaky Saguaro* so beliebt geworden ist, und gehe hinein. Es dauert eine gute halbe Stunde, bis ich es in den ersten Stock geschafft habe, wo ich einige meiner Teamkollegen finde, die an Tischen sitzen oder herumstehen und sich unterhalten. Mehrere Puckhäschen wurden hereingelassen und tun ihr Bestes, um von den Spielern bemerkt zu werden. Die Outfits sind unglaublich sexy und ich beschwere mich nicht.

Allerdings bin ich heute Abend nicht hier, um eine Nummer zu schieben.

Das interessiert mich nicht mehr, seit ich Blue mit Billy auf dem Fest gesehen habe.

Ich schlängele mich um Tische, Teamkollegen und heiße Frauen herum und mache mich auf den

Weg zu Bishop und Brooke. Normalerweise würde ich drüben bei den Singles stehen und meinen Auswahlprozess für die Frau starten, die ich in dieser Nacht ficken möchte.

Bishop grinst mich wissend an, als ich mich setze, doch Brooke schenkt mir nur ein süßes Lächeln. Das bedeutet, dass Bishop ihr noch nichts von meinem Waxing erzählt hat. Aber ich weiß, dass er es tun wird. Er wird es ihr nicht vorenthalten.

„Du hast toll gespielt", sagt Brooke.

„Danke", sage ich und winke einer Kellnerin. Sie kommt bis auf einen Meter an mich heran und ich rufe: „Bring mir irgendein Pale vom Fass."

Als ich meine Aufmerksamkeit wieder Brooke zuwende, fügt sie hinzu: „Du hast Reaves so was von in den Hintern getreten."

„Und musste dafür nur mit drei Stichen genäht werden", scherze ich und zeige auf meine Wunde.

Bishop nickt mir zu und schaut kurz auf meine Wunde. „Du hast wirklich ein verdammt gutes Spiel gemacht, Erik. Andere Spieler werden es sich jetzt zweimal überlegen, bevor sie sich mit dir anlegen."

Das ist die Wahrheit. Ein Teil davon, ein guter Enforcer zu sein, ist, wachsam zu sein und alles auf dem Eis zu beobachten. In der Minute, in der einer der gegnerischen Spieler es wagt, einem meiner Jungs gegenüber grob zu werden, wird er dafür bezahlen. Die Formel ist wirklich einfach und wir können Reaves heute Abend als Beispiel nehmen.

Reaves hat Tacker einen Cross-Check mit dem Schläger in den Rücken verpasst, der ihn zum Glück nicht verletzt hat. Aber es hätte sein können, und Tacker ist unser Anführer und erfahrenster Spieler. Außerdem macht er im Schnitt 1,32 Punkte pro Spiel und ist damit momentan der zweitbeste Spieler der Liga.

Meine Aufgabe ist es, Mr. Reaves zu vermitteln, dass es keine gute Idee ist, zu versuchen, meine Teamkollegen zu verletzen. Ich lasse die Handschuhe fallen, wir kämpfen und ich verletze ihn. Ja, ich habe einen kleinen Schnitt davongetragen, der blutete, aber Reaves musste vom Eis geholfen werden. Er war ein wenig desorientiert, als sie ihn abholten, und wegen der Gehirnerschütterungsvorschriften kehrte er nicht ins Spiel zurück.

Wenn wir das nächste Mal spielen, wird sich Reaves zweimal überlegen, ob er Tacker angreift.

Unser Kampf wird heute Abend und morgen in allen Sportsendungen übertragen. Andere Spieler werden ihn sehen.

Die gleichen Spieler werden es sich auch zweimal überlegen, ob sie sich mit mir anlegen.

Das ist der ganze Sinn, einen Enforcer im Team zu haben.

Heute Abend ging es nicht nur darum, jemandem physisch in den Arsch zu treten. Es ging darum, dies an allen Fronten zu tun. Wir haben die Vegas Spades diesmal leicht besiegt, und zusätzlich zu meinem fantastischen Kampf habe ich auch noch einen Punkt für eine Torvorlage bekommen.

Brooke hat also recht. Ich habe großartig gespielt.

Brooke lehnt sich zu Bishop, um zu reden, und ich nutze die Gelegenheit, um etwas zu tun, was ich unbedingt tun wollte, seit ich heute Morgen aus dem Waxing-Salon gekommen bin.

Ich rufe dank Legend Blues Kontaktinformationen in meinem Handy auf, der sie von Valerie bekommen hat, und schicke ihr eine Nachricht.

Ich bin bereit, dich zum Essen einzuladen. Welcher Abend passt dir?

Es ist unwahrscheinlich, dass sie sofort antwortet. Ich habe keine Ahnung, ob sie eine Nachteule ist oder nicht. Es geht auf elf Uhr nachts zu und sie könnte schon schlafen.

Die Kellnerin kommt mit meinem Bier zurück, ich gebe ihr einen Zehn-Dollar-Schein und sage ihr, sie solle das Wechselgeld behalten. Ihre Augen leuchten auf, als könnte das ein Zeichen dafür sein, dass ich mich über meine Dankbarkeit für das leckere Getränk hinaus für sie interessieren würde. Ich schenke ihr jedoch keine Beachtung, denn mein Handy vibriert und ich sehe, dass Blue geantwortet hat.

Beweis es.

Ich schnaube, ein böses Grinsen umspielt meine Lippen. Meine Antwort ist schnell geschrieben. *Sorry. Ich schicke keine Schwanzfotos an Frauen. Das ist unhöflich.*

Ich kann mir das Lachen nicht verkneifen, als sie zurückschreibt. *Normalerweise hasse ich Schwanzfotos, aber ich brauche einen Beweis. Weil du mich zu einem Abendessen überreden könntest, obwohl alle deine Löckchen immer noch vorhanden sind. Also Schwanzfoto oder kein Date.*

Ein bellendes Lachen entkommt mir und sowohl Brooke als auch Bishop sehen mich neugierig an. Ich schüttle nur den Kopf in ihre Richtung und grinse, während ich Blue zurückschreibe. *Gib mir eine Minute.*

„Bin gleich zurück", sage ich zu Brooke und Bishop und stehe auf.

Ich hätte nie gedacht, dass ich Blue meinen Schwanz so zeigen würde. Es ist in gewisser Weise demütigend, eine der Kabinen in der Herrentoilette benutzen zu müssen. Nachdem ich meinen Gürtel geöffnet, den Reißverschluss meiner Hose aufgemacht und mein Hemd aus dem Weg geschoben habe, kann ich mich genug entblößen, um ein Foto zu machen.

Wenn ich so ein Bild an eine hinreißende Frau wie Blue schicke, würde ich sie gern mit meiner vollen Größe beeindrucken – etwas mehr als zwanzig Zentimeter in seiner ganzen Pracht und verhältnismäßig dick. Aber nichts an dieser Situation könnte mir eine Erektion entlocken, und außerdem … Sie hat mich schon einmal von meiner besten Seite gesehen.

Also halte ich die Kamera nur, so gut es geht, nach vorn und mache ein Foto von meiner Leistengegend, die glatt wie ein Babypopo ist.

Ich schicke ihr sofort eine Nachricht, und kaum habe ich alles wieder in meine Hose gesteckt, antwortet sie: *Ich kann nicht fassen, dass du das getan hast. Ich schätze, ich schulde dir ein Date.*

Ja, das tut sie, und ich will ihr keine Möglichkeit lassen, kalte Füße zu bekommen. *Morgen. Ich hole dich um 19 Uhr ab.*

Kapitel 8

Erik

Die Fahrt, um Blue zum Abendessen abzuholen, dauert von meinem Zuhause in Scottsdale nur etwa fünfundzwanzig Minuten. Kein Wunder, sie wohnt ganz in der Nähe des *Cresson*, in einer Gegend, die mich sehr an Billys Gruppenheim erinnert. Kleine Häuser und Doppelhäuser mit tristem Stuck und Vorgärten, die größtenteils aus Dreck mit kleinen braunen Grasflecken bestehen. In ihrem steht ein mikriger Baum, der braun und nahezu tot ist.

Ich parke draußen auf der Straße und folge dem geraden Gehweg bis zu ihrer Haustür. Es gibt nicht viel Veranda, aber am äußeren Rand steht ein Blumenarrangement in Rosa, Blau, Gelb und Weiß. Ein willkommener Farbklecks in dieser sonst so gleichförmigen Umgebung. Ich registriere den Kontrast zu meinem eigenen unglaublich teuren Haus, in dem sich alles um Farbe dreht. Satte lachsfarbene Stuckwände, rotes Ziegeldach, üppiges Gras und tropische Grünpflanzen. Ein Koi-Teich auf der Vorderseite und ein riesiger Pool auf der Rückseite steuern Blautöne bei. Mein Haus ist ein wahrer Regenbogen im Vergleich zu dem von Blue, ganz zu schweigen davon, dass es etwa fünfmal so groß ist.

Mir gefällt nicht, wie ich mich fühle, weil Blue hier in einer Gegend lebt, die ziemlich heruntergekommen aussieht, je mehr ich das alles auf mich wirken lasse.

Es gibt keine Klingel, also klopfe ich mit den Fingerknöcheln an die Tür. Farbe blättert ab und fällt auf die Betonveranda.

„Ich komme", höre ich Blue von drinnen rufen, und ich kann mir vorstellen, wie sie einen Ohrring ansteckt, ihre Handtasche schnappt und sich fragt, ob sie den Lockenstab ausgeschaltet hat. Sie klingt aufgeregt und gehetzt, und ich kann es kaum erwarten, zu sehen, wie sie aussieht, wenn sie die Tür öffnet.

Und da ist sie.

Ich habe ihr gesagt, dass ein kleines Schwarzes angemessen wäre, als sie fragte, was sie für unser Date anziehen soll, aber sie ist in Rot gekleidet. Und ihr Kleid ist nicht besonders kurz, doch es ist spektakulär. Karmesinroter Stoff, der sich jedem Zentimeter ihres Körpers anpasst. Der Ausschnitt des Kleides reicht bis knapp unter ihr Schlüsselbein, sodass keine Haut und kein Dekolleté zu sehen sind, allerdings macht das nichts. Die Kurve ihrer Brüste ist wunderschön. Die schmale Taille und die breiteren Hüften, alles in Rot gehüllt, sind verdammt sexy. Der Saum endet unter dem Knie, und das Kleid ist so gut geschnitten, dass ich weiß, dass es hinten einen Schlitz haben muss, damit sie gehen kann. Sie trägt schwarze Stöckelschuhe, die sie fast fünf Zentimeter größer machen, aber nicht hoch genug sind, um uns auf Augenhöhe zu bringen.

„Heiliger Strohsack", sage ich, während ich aus meinem Glotzen keinen Hehl mache. Ich lasse meinen Blick nach unten schweifen, dann wieder nach oben, und stelle fest, dass sie mich angrinst.

Sie hat eine schwarze Clutch unter einen Arm geklemmt und neigt den Kopf zur Seite, damit sie ihren letzten Ohrring anstecken kann, genau wie ich es mir vorgestellt habe. Die einfachen silbernen Creolen sehen toll aus.

„Du siehst auch sehr gut aus", sagt sie, während sie mich flüchtig mustert.

Ich trage heute Abend meinen besten Anzug, in einem Grau, das so dunkel ist, dass es fast schwarz wirkt. Dazu habe ich ein lavendelfarbenes Hemd und eine Krawatte in einem dunkleren Lavendelfarbton gewählt, und wenn man genau hinschaut, sieht man in dem Gewebe meines Anzugs lavendelfarbene Nadelstreifen.

Ich trete von der Tür zurück, als Blue die Schwelle überschreitet. Sie betätigt einen Riegel und schließt dann das normale Schloss, bevor sie ihre Schlüssel in ihre Tasche wirft und sich zu mir umdreht.

Ich halte ihr meinen Arm hin, und sie legt ihre Finger knapp unter meinen Bizeps, damit ich sie zu meinem Auto begleiten kann.

„Das ist wirklich auffällig", sagt sie, als sie meine Corvette in Augenschein nimmt.

„Ich habe auch einen Pick-up. Wäre dir der lieber gewesen?"

Sie gibt ein leises Lachen von sich. „Nur, wenn

wir Offroad fahren oder Möbel transportieren würden. Protzig hat durchaus seinen Platz, und heute Abend passt es perfekt."

„Nun, heute Abend ist ja auch etwas Besonderes", erwidere ich, öffne die Beifahrertür und halte ihre Hand, während sie einsteigt.

„Warum?", fragt sie und blickt zu mir auf.

Ich lasse ihre Hand los und mache mich bereit, die Tür zu schließen. „Weil das unser erstes Date ist."

„Bei dir klingt das so, als ob es noch andere geben wird."

Im Gegenzug erhält sie ein freches Zwinkern. „Das wird es."

„Wir werden sehen", murmelt sie mit einem Lächeln.

„Du weißt, dass ich keinen Eishockeyspieler daten wollte", sagt Blue, nachdem sie einen Schluck von dem Wein genommen hat, den ich bestellt habe. „Nicht in dieser Phase meines Lebens."

„Aber du hast deine Meinung geändert", vermute ich aufgrund ihres Tonfalls und lehne mich in meinem Stuhl zurück.

Sie kichert und deutet auf das Innere des Restaurants, das ich ausgesucht habe. „Es ist schwer, von dem hier nicht beeindruckt zu sein."

Ich lasse meinen Blick über das gehobene Etablissement schweifen, das ich für unser erstes Date ausgewählt habe. Kein einziger Tisch ist von jemand anderem besetzt. Unserer steht in der Mitte des Speisesaals, und wir sind ganz allein, weil ich das komplette Restaurant gemietet habe, damit wir Privatsphäre haben. Ich habe mich mit dem Besitzer auf eine unglaubliche Summe geeinigt, die ihn für das entschädigt, was er normalerweise mit dem Verkauf von Speisen und Alkohol eingenommen hätte. Ich habe auch das Personal bezahlt, das einen unerwarteten freien Abend hat, einschließlich der Trinkgelder, die es verdient hätte – was eine Menge war, da das Essen exorbitant teuer ist.

„Das war teilweise meine Absicht", gebe ich zu, denn Blue ist klug genug, um herauszufinden, was mich das heute Abend kostet. „Um dich zu beeindrucken. Aber ich wollte auch Privatsphäre, damit wir nicht belästigt werden."

„Von Fans?", fragt sie.

„Ja … das gehört dazu, fürchte ich."

„Hey, ich habe in L.A. gelebt. Ich kenne das Geschäft", erwidert sie, während ihr Finger den Rand ihres Weinglases umkreist. Wir haben unsere Bestellung aufgegeben, und der Kellner hat sich in die Küche zurückgezogen, um uns absolute Privatsphäre zu geben, in der wir unseren Wein genießen.

„Was hast du in L.A. gemacht, als wir uns kennengelernt haben?", frage ich sie, überaus neugierig auf die Frau, die sie gewesen ist, und die Frau, in die sie sich verwandelt hat.

Ihre Miene trübt sich leicht und sie zuckt mit den Achseln. „Ich wollte einfach raus aus Phoenix. Ich hatte wohl viel zu große Träume und dachte, ich könnte draußen groß rauskommen. So wie Tausende anderer Mädchen.“

„Modeln? Schauspielerei?“

„Entweder oder“, antwortet sie. „Ich wollte etwas Großes sein. Etwas, was ich dort oder im College nie erreichen würde.“

„Daran ist nichts auszusetzen.“

„Meine Eltern sahen das nicht so“, sagt sie mit einem Lachen, dem jede Fröhlichkeit fehlt. „Ich habe einem Sportstipendium an der Universität von Arizona den Rücken gekehrt.“

„Schwimmen?“

„Ja. Das Geld war wegen Billys Beeinträchtigungen immer knapp, also waren meine Eltern überglücklich, als ich das Stipendium bekam.“ Sie verstummt und nimmt ihr Glas Wein in die Hand. Sie wendet ihren Blick zur Seite und trinkt einen kleinen Schluck.

Auch wenn wir die Einzigen im Raum sind, senke ich die Stimme. „Ich vermute mal, dass deine Eltern nicht glücklich darüber waren, dass du nach L.A. und nicht mit dem Stipendium aufs College gegangen bist.“

Ihre ruhigen braunen Augen kehren zu meinen zurück, und obwohl sie ihr Kinn anhebt, um vielleicht den Eindruck zu erwecken, dass sie zu diesem Zeitpunkt von ihrer Lebensentscheidung überzeugt war, kann ich die Schuldgefühle in ihnen sehen. „Es hat einen Riss zwischen uns verursacht“, gibt sie zu.

Unser Kellner erscheint mit den Vorspeisen an unserem Tisch. Er stellt sie vor uns hin, und die

Gerichte enttäuschen nicht. Ich habe mich für ein erstklassiges, trocken gereiftes Delmonico-Steak entschieden, von dem ich weiß, dass dieses Stück Rindfleisch den Preis von 95 Dollar auf jeden Fall wert ist. Blue hat gebratene Jakobsmuscheln bestellt, die ebenfalls köstlich aussehen, aber mich nicht satt machen würden. Der Kellner verschmilzt mit dem Hintergrund, nachdem wir ihm versichert haben, dass alles gut aussieht, und ich schneide mein Steak an.

Blue schneidet eine große Jakobsmuschel vorsichtig in Viertel und nimmt einen zierlichen Bissen. Sie schließt die Augen und stöhnt vor Vergnügen, ein Geräusch, das mich direkt zwischen meinen Schenkeln trifft.

„Gut?", frage ich sie.

„Du musst probieren", sagt sie, spießt eines der Stücke mit ihrer Gabel auf und hält es mir über den Tisch hin.

Es ist eine sehr intime Handlung und eine, die ich nicht von Blue erwartet habe. Ich musste eine ganze Menge verrückte Dinge tun, nur um sie dazu zu bringen, mit mir auf ein Date zu gehen, also habe ich gedacht, dass sie zurückhaltend und vorsichtig ist.

Was in Ordnung ist. Ich kann geduldig sein, wenn ich es sein muss.

Ich beuge mich vor und lasse mich von ihr mit dem Häppchen füttern. Die Aromen von Honig und Limette explodieren auf meiner Zunge, und ich bereue, dass ich nicht noch etwas davon zu meinem Steak dazubestellt habe.

„Gut, hm?“, fragt sie mit einem Lächeln.

„Wirklich gut“, antworte ich, nachdem ich den Bissen heruntergeschluckt habe.

Wir essen ein paar Augenblicke schweigend, was mir Zeit gibt, über Blue nachzudenken; darüber, was ich bisher über sie erfahren habe. Offensichtlich sind ihre Eltern ein heikles Thema und ich würde gern mehr wissen, aber ich beschließe, sie nach etwas zu fragen, von dem ich weiß, dass es ihr Freude bereitet.

„Erzähl mir mehr über Billy“, bitte ich und trinke einen Schluck Wasser. „Wie groß ist der Altersunterschied zwischen euch beiden?“

„Ich bin sechs Jahre älter“, antwortet sie mit einem zarten Lächeln.

„Was genau sind seine Einschränkungen?“, frage ich neugierig.

„Du hast seine körperliche Verfassung gesehen. Er kann nicht wirklich gehen, nur sehr kurze Strecken und mit Hilfe, also sitzt er meistens in einem elektrischen Rollstuhl. Seine Arme haben einige signifikante Versteifungen, aber seine Hände funktionieren ziemlich gut, obwohl er eine Menge Therapie bekommen muss. Er hat ein paar kognitive Beeinträchtigungen, sodass das Erlernen neuer Dinge schwierig und frustrierend sein kann.“

„Das kann ich mir vorstellen.“ Es ist eine automatische Antwort, denn ich habe im Grunde keine Ahnung, wie es für Billy ist.

„Für mich ist das Schwierigste seine Sprache. Er

kann ein paar einfache Wörter bilden, aber seine Dysarthrie – die Schwierigkeit, Wörter zu bilden, weil seine Muskeln schwach sind – ist ziemlich ausgeprägt. Obwohl er also sehr gut versteht, was andere sagen, kann er nicht wirklich mit Worten zurückkommunizieren."

„Wie äußert er dann seine Bedürfnisse?"

Blue schenkt mir ein strahlendes Lächeln, als ob sie sich über meine Frage und den Wunsch, mehr über ihren Bruder zu erfahren, freuen würde. „Er benutzt etwas Zeichensprache. Oft ist es so, dass ich eine Vermutung anstelle und eine Frage stelle, auf die er ‚Ja' oder ‚Nein' sagen kann. Wie gesagt, er kann einige grundlegende Wörter bilden, aber er kann sie nicht in einem kompletten Satz verwenden, weil er einfach nicht die Muskelkraft oder Koordination hat."

„Und ich nehme an, er bekommt dafür Logopädieunterricht im *Cresson*?"

„Das tut er", sagt sie mit einem bedauernden Seufzer. „Aber er ist nicht so toll wie in seinem vorherigen Zuhause. Er ist erst seit ein paar Monaten im *Cresson*, und das Personal ist nicht so gut wie dort, wo er vorher war."

„Warum hast du ihn umziehen lassen?"

Blue schüttelt den Kopf und winkt abweisend. „Du musst dir das nicht alles anhören. Wir haben genug darüber geredet ..."

„Ich will es wissen", unterbrach ich sie. „Du hast recht ... Ich *muss* es nicht wissen, aber ich *will* es wirklich wissen."

Sie studiert mich einen Moment. Ihr Blick bohrt sich in meinen, um herauszufinden, ob das, was ich sage, die Wahrheit ist. Scheinbar zufrieden mit dem, was sie sieht, holt sie tief Luft und stößt sie langsam wieder aus. „Als meine Eltern noch lebten, konnten sie sich eine bessere Unterbringung leisten. Mein Vater verdiente gutes Geld und war gut versichert und meine Mutter arbeitete in Teilzeit. Sie hatten auch beide ausgezeichnete Lebensversicherungen, sodass Billy auch nach ihrem Tod richtig versorgt werden konnte. Aber ich habe ein paar Probleme mit den Policen, sodass ich ihn in der Zwischenzeit in etwas umziehen lassen musste, das günstiger war.“

Etwas Seltsames passiert mit mir. Ich hatte lediglich ein intensives Interesse an Blue, und das betrifft auch ein Interesse an ihrem Leben als Ganzes, was wiederum Billy einschließt. Aber als mir klar wird, dass Blue einige wirklich schwere Lasten in ihrem Leben hat, verwandelt sich mein Interesse in eine andere Art von Gefühl. Aus irgendeinem Grund entwickle ich ihr gegenüber Beschützerinstinkte, was bedeutet, dass sie die zweite Frau in meinem Leben ist, die das in mir auslöst.

Die erste war meine eigene Mutter, was zwischen einer Mutter und ihrem Jungen nur natürlich ist.

„Was für Probleme hast du mit der Versicherung?“ Ich versuche, die Frage locker und im Gesprächstonfall zu halten, aber mein Gehirn versucht bereits, genau zu berechnen, wie ich ihr helfen kann.

Blue starrt mich an, die Gabel in der Luft, um einen Bissen von ihren überbackenen Kartoffeln zu nehmen.

Ich kann die Frage in ihren Augen sehen. Warum zum Teufel sollte sich jemand wie ich – ein bekannter Player und „Benutzer" von Frauen – überhaupt um dieses Zeug kümmern? Ich halte nur ihren Blick und warte ab.

Schließlich steckt sie sich die Kartoffeln in den Mund und kaut. Ich genieße es, ihr beim Essen zuzusehen, denn ihre Lippen sind sexy und ihre Kehle auch, wenn sie schluckt. Nach einem Schluck Wein fragt sie: „Weißt du, wie meine Eltern gestorben sind?"

„Ein Autounfall", antworte ich, da sie es eines Abends erwähnt hatte, als wir alle zusammen auf einer dieser ausgedehnten Auswärtsspielreisen essen gegangen sind.

„Mein Vater saß am Steuer und hatte einen Herzinfarkt. Sein Auto geriet auf die andere Fahrbahn und wurde von einem Sattelzug erfasst."

Bevor ich mich zurückhalten kann, strecke ich die Hand über den Tisch und nehme ihre. Sie blinzelt überrascht und starrt sie einen Moment an, ehe sie mich wieder ansieht.

„Mein Gott. Es tut mir wirklich leid, Blue. Es gibt nie eine gute Art, seine Eltern zu verlieren, aber das ist schrecklich."

Sie schluckt schwer und nickt. Ihre Emotionen sorgen dafür, dass ihre Stimme erstickt klingt. „Ja.

Es war, gelinde gesagt, ein Schock. Jedenfalls sagt die Lebensversicherung, dass mein Vater eine vorher bestehende Herzerkrankung hatte, die er bei seinem Antrag nicht angegeben hat, und sie haben die Auszahlung verweigert. Die Police meiner Mutter hat gezahlt, aber trotz ein paar kluger Investitionen reicht es kaum, um Billy im *Cresson* zu lassen."

„Hast du einen Anwalt?", frage ich.

Sie schüttelt den Kopf und zieht ihre Hand unter meiner weg. „Ich kann mir keinen leisten."

„Ich rufe meinen morgen an, damit er es sich ansieht."

„Erik", ruft sie mit einem abrupten Kopfschütteln aus. „Nein. Das kannst du nicht machen."

Diese Weigerung überrascht mich nicht. Blue scheint eine stolze Frau zu sein. Ich könnte sie überrollen, wenn ich wollte, aber stattdessen frage ich: „Gehst du mit mir auf ein weiteres Date?"

Ich muss mich zwingen, nicht zu lachen, als sie mich verwirrt ansieht und ihr Mund offen steht. „Was?"

„Ein weiteres Date?", wiederhole ich. „Ich würde dich gern wiedersehen."

„Wir sind mit diesem hier noch nicht fertig."

Ich rolle mit den Augen. „Wenn wir fertig wären und du bedenkst, wie die Dinge gelaufen sind, würdest du wieder mit mir ausgehen?"

Sie runzelt die Stirn, als sie über meine schräge Frage nachdenkt, und antwortet etwas zögerlich:

„Ähm … ja, das würde ich."

„Gut", sage ich mit einem nachdrücklichen Nicken. „Ich werde morgen meinen Anwalt anrufen."

„Warte!", ruft sie und lacht. „Nein, Erik. Du kannst nicht …"

„Wir sind zusammen", erwidere ich mit einem lässigen Achselzucken. „Es ist das, was jeder Freund für seine Freundin tun würde."

„Nein", sagt sie mit einem Augenzwinkern. „Nicht *irgendein* Freund."

„Nun, dein stinkreicher Superstar-Eishockey-Freund würde."

„Du bist nicht mein fester Freund." Die Verzweiflung in ihrer Stimme ist verdammt süß und ich möchte sie am liebsten küssen.

„Doch", antworte ich, während ich wieder ein Stück von meinem Steak abschneide. „Ich gehe mit keiner anderen aus und du hast einem weiteren Date zugestimmt. Also daten wir jetzt. Technisch gesehen macht mich das zu deinem festen Freund."

„Das ist lächerlich", stößt sie aus, aber ich kann die Belustigung in ihren Augen glitzern sehen. „Außerdem … Vielleicht gehe ich ja gerade mit jemand anderem aus."

„Tust du nicht", sage ich mit relativer Sicherheit.

Sie leugnet es nicht, sondern hebt ihr Glas. Sie nimmt erneut einen langen Schluck und sieht mich über den Rand hinweg an. Als sie es wieder auf den Tisch stellt, sagt sie etwas, das alles bestätigt, was ich fühle, seit ich sie kenne.

„Du hast dich definitiv verändert", murmelt sie, und die Wertschätzung in ihrer Stimme ist offensichtlich.

„Ja, das habe ich."

Kapitel 9

Blue

Es ist total seltsam, dass ich innerhalb von ein paar Wochen von einer totalen Abneigung gegen Erik Dahlbeck zu einer Art Verliebtheit in ihn übergegangen bin. Unser Date gestern Abend war … magisch.

Ja, das ist das einzige Wort, um es zu beschreiben.

Ich habe versucht, zu überschlagen, wie viel es ihn gekostet haben muss, das Restaurant zu mieten, aber dann wird die Zahl so groß und überwältigend, dass ich einfach aufgebe. Wir blieben bis fast Mitternacht dort und redeten einfach. Ich trank noch mehr Wein, aber er blieb enthaltsam, weil er sagte, er würde später eine wichtige Fracht transportieren. Das ließ mich ein wenig dahinschmelzen, andererseits … er hatte von dem Moment an meinen Widerstand untergraben, als er sagte, dass wir miteinander ausgehen.

Dass er mein fester Freund ist.

Und dass er in meinem Namen einen Anwalt anrufen wird, der sich um die Lebensversicherung meines Vaters kümmern soll.

Mein Kopf dreht sich, als ich darüber nachdenke, wie viel gestern Abend beim Abendessen passiert ist. Verschwunden war der Mann, den ich zu kennen glaubte. Der ungestüme, sündhaft sexy Mann, der mir den besten Sex meines Lebens beschert und sich nicht einmal geschämt hat, als er mich am nächsten Abend zu einem Vierer mit ihm und zwei anderen Frauen eingeladen hat, als ich ein zweites Date erwartet habe. Tatsächlich fällt es mir schwer, *diesen* Erik mit dem in Verbindung zu bringen, mit dem ich den letzten Abend verbracht und über alles Mögliche geredet habe.

Er hatte noch viele Fragen über Billy, die ich gern beantwortete. Da Erik davon überzeugt ist, dass wir uns weiterhin treffen werden, hat er akzeptiert, dass Billy ein fester Bestandteil meines Lebens ist. Das ist gut, denn jeder Mann, der das nicht in Kauf nimmt, hat den Platz neben mir nicht verdient.

Ich habe auch eine Menge über Erik erfahren. Er kommt aus Minnesota und ist ein Einzelkind. Seine Eltern ließen sich scheiden, als er noch klein war, und seine Mutter heiratete ziemlich schnell wieder. Erik verstand sich nicht mit seinem Stiefvater, der ein ziemlicher Zuchtmeister war, und verbrachte die meiste Zeit mit seinem Vater.

Erik gab verlegen zu, dass sein Vater – ein sehr erfolgreicher Immobilienanwalt – ein großer Playboy war, sogar bis zum heutigen Tag ist. Er geht mit Frauen aus, die viel jünger sind als er, und hat nie wieder geheiratet.

„Der Apfel ist nicht weit vom Stamm gefallen, hm?", habe ich ihn gestern Abend geneckt, als er mir das erzählt hat.

Sein Lachen war locker, aber sein Blick war ernst, als er sagte: „Ich glaube, mein Vater hat einfach noch nicht die richtige Frau getroffen."

Die Andeutung war klar. Erik hat es sich in den

Kopf gesetzt, dass ich vielleicht seine „Richtige"
war, und ja … das machte mich noch ein bisschen
verliebter in ihn.

Seit er mich gestern Abend vor meiner Haustür
abgesetzt hat – mit nichts weiter als einem sanften,
kurzen Kuss auf die Wange –, musste ich mir ein
Dutzend Mal vorsagen, dass ich mich nicht von
dem Ruhm und der Berühmtheit eines Eishockey-
spielers überwältigen lassen darf. Es ist der Lebensstil, nach dem ich mich einst sehnte und für
den ich vor Jahren sehr beschämende Dinge getan
habe, und ich muss mich selbst daran erinnern,
dass es nicht mehr das ist, was ich will.

Also habe ich mir vorgenommen, dass ich Erik
zwar sehr gern weiter sehen würde, aber dass es
nichts Ernstes werden kann. Ich glaube nicht, dass
Erik eine Beziehung auf lange Sicht durchhält, und
ich muss mich auf mich und Billy konzentrieren.

Das sage ich mir ein weiteres Mal, während ich
mich im Spiegel betrachte.

Als Erik meinte, er wolle ein weiteres Date mit
mir, habe ich nicht erwartet, dass er darauf bestehen würde, es auf heute Abend zu legen. Es war
Halloween, und Legend veranstaltet eine Kostüm-
party in seinem Haus.

Ich hatte keinen Grund, Nein zu sagen. Ich habe
den Tag mit Billy verbracht und hatte für heute
Abend keine anderen Pläne, als Süßigkeiten an
jeden zu verteilen, der es wagte, seine Kinder
nachts in meiner Gegend rauszulassen.

Ich streiche mit den Händen über mein Kostüm,

drehe mich nach links und rechts und betrachte meine Silhouette im Spiegel. Auf Eriks Frage, ob ich ein Kostüm hätte, meinte ich nur, ich sei vorbereitet. Ich liebe Halloween und besitze tatsächlich mehrere, die ich im Laufe der Jahre getragen habe, vor allem zu einigen der großen Partys und in den Clubs, die ich in L.A. an den gruseligen Festtagen besucht habe. Aber dieses hier ist mein Favorit, nicht nur, weil es sexy ist, sondern weil ich mich darin stark und unbesiegbar fühle.

Das Klopfen an meiner Tür schreckt mich auf und mein Herz beginnt zu rasen. Ich frage mich, was Erik denken wird, wenn er mich sieht. Gestern Abend war er noch ein Gentleman, aber wird das auch heute Abend so sein? Ein Teil von mir will nicht, dass er es ist, denn selbst, wenn er es nicht ist, erinnere ich mich nur zu deutlich daran, wie großartig diese eine Nacht mit ihm war.

Aber der vernünftige Teil von mir – derjenige, der mir sagt, dass ich mich nicht zu sehr in all das hineinsteigern soll – möchte, dass er etwas Abstand hält, damit ich mich darauf einlassen kann. Ich habe keine Beziehung gesucht, und auch wenn es stimmt, dass Erik und ich andere Menschen sind als vor fünf Jahren, weiß ich, dass er seit vielen Jahren ein Party-Playboy ist. Es ist ein einfacher Lebensstil, da bin ich mir sicher.

Viel einfacher, als mit einer Frau auszugehen, die bei der Pflege ihres behinderten jüngeren Bruders hilft.

Ich gehe zur Haustür, wackle nur leicht auf den

Plateaustiefeln mit Pfennigabsätzen. Ich werde sicherer werden, sobald ich ein bisschen herumlaufen kann, aber es ist lange her, dass ich so hohe Schuhe getragen habe.

Als ich die Tür öffne, vergesse ich, mich zu fragen, was Erik von meinem Kostüm hält, und verliere mich stattdessen einfach in der Pracht vor mir.

Er ist ein Pirat.

Ein riesiger, sexy und auffällig gekleideter Pirat. Er hat sich vollkommen in Johnny Depp aus *Fluch der Karibik* verwandelt. Ein rotes Halstuch um seinen Kopf, das eine sehr authentisch aussehende Perücke aus Dreadlocks, Perlen und Zöpfen an Ort und Stelle hält. Ein bauschiges weißes Hemd, graue Weste und weiße Schärpe um seine Taille. Gut sitzende schwarze Hose und Piratenstiefel. Jemand muss ihm beim Schminken geholfen haben, denn seine Augen sind perfekt mit dickem Kajal umrandet, genau wie die von Jack Sparrow in den Filmen. Er hat sich sogar rasiert und nur einen Schnurr- und Kinnbart stehen lassen.

„Wow", sage ich anerkennend, während ich ihn auf mich wirken lasse. „Das Kostüm ist großartig!"

Er antwortet nicht, sondern lässt nur seinen Blick über mich schweifen.

Ich lege eine Hand auf meine Hüfte. „Gefällt es dir?"

Erik streckt seinen Zeigefinger aus und macht eine kreisende Bewegung, um zu signalisieren, dass er möchte, dass ich mich umdrehe. Das tue ich, damit er mein Catwoman-Kostüm betrachten kann. Es ist aus glänzendem, schwarzem, dehnbarem Vinyl, mit weißen, unregelmäßigen Stichen an den Nähten. Es liegt an wie eine zweite Haut, und ich konnte nur deshalb allein hineinkommen, weil es hinten einen Reißverschluss mit einer Quaste hat, mit dem ich es schließen kann. Die Maske passt sich perfekt an mein Gesicht an und lässt nur mein Kinn und meinen Mund frei. Ich habe meine Augen mit dunklem Eyeliner geschminkt und meine Lippen in einem tiefroten Farbton bemalt.

Als ich mich wieder umdrehe, um Erik anzusehen, grinst er mich lüstern an. „Ich weiß, dass es völlig unangebracht wäre, vorzuschlagen, die Party ausfallen zu lassen und mich herausfinden zu lassen, wie schwierig es wäre, dich aus diesem Ding herauszuholen. Also werde ich es nicht tun."

„Gut so!" Ich rümpfe in gespielter Schamhaftigkeit die Nase. „Wir gehen nur zusammen aus. Wir schlafen nicht miteinander."

„Das stimmt", gesteht er mir zu, und ich bin sowohl entzückt, dass er so einfach einen Rückzieher gemacht hat, als auch ein wenig enttäuscht. Sicher wäre es für Erik überhaupt nicht schwer gewesen, mich zu überreden, die Party ausfallen zu lassen, aber ich bin sehr angetan davon, wie locker er es genommen hat. Ich bin nicht so dumm, zu glauben, dass Sex für Erik nicht wichtig ist. Verdammt, für mich ist er auch wichtig.

Aber es scheint nicht das zu sein, was ihn bei mir antreibt, und das ist einfach … erfrischend und ich möchte es genießen.

Auf dem Weg zu Legends Haus fragt mich Erik nach meinem Tag mit Billy. Ich erzähle ihm, dass wir Kürbisse geschnitzt, Herbstkekse gebacken und Süßes oder Saures auf den Stationen der Krankenschwestern gespielt haben.

Er fragt mich etwas, was mich tief im Herzen trifft. „Weiß Billy, was Eishockey ist?"

„Klar", erwidere ich. „Mein Vater war ein großer Sportfan und sie haben sich die Spiele zusammen angesehen. Ich kann nicht behaupten, dass er es oft oder in letzter Zeit geschaut hat, aber er weiß, dass ich für ein Profi-Eishockeyteam arbeite."

„Würde er gerne zu einem Spiel kommen?"

Ich drehe den Kopf und schaue ihn an, mein Mund öffnet sich leicht vor Überraschung. „Ja, aber das wäre ein ganz schön großes Unterfangen. Der Transport und sein elektrischer Rollstuhl."

„Kein Problem", sagt er mit einer abwehrenden Handbewegung. „Das ist alles leicht zu planen. Wir haben übernächsten Samstag ein Nachmittagsspiel. Wenn du Lust hast, bringe ich ihn zum Spiel, und vielleicht können wir danach etwas zusammen unternehmen, was ihm Spaß macht."

Ich starre Erik nur an, der wie ein teuflischer Pirat aussieht, aber wie der tollste Freund aller Zeiten klingt. „Ist das dein Ernst?"

Er sieht mich kurz an, bevor er seine Aufmerksamkeit mit einem Lächeln wieder auf die Straße richtet. „Ja, ich meine es ernst, Blue. Du kannst davon ausgehen, dass alles, was ich zu dir sage, dir anbiete oder von dir verlange, mein Ernst ist."

Ich bin sprachlos, also starre ich ihn einfach an.

Erik wechselt das Thema und fragt mich, woher ich mein Catwoman-Kostüm habe.

Als wir vor Legends Haus halten, bin ich überrascht, wie viele Leute hier sind. Die Straße ist von Autos gesäumt und Erik parkt am Ende der Einfahrt. „Du steigst hier aus und wartest auf mich, während ich einen Platz zum Parken suche."

Ich nehme sein Angebot gern an, denn ich möchte heute Abend so wenig wie möglich in diesen Absätzen laufen. Während er wegfährt, schaue ich mir Legends Haus an. Er wohnt in einer sehr gehobenen Gegend, aber sein Haus ist nicht so protzig, wie ich erwartet habe. Es ist groß, kein Zweifel. In der unteren Etage sind die Jalousien und Vorhänge offen, sodass man ins Haus sehen kann. Dutzende von Menschen halten sich darin auf, alle in Kostümen. Ich höre Musik aus dem Inneren und sogar Gelächter. Erik hat mir erzählt, dass Legend selbst eine Menge am Haus umgebaut hat und er ihm bei einigen Projekten geholfen hat.

Ich nehme das Haus auf der linken Seite von Legends in Augenschein und bemerke die Ähnlichkeit. Dann wende ich mich dem auf der rechten Seite zu und meine Lippen kräuseln sich nach oben. Es ist das gleiche Stuck- und Steindesign, das man oft im Südwesten sieht. Der Garten ist genauso minutiös gepflegt und designt wie der von Legend, aber er wirkt völlig überladen wegen all der Gartenverzierungen, die hier herumstehen. Jeder

Winkel der Blumenbeete und Gehwege wird gesäumt von Statuen, Gnomen, bronzenen Windrädern, Fahnen und Töpferwaren in kräftigen Farben. Auf der Veranda stehen Körbe mit bunten Blumen und an der Eingangstür hängt ein riesiger Keramikgecko. Man merkt, dass der Bewohner eine skurrile Person ist.

Eriks Hand an meinem unteren Rücken lässt mich kurz aufschrecken, als er an meiner Seite erscheint. „Bereit?"

„Klar", sage ich fröhlich und freue mich auf die Party.

Ich war nicht immer besonders gesellig. In der Highschool habe ich mich spät entwickelt. Ich war groß und schlaksig mit einem schlanken, flachen Schwimmerkörper. Ich hatte in den meisten dieser Jahre Akne, knochige Knie und eine Zahnspange. Ich gehörte nicht zu den beliebten Kids und auch nicht zu den unbeliebten. Ich hatte sozusagen lockere Freundschaften mit vielen, ohne jemandem wirklich nahezustehen.

Allerdings entwickelte ich mich gegen Ende meines letzten Schuljahres, und wie durch ein Wunder wuchsen mir große Brüste und meine Haut wurde reiner. Meine Kurven traten hervor, meine Zahnspange kam weg, und ich hatte ein schönes Lächeln, das ich gern zeigte. Das steigerte meine Beliebtheit bei den angesagten Mädels nicht; wenn überhaupt, schien es sie eifersüchtig zu machen, denn jetzt interessierten sich wohl die Jungs für mich.

Meine Verwandlung und das daraus resultierende Selbstvertrauen hatte viel damit zu tun, dass ich mich entschied, nach L.A. zu ziehen, anstatt aufs College zu gehen, und ich nutzte jede Gelegenheit, um im gesellschaftlichen Rampenlicht zu stehen, während ich dort war. Ich liebe Feiern, weil ich Menschen liebe. Ich mag es, etwas über andere zu erfahren, die Gemeinsamkeiten zu genießen und Unterschiede zu schätzen. Ich werde nicht lügen und behaupten, dass mir die Aufmerksamkeit nicht gefiel, als ich jünger war. Ich habe auch viel davon bekommen und mein Aussehen und meinen Sex-Appeal lange Zeit bewusst eingesetzt, als ich an der Westküste lebte.

Das war ein anderes Ich, aber der Teil, der immer noch derselbe ist, ist derjenige, der es liebt, Kontakte zu knüpfen. Es schadet auch nicht gerade, dass ich heute Abend einen sehr gut aussehenden Piraten am Arm habe.

Erik führt mich in Legends Haus, seine Hand löst sich von meinem unteren Rücken und hält meine fest, damit wir zusammenbleiben, während wir uns durch die Menge schlängeln. Wir halten hier und da, um Hallo zu sagen, Umarmungen oder einen Klaps auf den Rücken zu verteilen. Keiner der Spieler scheint überrascht zu sein, mich und Erik zusammen zu sehen. Ich frage mich, ob das daran liegt, dass er ihnen gesagt hat, dass wir daten, oder daran, dass wir auf dem letzten Roadtrip als Freunde zusammen abgehangen haben, es also nichts Ungewöhnliches ist.

Wir finden Legend in der Küche und Erik wechselt eine Art seitlichen Bro-Handschlag mit ihm. Legend trägt kein Kostüm, was ich amüsant finde, da dies seine Halloween-Party ist. Allerdings hat er seinen Arm locker um eine schöne Frau gelegt, die ein grenzwertig billiges Vampirkostüm mit einem engen Korsett trägt, das kaum ihre Brustwarzen bedeckt.

Ich frage mich kurz, ob er Valerie als sein Date eingeladen und sie Nein gesagt hat oder ob er Valerie nicht eingeladen hat und von seinem Recht Gebrauch macht, sich weiter umzuschauen. Ich bezweifle, dass Valerie beleidigt sein würde, denn sie ist selbst jemand, der nichts anbrennen lässt.

Legend schaut zu mir, nachdem er und Erik den Handschlag beendet haben. Sein Blick wandert an meinem Körper entlang und er kann die Wertschätzung in seinem Tonfall nicht verbergen. „Verdammt, Blue. Du stellst die echte Catwoman in den Schatten."

„Und zwar die Halle-Berry-Version", fügt Erik hinzu. „Die war viel heißer als Michelle Pfeiffer, und Blue überstrahlt die beiden ziemlich."

„Abso-fucking-lut", sagt Legend und stößt seine Faust gegen Eriks.

Die Dame an Legends Seite rümpft leicht die Nase, sagt aber: „Ja … das ist ein süßes Outfit."

„Oh, Blue … das ist Waverly", stellt Legend uns gegenseitig vor. „Waverly, das ist Eriks Freundin, Blue Gardner."

Ich nicke ihr mit einem Lächeln zu, erhalte aber

nur Desinteresse zurück. Sie kuschelt sich näher an Legend, mit der Hand an seinem Bauch, doch er blickt weiterhin mich an. „Wie geht's Billy?"

„Fantastisch. Ich habe den Tag mit ihm verbracht und ein paar lustige Halloween-Sachen gemacht."

„Er wird zum Heimspiel gegen Detroit am übernächsten Samstag kommen", erzählt Erik Legend, und das beschert mir wieder ein warmes Gefühl, weil Erik so etwas machen will und er begeistert von der Aussicht klingt.

Ich schätze, deshalb lege ich meinen Arm um seine Taille und drücke ihn ein wenig, weil ich mich so gut fühle wegen des Interesses, das er an Billy zeigt, obwohl er meinen Bruder und mich kaum kennt.

Erik mixt uns ein paar Drinks an Legends prächtig bestückter Bar im Wohnzimmer. Wir essen leckeres Fingerfood, das unser Gastgeber definitiv hat liefern lassen, und ich plaudere mit vielen der Spieler. Es ist schön, endlich einige der Ehefrauen und Lebensgefährtinnen zu treffen, die nicht mit dem Team reisen. Während ich von den Spielern keine seltsamen Blicke ernte, weil Erik und ich zusammen sind, werde ich doch ziemlich von den Ehefrauen und Freundinnen beäugt. Nicht, dass sie Erik noch nie mit einer Frau gesehen hätten, denn ich bin sicher, das haben sie. Vielmehr scheinen sie davon fasziniert zu sein, wie aufmerksam er sich mir gegenüber verhält. Er berührt mich immer, aber auf eine sehr respektvolle Art und Weise, während wir uns unter die anderen mischen. Manchmal liegt sein Arm um meine Schulter, ein anderes Mal liegt er um meine Taille. Er hält auch einfach meine Hand, und einmal sitzen wir auf der Couch, um mit einem anderen Paar zu reden, und er platzierte mich auf der Kante seines Knies. Es ist, als wären wir ein festes Paar, trotz der Tatsache, dass dies erst unser zweites Date ist und ich nur ein paar Wochen zuvor nichts als bissige Bemerkungen für Erik übrig hatte, die die anderen im Flugzeug deutlich mitbekommen haben.

Etwa eine Stunde, nachdem wir auf der Party aufgeschlagen sind, nimmt Erik meine Hand. „Lass uns an die frische Luft gehen."

Es wird stickig in Legends Haus, denn es ist voller Leute, und ich bin von Kopf bis Fuß in Vinyl gekleidet. Erik führt mich auf die vordere Veranda und zieht die Tür hinter sich zu. Ich sehe eine Schaukel an einem Ende und überlege, ob wir uns dort hinsetzen, aber stattdessen zieht er mich in seine Arme und ich bin völlig fassungslos. Er gibt mir nicht einmal die Chance, zu verstehen, was vor sich geht, bevor er seinen Mund für einen sehr sanften Kuss auf meinen presst.

Unser erster Kuss, und ich war nicht einmal darauf vorbereitet.

Na ja, nicht unser erster Kuss, aber der erste, der wirklich zählt.

Ich hebe automatisch meine Arme in der Absicht, sie um seine Schultern zu legen, aber er zieht sich bereits von mir zurück. Er schenkt mir ein verlegenes Lächeln und sagt: „Sorry. Ich konnte einfach keine weitere verdammte Minute warten, dich zu küssen."

„Tatsächlich?", frage ich mit verträumter Stimme. Ich bin noch ganz verwirrt von der Berührung seiner Lippen auf meinen.

Erik lacht leise und löst seinen Griff um mich. „Tatsächlich. Ich werde dir einen besseren Kuss geben, wenn ich dich heute Abend nach Hause bringe."

In meinem Bauch flattert es bei der Vorstellung und meine Brust zieht sich zusammen, weil Erik so albern und romantisch ist, und ich glaube nicht einmal, dass er es mit Absicht macht. Es scheint in seiner Natur zu liegen, und ich erkenne, dass ich den Mann wirklich falsch eingeschätzt habe, was seine Absichten angeht.

Etwas über meiner Schulter erregt Eriks Aufmerksamkeit, und ich drehe mich in die Richtung, zum Nachbarhaus rechts von Legends. Wir beobachten, wie eine Frau – vermutlich seine Nachbarin – einen Arm voller rosa Plastikflamingos zum Rand ihres Gartens trägt, der an Legends grenzt. Die Gartenbeleuchtung erhellt den Bereich genug, dass ich ein finsteres Lächeln auf ihrem Gesicht erkennen kann, als sie beginnt, die Flamingos in den Rasen zu stecken – entlang der Linie von Legends Auffahrt bis zur Straße. Für mich sieht es so aus, als wären sie noch auf ihrem Grundstück, aber sie sind so knallig, dass sie selbst in einer Entfernung von einem halben Kilometer ein Schandfleck wären.

„Was zum Teufel?", murmelt Erik, während wir sie beobachten.

Sie ist eine hübsche Frau. Klein und zierlich, mit dunklen Haaren, die ihr einen Hauch von Audrey Hepburn in *Frühstück bei Tiffany*, verleihen. Sie trägt eine schwarze Yogahose und ein graues, schulterfreies T-Shirt und bewegt sich anmutig, obwohl sie Flip-Flops trägt.

Nachdem sie den letzten Flamingo platziert hat, dreht sie sich um, um ihr Werk zu bewundern, und in diesem Moment sieht sie uns auf der Veranda. Mit einem verschmitzten Lächeln hebt sie einen Zeigefinger an die Lippen und gibt uns damit das universelle Zeichen, nichts zu sagen.

Dann dreht sie sich um, trabt zurück zu ihrer Veranda und verschwindet im Inneren ihres Hauses.

„Wirst du es Legend erzählen?", frage ich Erik, während wir die leuchtenden Flamingos anstarren.

Erik lacht. „Das ist nicht nötig. Er wird wissen, wer es war. Er hat eine laufende Fehde mit seiner Nachbarin, seit er eingezogen ist."

„Sie ist wirklich hübsch", stelle ich fest.

„Yup", stimmt er zu. „Es wird interessant sein zu sehen, wie sich das entwickelt."

„Yup. Sehr interessant."

Kapitel 10

Erik

Nach ein paar Stunden auf Legends Party beschließen Blue und ich gemeinsam, uns zu verabschieden. Sie hat mir gestanden, dass ihre Füße in diesen Stiefeln sie umbringen und dass das Kostüm heiß ist und sie schwitzen lässt. Ich würde Blue sehr gerne heiß und verschwitzt sehen, aber das hebe ich mir für ein anderes Mal auf.

Letztendlich fällt es mir nicht schwer, früh Schluss zu machen, aus einem wichtigen Grund: Ich weiß, dass es viele weitere Dates mit Blue geben wird. Ich hatte eine tolle Zeit mit ihr heute Abend und ich will noch mehr davon.

Das ist nicht die erste Party, zu der ich eine Frau mitbringe. So wie Legend es heute Abend oder ich es auf der Party zum Saisonstart getan habe, ist es nicht ungewöhnlich, eine Frau zu einer Party mitzunehmen, die man aufgerissen hat. Man unterhält sie, lässt sie mit den berühmten Sportlern rumhängen und weiß, dass man am Ende des Abends einen heißen Dankbarkeitsfick bekommen wird. Bei einer anderen Veranstaltung mit einem anderen Mädchen wird das einfach wiederholt.

Wenn ich in der Vergangenheit eine Frau zu einer Feier mitgebracht habe, verbrachte ich nicht wirklich Zeit mit ihr. Normalerweise ließ ich sie mit anderen plaudern, während ich mit meinen Kumpels abhänge. Ab und zu schenkte ich ihr etwas Aufmerksamkeit, aber ich war noch nie jemand, der nur mit einer Frau abhängen möchte.

Bei Blue interessiert mich diese Art der Verabredung überhaupt nicht. Ganz im Gegenteil wollte ich heute Abend nicht von ihr getrennt sein. Es fühlte sich einfach richtig an, als Paar zusammen zu stehen und mit Leuten zu reden. Scheiße … ein paarmal entfernte sie sich ein paar Meter, um sich an einem Gespräch zu beteiligen, und ich folgte ihr wie ein liebeskrankes Hündchen. Blue schien weder genervt noch übermäßig erfreut über meine Aufmerksamkeit zu sein. Stattdessen würde ich sagen, dass sie sich genauso wohlfühlte wie ich, wenn wir Händchen hielten oder ich meinen Arm um ihre Taille legte.

Hinzu kommt, dass es verdammt großen Spaß macht, in Blues Nähe zu sein. Sie ist klug und witzig und kennt den Begriff *Fremde* nicht. Sie kann über alles reden, von Politik über Sport bis hin zu plumpen Witzen. Sie ist auch eine gute Zuhörerin, was dazu führt, dass die Leute sich ihr einfach öffnen wollen. Mehrmals heute Abend habe ich auf die Menschen um uns herum geachtet und festgestellt, dass sie sich zu Blue hingezogen fühlten. Obwohl sie nicht zu den Partylöwen gehört, ist sie definitiv beliebt, nicht nur, weil sie schön und sexy ist, sondern auch, weil sie freundlich ist und alle miteinbezieht.

Das heißt, als ich vor ihrem Haus anhalte, bin ich so verliebt in sie, dass ich am liebsten mit ihr ins

Bett gehen würde. Mich tief in ihr vergraben, in der Hoffnung, dass das all meine Erinnerungen an unser erstes Mal zusammen zurückbringt. Dass ich wegen ihres Kostüms die ganze Nacht gegen eine Erektion ankämpfen musste, hilft auch nicht gerade.

In unserem Kuss auf der Veranda lag so viel Potenzial, dass ich nicht aufhören konnte, an ihren Mund zu denken und an all die Möglichkeiten, wie ich ihn benutzen kann.

Ich parke und gehe um das Auto, um Blue die Tür zu öffnen. Sie stöhnt, als ihre Füße auf dem Bürgersteig aufkommen. „Ich hätte heute Abend flache Schuhe anziehen sollen. Jetzt mal im Ernst. Wie kann Catwoman in solchen Stöckelschuhen überhaupt diesen Superhelden-Kram erledigen? Das ergibt doch keinen Sinn. Sie sollte ein gutes Paar Nikes oder so tragen.“

Ich schnaube, nehme sie bei der Hand und führe sie langsam den Weg hinauf. Auch wenn sie jetzt praktisch humpelt, weil ihre Füße so wehtun, ist sie immer noch verdammt sexy.

„Ich mache dir einen Vorschlag“, sage ich zu ihr, als wir ihre Haustür erreichen. „Ich tausche eine Fußmassage gegen eine Flasche Wasser, bevor ich nach Hause gehe.“

Sie neigt den Kopf zurück und schenkt mir ein süßes Lächeln. „Abgemacht.“

Das Innere von Blues Wohnung ist etwas weniger trist als das Äußere. Ihre Möbel sind alt und sehen nach Secondhand aus. Sie hat keine Drucke an der

Wand oder bunte Lampen. Alles sieht zweckmäßig und erschwinglich für eine Frau aus, die einen behinderten Bruder hat, den sie mit einem einzigen Einkommen unterstützt. Ich habe Blue in den letzten Wochen gut genug kennengelernt, um zu wissen, dass sie einen unglaublichen Geschmack hat, und ich habe erwartet, dass sich das in ihrer Wohnungseinrichtung widerspiegeln würde. Stattdessen sehe ich eine Frau, die mit ihrem Geld sparsam umgeht und es nicht für Dinge verschwendet, die nicht notwendig sind, abgesehen von einigen Pflanzen, die herumstehen.

„Im Kühlschrank ist Wasser", sagt sie und deutet auf die winzige Küche, die im hinteren Teil des Hauses, hinter dem Wohnzimmer liegt. „Ich bin gleich wieder da, wenn ich aus diesem Ding raus bin."

„Brauchst du Hilfe?", frage ich scherzhaft und bin schockiert, als sie antwortet: „Ja."

Sie dreht sich um und zeigt auf den Reißverschluss über ihrer Schulter. „Macht es dir etwas aus, den einfach runterzuziehen? Ich kann den Rest machen."

„Es macht mir überhaupt nichts aus", erwidere ich. Ich habe nicht die Absicht, heute Abend mit ihr weiterzugehen, aber ich werde mir nicht die Gelegenheit entgehen lassen, etwas mehr von ihr zu sehen.

Langsam ziehe ich den Reißverschluss herunter und beobachte, wie sich das schwarze Vinyl teilt und ihren Rücken freigibt. Ich bewege ihn ganz nach unten, bis zu ihrem unteren Rücken, tief genug, um den Spitzenrand eines Tangas zu sehen. Meine Leistengegend meldet sich, aber ich lasse den Reißverschluss los und gebe ihr einen kleinen Schubs in die Mitte ihres Rückens. „Bitteschön."

„Danke", murmelt sie, humpelt dann so unsexy, wie man es sich nur vorstellen kann, einen Flur entlang und verschwindet auf der linken Seite, vermutlich in ihr Schlafzimmer.

Ich hole zwei Flaschen Wasser aus dem Kühlschrank und gehe zurück in ihr Wohnzimmer. Ich setze mich auf die Couch und scrolle durch mein Instagram, während ich auf Blue warte.

Als sie wieder auftaucht, trägt sie eine marineblaue Jogginghose und ein pfirsichfarbenes T-Shirt mit einem Sport-BH darunter. Ihre Haare sind zu einem Pferdeschwanz gebunden und ihr Make-up ist abgewaschen.

Und diese Blue hier ist hundertmal sexyer als Catwoman-Blue, und mein Schwanz ist nicht zu bremsen: Er fängt an, sich zu erheben.

Ich ignoriere es jedoch und zeige auf das gegenüberliegende Ende der Couch. „Pflanz deinen Hintern dorthin. Gib mir deine Füße."

Blue schnappt sich eine Flasche Wasser und plumpst auf die Couch. Ohne zu zögern, legt sie ihre Füße in meinen Schoß. Ihre Zehennägel sind rosa angemalt, und auf der Oberseite ihrer Haut sind kreuz und quer rote Flecken zu sehen, wo sich die Nähte eingedrückt haben.

Ich nehme einen Fuß und beginne an der Unterseite, grabe meinen Daumen in die zarte Haut, und Blue stöhnt auf eine lustvoll-schmerzerfüllte Art und Weise. Ich grinse sie an, während sie mir bei der Arbeit zusieht.

„Das fühlt sich toll an", sagt sie. „Ich habe noch nie eine Fußmassage bekommen."

Ich halte in meinen Zärtlichkeiten inne und sehe sie überrascht an. „Du willst mich wohl verarschen."

„Ich hatte schon mal eine Pediküre, bei der die Füße massiert wurden, aber das hat noch nie ein Mann bei mir gemacht."

Ich setze den einen Fuß ab, hebe den anderen hoch und schenke ihm die gleiche Aufmerksamkeit. „Dann hast du noch nie einen guten Mann gekannt."

„Ich denke, du könntest recht haben", stimmt sie leise zu und ich hebe den Kopf und neige ihn in ihre Richtung. Sie schenkt mir ein zärtliches Lächeln. „Ich habe dich falsch eingeschätzt, Erik."

Ich schüttle den Kopf. „Nein. Das hast du nicht. Du wusstest genau, was für ein Typ ich früher war, und obwohl ich heute vielleicht nicht mehr so krass bin wie damals, als wir uns kennengelernt haben, stand ich definitiv nicht auf Monogamie, bevor wir wieder zusammengekommen sind."

„Aber jetzt schon?"

„Ich glaube, ja", antworte ich grinsend, während ich ihren Fuß abstelle. Ich halte ihr meine Hand hin und sie nimmt sie. Nach einem kräftigen Ruck sitzt sie aufrecht. Ich ziehe noch einmal und sie fällt auf meinen Körper.

„Lass uns knutschen", schlage ich vor.

Sie kichert, aber an dem Funkeln in ihren Augen sehe ich, dass ihr diese Idee sehr gefällt. Ein weiterer Beweis ist die Tatsache, dass sie herumrutscht und sich auf einen meiner Oberschenkel hockt, während sie die Hände zu meinem Gesicht hebt. Sie schließt die Augen, senkt ihren Mund auf meinen und die Welt schmilzt einfach dahin.

Es gibt nichts anderes als Blue.

Die Lippen so weich, die Zunge zaghaft und süß. Ihr Haar fühlt sich seidig an und ihre Haut ist warm, als ich meine Hand unter den Saum ihres T-Shirts schiebe und gegen ihren Rücken drücke.

Blue legt ihren Kopf schief, öffnet ihren Mund weiter und küsst mich tiefer. Ich stöhne und ziehe sie fester an mich. Meine Hand krallt sich in ihr Haar, wird durch das Haarband etwas behindert, aber das ist mir scheißegal. Sie bewegt leicht die Hüften und reibt sich an meinem Oberschenkel. Mein Schwanz wird schmerzhaft hart, als Blue kleine, kehlige Laute der Lust von sich gibt.

Ich nutze meine Hebelwirkung in ihrem Haar, um ihren Kopf in die andere Richtung zu neigen, und jetzt bin ich derjenige, der sie küsst. Meine andere Hand gleitet ihren Rücken hinunter und berührt eine Pobacke. Ich packe zu, und ihre Hüften schieben sich nach vorn, sodass ihre Pussy wieder an meinem Bein reibt. Ich drücke gegen ihren Arsch und ermutige sie, an mir zu masturbieren. Sie tut es erneut und zittert in meinen Armen, also weiß ich, dass sie die richtige Stelle erwischt.

Ich ziehe an ihren Haaren und unterbreche den Kuss gerade so weit, dass ich sie anknurren kann: „Komm, Blue. Genau hier. Auf meinem Bein.“

Sie reißt die Augen auf, die voller Feuer und sexuellem Verlangen sind, als sie mich anstarrt. Ihre Lippen wölben sich zu einem verruchten Lächeln der Zustimmung und ich ziehe sie für einen harten Kuss zurück auf meinen Mund.

Blue enttäuscht weder mich noch sich selbst. Sie lässt ihre Hüften kreisen, dann bewegt sie sich abwechselnd vor und zurück. Ich spanne meinen Oberschenkelmuskel an, um ihr eine möglichst harte Oberfläche zu bieten, an der sie sich stimulieren kann. Ich schiebe meine Hand hinten in ihrer Jogginghose und finde dort nackte Haut. Ich presse und drücke sie auf mich hinunter, damit sie sich schneller auf meinem Bein bewegen kann.

Blue keucht und stöhnt, während ihre Erregung steigt. Ich muss mich zwingen, meine Hand nicht weiter nach unten zu führen, durch ihre Pospalte hinab zu der warmen Nässe, von der ich weiß, dass sie sich zwischen ihren Beinen gesammelt hat. Ich bin fest entschlossen, dorthin noch nicht vorzustoßen, und außerdem … Das ist gerade verdammt heiß und befriedigt mich total.

Sie bewegt sich immer schneller und wimmert winzige Schreie der Sehnsucht in meinen Mund, während wir uns küssen. Dann stößt sie ihr Becken hart gegen meinen Oberschenkel und erstarrt für einen Moment, bevor ihr ganzer Körper in einem stillen Orgasmus zu beben beginnt. Ich höre nichts als einen leisen Seufzer der Lust, der ihren Lippen entweicht und über meine Zunge gleitet.

Befriedigung lässt Blues Körper in meinen Armen zusammensinken. Sie hebt den Kopf, unsere Lippen lösen sich und sie schaut mit glasigen Augen auf mich herab. „Das habe ich auch noch nie gemacht."

Ich lache leise und drücke meinen Mund erneut kurz auf ihren. Ich ziehe meine Hand hinten aus ihrer Hose und rolle ihren Körper von mir herunter. Sie plumpst auf den Rücken und ist so entspannt wie eine nasse Nudel, während sie auf der Couch liegt und ich aufstehe und einen Augenblick über ihr verharre. Ihre Wangen sind rosig und ihre Brustwarzen hart und durch ihren Sport-BH sichtbar.

Ich stütze eine Hand auf das Couchkissen, beuge mich zu ihr und streiche mit den Lippen über ihre Stirn. „Schlaf gut."

„Du gehst?", fragt sie. Verwirrung huscht über ihr Gesicht.

„Ja" ist alles, was ich antworte.

Ihr Blick gleitet an meinem Körper hinunter zu meinem Schwanz, der unter meiner Piratenhose dick und lang ist. „Aber …"

„Ich werde duschen, wenn ich nach Hause komme. Mach dir keine Sorgen um mich."

Die Mundwinkel von Blue verziehen sich zu einem Lächeln, das sowohl Belustigung als auch

Respekt ausdrückt. Sie verschränkt ihre Hände hinter dem Kopf, während ich mich aufrichte.

„Ich rufe dich morgen an", verspreche ich und ziehe mich von der Couch zurück.

„Ich hatte heute Abend viel Spaß, Erik", sagt sie zu mir, und ich kann an ihrer Stimme hören, dass es sie immer noch überrascht.

Mich allerdings nicht.

„Ich auch." Ich greife nach der Türklinke.

Mehr als Spaß, denke ich. *Vielleicht war das der beste Tag, an den ich mich tatsächlich erinnern kann.*

In diesem Moment bin ich mir ziemlich sicher, dass ich Blue vollständig verfallen bin.

Kapitel 11

Erik

Es besteht kein Zweifel, dass ich ein Problem habe. Ich kann meine Augen nicht von Blue abwenden, während sie arbeitet, und ich muss mir von den Jungs eine Menge Spott gefallen lassen.

„Verdammt noch mal, Erik", knurrt mich Dax von der anderen Seite des Tisches an. „Achte auf deine Karten."

Mein Blick gleitet von Blue, die Coach Perron gerade eine Tasse Kaffee serviert, zu den Karten in meiner Hand. Ich ziehe eine Herz-Acht und eine Kreuz-Sechs heraus und lege sie verdeckt auf den Tisch. Dax gibt mir zwei neue, um sie zu ersetzen. Ich hebe sie auf und werfe einen kurzen Blick auf den Pik-Buben und die Herz-Drei, die ich erhalten habe, bevor ich meine Aufmerksamkeit wieder Blue zuwende.

Sie ist in der hinteren Kabine des Teamflugzeugs beschäftigt, sammelt leere Gläser ein und sorgt dafür, dass jeder versorgt ist. Die Uniformen der Flugbegleiterinnen heute sind stilvoll und schick. Marineblaue Kleider, die gut sitzen, aber nicht übermäßig eng sind. Sehr schlicht, mit Ausnahme des klassischen Schals in den Teamfarben, den sie um den Hals tragen. Ich habe Blue mindestens zehnmal dabei beobachtet, wie sie an ihrem zupfte, seit das Flugzeug nach Houston abhob.

Zu meinem Entsetzen verschwindet Blue aus meinem Blickfeld und in die hintere Küche, um ihr Tablett mit leeren Gläsern abzuladen.

Ich habe sie seit der Nacht der Halloween-Party nicht mehr gesehen. Das war erst vorgestern Abend, obwohl es mir wie eine Ewigkeit vorkommt, und das muss der Grund dafür sein, dass ich meine Augen nicht von ihr lassen kann. Ich kann nicht aufhören, daran zu denken, wie sie sich an meinem Bein befriedigt hat, während wir uns küssten.

Oder die lockere Art, wie wir uns unterhalten haben.

Ihr Lachen.

Dieses verdammte Catwoman-Kostüm.

„Erde an Erik", sagt Dax und schnippt mit den Fingern vor meinen Augen. „Gehst du mit oder nicht?"

„Hä?", erwidere ich dümmlich, während ich den Blick auf die Küche gerichtet halte, aus der Blue wieder auftauchen muss.

Dax, Legend und Bishop fangen alle an, leise zu lachen, und ich sehe sie an. Legend schüttelt den Kopf mit einem wissenden Grinsen.

„Dich hat es schwer erwischt, Bruder", sagt Bishop mit einem Glucksen.

Ich werfe meine Karten verdeckt weg und drücke mich von meinem Stuhl hoch. Ich lächle zu meinen Mitspielern hinunter. „Ein Geringerer würde das leugnen, aber ich bin selbstbewusst genug, um es zuzugeben. Bei der nächsten Runde bin ich raus."

Die Jungs lachen, als ich mich in den hinteren Teil der Kabine zurückziehe und direkt in die Küche gehe. Blue hört mich nicht und erlaubt mir so, hinter sie zu treten, wo ich nichts weiter tue, als meinen Mund in die Nähe ihres Ohrs zu bringen. „Sie sehen heute besonders umwerfend aus, Miss Gardner."

Blue zuckt leicht zusammen, fährt jedoch fort, leere Gläser in einen Geschirrspüler zu laden, der speziell für diese schlichte, effiziente Küche gebaut worden sein muss, weil er zwar sehr schmal, aber höher als die Standardgeräte ist.

„Du solltest nicht hier hinten sein", ermahnt sie mich, doch ich kann die Verspieltheit in ihrer Stimme hören.

Ich ergreife sie am Arm, drehe sie zu mir und nehme ihr ein Glas aus der Hand. Nachdem ich es auf den Tresen gestellt habe, ziehe ich sie an ihrer Taille näher zu mir heran. Ihre Arme baumeln an ihrer Seite und sie legt den Kopf zurück, um zu mir aufzuschauen. Sie hat ihr blondes Haar zu einem eleganten Pferdeschwanz im Nacken gebunden, der sie jünger aussehen lässt als sechsundzwanzig Jahre.

Ich grinse zu ihr herunter. „Hast du mich die letzten paar Tage vermisst?"

Ihre Lippen zucken und ihre Augen funkeln verschmitzt. „Kein bisschen."

„Kleine Lügnerin", antworte ich leise lachend. „Sag mir ganz ehrlich … Hast du daran gedacht, wie du auf meinem Bein gekommen bist?"

Blue saugt eine winzige Menge Luft ein und ihr Blick verfinstert sich leicht. „Ein bisschen", gibt sie mir gegenüber zu.

Ich neige mein Gesicht näher zu ihrem und gestehe ihr ebenfalls etwas. „Ich habe auch daran gedacht. Du warst spektakulär."

Sie sieht zur Seite, während ihre Wangen ein helleres Rosa annehmen. Ich finde es absolut bezaubernd, dass ein Kompliment wie dieses sie in Verlegenheit bringt.

„Hat dir gefallen, was wir gemacht haben, Blue?", murmle ich, und ihr Blick gleitet langsam zu mir zurück. Sie nickt fast unmerklich, aber das reicht mir schon.

„Willst du mehr?" Meine Stimme ist heiser und rau.

„Ja", flüstert sie, und ich möchte mit den Fäusten auf meine Brust trommeln wie Tarzan.

Ich streiche mit dem Daumen über ihre Wange und betrachte sie schweigend, bevor ich antworte. „Wir werden sehen … Ich bin nicht in Eile."

Ich ziehe sie natürlich auf, und das weiß sie sehr wohl. Sie gibt es mir mit einem fadenscheinigen Lächeln zurück. „Ich auch nicht. Ich bin eine geduldige Frau."

Ich kann nicht anders, als zu lachen, denn ich bezweifle, dass einer von uns beiden geduldig genug ist, um das zu lange hinauszuzögern.

Ich konnte Blue gestern nicht treffen, da sie tagsüber Pläne mit Billy und abends mit Sadie hatte. Ich war zu stolz, sie zu bitten, Sadie zu versetzen, damit ich sie sehen konnte, und ich wollte mich nicht in etwas einmischen, was mit Billy zu tun hatte. Mir ist klar, dass Blue vielleicht nicht so spontan sein kann wie ich, wenn es um Dates geht, denn ein Großteil ihrer Freizeit ist ihrem Bruder gewidmet. Ich werde im Voraus planen müssen, wenn ich Zeit mit ihr verbringen will.

Nach unserem Spiel in Houston heute Abend werden wir morgen früh nach Dallas fliegen, wo ich einen guten Teil des morgigen Tages freihaben werde, da unser Spiel erst am Abend danach stattfindet. Ich nehme ihre Hände in meine und drücke sie.

„Hast du Lust, morgen mit mir ins Aquarium in Dallas zu gehen? Es müsste nach unserem Morgentraining sein, aber dann können wir irgendwo schön zu Mittag essen, und wenn du nicht genug von mir hast, können wir auch abends essen gehen.“

Blues ganzes Gesicht hellt sich auf, und das Lächeln, das sie mir schenkt, ist fast blendend. „Das klingt nach Spaß. Sollen wir die anderen einladen?“

Ich weiß, dass sie mit „die anderen“ die Gruppe meint, mit der wir normalerweise während unserer Auswärtsspiele zum Essen oder Trinken herumhängen: Valerie, Lyla, Sadie, Bishop, Legend und Dax.

„Auf keinen Fall.“ Ich schüttele den Kopf. „Das wird ein Date, und das beinhaltet nur dich und mich.“

Blue neigt den Kopf und grinst. „Wenn das so ist, gerne."

„Ich kann es kaum erwarten", sage ich, und das ist die reine Wahrheit. Obwohl ich mich auf unsere kommenden Spiele gegen Houston und Dallas freue, steht ein Date mit Blue auf meiner Begeisterungsskala auf derselben Stufe.

„Weißt du", beginnt sie mit einem nachdenklichen Ausdruck im Gesicht. „Das war es, was ich mir vor fünf Jahren vorgestellt habe, als du mich um ein zweites Date gebeten hast. Dass du wirklich Zeit mit mir verbringen willst – außerhalb des Bettes, meine ich. Es ist seltsam, dass es jetzt passiert."

Durch ihre Worte fühle ich mich wieder beschissen wegen der Art, wie ich sie behandelt habe, aber sie erfüllen mich auch mit Hoffnung, weil ich ihr gebe, was sie braucht. „Ich war damals anders. Ehrlich gesagt, wollte ich nie einfach Zeit mit einer Frau verbringen. Ich war ein ziemlicher Trottel, da wirst du mir zustimmen."

„Tue ich", erwidert sie schelmisch.

„Es ist *jetzt* anders."

Ihre Stimme ist leise und wehmütig. „Ja … das ist es." Dann gibt sie mir einen leichten Stoß gegen die Brust. „Und nun raus mit dir, damit ich arbeiten kann."

Ich erwäge, sie zu küssen, aber stattdessen gehorche ich. Das wäre einfach zu typisch. Ich zwinkere ihr zu, verlasse die Küche und kehre an den Tisch zurück, wo meine Kumpels bereits in eine weitere

Runde Five Card Draw Poker vertieft sind.

Ich setze mich hin, beobachte das Geschehen und nippe an der Flasche Wasser, die Blue mir kurz vor dem Start des Flugzeugs gebracht hat.

Mein Telefon summt in meiner Gesäßtasche, also hole ich es heraus. Eine eingehende Nachricht von meinem Vater, dank des WLAN im Flugzeug.

Ich öffne sie und lese: *Hey, Kumpel. Ich wollte nur mal nachfragen, wie es so läuft.*

Mit einem Grinsen schicke ich eine knappe Nachricht zurück. *Läuft super. Bin im Flugzeug nach Houston. Bei dir?*

Er schreibt sofort zurück. *Großartig. Habe heute Abend ein heißes Date mit einer Immobilienmaklerin, die ich gestern bei einer Kreditvergabe getroffen habe. Sie hat ein paar Doppel-Ds, von denen ich meine Augen nicht abwenden konnte.*

Ich schnaube, als ich das lese. Mein Vater ist ein größerer Player als ich. In der Tat verdanke ich einen Großteil meiner eigenen Playboy-Art der Erziehung von Pierce Dahlbeck.

Er und meine Mutter, Lauren, ließen sich scheiden, als ich zwölf Jahre alt war. Meine Mutter bekam zunächst das Sorgerecht und heiratete bald wieder einen Mann, den ich verachtete. Ihr neuer Mann, James, war ein religiöser Spinner und ein strenger Zuchtmeister. Obwohl meine Mutter versuchte, Puffer zwischen uns zu sein, lebten wir noch keine sechs Monate zusammen, als klar wurde, dass es nicht funktionieren würde. Meine Eltern einigten sich darauf, dass ich ganztags bei meinem Vater wohnen konnte und nur an den Wochenenden und in den Ferien meine Mutter besuchen würde, der ich weiterhin unglaublich nahestand.

Das Zusammenleben mit meinem Vater hat nicht dazu geführt, dass ich meine Mutter weniger liebe. Im Gegenteil, sie ist die wichtigste Frau in meinem Leben. Ich konnte es ihr nie verübeln, dass sie James geheiratet hat, denn obwohl ich den Mann nicht ausstehen konnte, sah ich, dass er sie nahezu lächerlich glücklich machte. Als ich dann ganz zu meinem Vater zog, wurde es sogar ein bisschen besser zwischen James und mir.

Das Leben im Haus meines Vaters war jedoch ein kompletter Gegensatz zu dem mit meiner Mutter und James. Im Nachhinein kann ich sagen, dass er nicht das beste Vorbild war, wenn es darum ging, mir etwas über Frauen und Beziehungen beizubringen. Er und meine Mutter ließen sich scheiden, weil er sie mit seiner zwanzigjährigen Sekretärin in seiner Anwaltskanzlei betrogen hatte. Ich glaube, dass mein Vater das bereut hat, weil er meine Mutter nie verletzen wollte. Aber es wurde nach der Scheidung auch klar, dass er wahrscheinlich einfach nicht der Typ für eine Ehe war.

Mit anderen Worten: Er mochte Abwechslung bei seinen Frauen und er mochte sie jung. Während meiner prägenden Jahre, in denen aus einem Jungen ein Mann wird, sah ich im Grunde zu, wie mein Vater eine ständig wechselnde Schar von jungen Schönheiten an seinem Arm hatte. Ich wusste, dass sie nur dazu da waren, seine niederen Bedürfnisse zu erfüllen. Jeder, der Pierce Dahlbeck kennt, wäre nicht im Geringsten überrascht, dass ich genau so endete wie er.

Trotz alledem, oder vielleicht gerade deswegen, stehen mein Vater und ich uns sehr nahe. Er ging zu all meinen Eishockeyspielen, als ich aufwuchs, und ermutigte mich, meine Träume zu verfolgen. Er bezahlte mir die Teilnahme an exklusiven Trainingslagern und kaufte mir immer die beste Ausrüstung. Ein Großteil meines Erfolges in der Liga kommt direkt von den Möglichkeiten, die mein Vater mir beim Aufwachsen gegeben hat, um meine Fähigkeiten zu verfeinern.

Ich schicke meinem Dad eine Nachricht zurück, die seine Beschreibung seines Dates heute Abend ignoriert. *Sind wir in ein paar Wochen noch zum Mittagessen verabredet?*

Das Team fliegt in meinen Heimatstaat Minnesota, um gegen die Raiders zu spielen. Mein Vater besucht immer mehrere meiner Spiele im Jahr, weil er es sich leisten kann, sich von der Arbeit freizunehmen und zu den Veranstaltungen zu reisen. Aber ich lasse mir nie die Gelegenheit entgehen, mit ihm zusammen zu sein, wenn wir in derselben Stadt sind. Es ist ein Flug am frühen Morgen und ich kann nach dem Training noch ein spätes Mittagessen einschieben.

Mein Vater schreibt: *Darauf kannst du wetten. Das Mittagessen geht auf mich.*

Abgemacht, simse ich zurück.

Sadie kommt an unseren Tisch. „Braucht ihr etwas?"

„Ja", sagt Dax mit einem Lachen. „Schick Blue hierher, bevor Erik daran zugrunde geht, dass er sie nicht sehen kann."

Die Jungs fangen alle an zu lachen, aber ich mache mir nicht einmal die Mühe, von meinem Handy aufzuschauen.

„Leckt mich", sage ich zu den Jungs und schicke eine weitere Nachricht an meinen Dad. *Ich bringe jemanden mit, den ich dir vorstellen möchte.*

Kapitel 12

Blue

Sadie gähnt herzhaft, als der Teambus vor dem Hotel hält. Die Crew hat die Möglichkeit, mit denselben Bussen zu fahren, die das Team von den Hotels zu den Arenen nimmt, wenn wir wollen, oder wir können ein Uber nehmen. Sofern wir mit dem Team reisen, bedeutet das, dass wir sehr früh vor einem Spiel am Austragungsort sind, was langweilig sein kann. Aber heute Abend haben wir uns den anderen angeschlossen, weil die Arena in Houston inmitten eines riesigen Einzelhandels- und Restaurantkomplexes liegt, in dem wir ohne Probleme ein paar Stunden Schaufensterbummel vor dem Spiel machen konnten.

Auf beiden Fahrten, hin und zurück, saß ich bei Sadie, obwohl Erik mir zugewinkt hat, als ich einstieg. Ich habe nur leicht den Kopf geschüttelt, da ich unsere Beziehung am Spieltag nicht so offensichtlich zeigen wollte. Ich fand, dass das irgendwie stört, also wählten Sadie und ich Plätze weiter vorn.

Das Spiel heute Abend gegen die Jam ging in die Verlängerung und meine Kehle war rau vom Jubeln. Vengeance hat es aber geschafft, und ich habe noch nie eine entschlossenere Gruppe von Spielern gesehen. Sie sind mutig und unermüdlich, wenn es darum geht, bis zum Schluss für einen Sieg zu kämpfen. Wie immer war es ein Vergnügen, Erik auf dem Eis zu beobachten, und ich muss zugeben, dass es heute Abend ein bisschen anders war. Ihn da draußen zu sehen und zu wissen, dass wir wirklich ein Paar sind, hat allem eine Wendung gegeben. Ich war noch stolzer darauf, wie er gespielt hat, und es war nervenaufreibender, ihm zuzusehen, weil ein Sieg für mich persönlich wichtiger wurde, da er für Erik wichtig war.

Ich folge Sadie aus dem Bus und springe von der letzten Stufe ab. „Ich werde auf Erik warten", sage ich.

Sie hebt eine Hand über ihre Schulter zur Zustimmung. „Wir sehen uns oben im Zimmer."

Ich warte auf Erik, denn er hat mir auf der Fahrt von der Arena zum Hotel eine Nachricht geschickt und mich darum gebeten. Er saß im hinteren Teil des Busses, daher wird es ein paar Minuten dauern, bis er es raus schafft. Wahrscheinlich möchte er einen Gute-Nacht-Kuss, bevor wir in unsere jeweiligen Zimmer gehen – ich mit Sadie und er mit Legend –, also werde ich nicht Nein sagen.

Während ich warte, steigen mehrere Spieler aus. Legend und Dax, die mir beide zuzwinkern. Tacker Hall, der Kapitän, steigt als Nächster aus. Er ist für seine Ruhe und Zurückgezogenheit bekannt und wünscht mir leise „Gute Nacht, Blue", als er an mir vorbeigeht.

Ich bin so überrascht, dass er etwas gesagt hat, dass ich anfange zu antworten, aber dann steht Erik vor mir und Tacker in seiner ganzen melancholischen Pracht ist vergessen. Verdammt, der Mann sieht gut aus im Anzug und er riecht auch fantastisch.

Mir fällt sofort auf, dass er mit leeren Händen dasteht. „Wo ist deine Tasche?"

„Legend bringt sie für mich aufs Zimmer", antwortet er, und ich muss gestehen, dass ich nicht bemerkt habe, dass Legend zwei Taschen trug, als er vorbeikam, aber das ist irrelevant. „Wollte fragen, ob du noch einen Spaziergang machen willst, bevor wir ins Bett gehen."

Es ist eine schöne Nacht und es ist frisch. Ich habe ein Vengeance-Sweatshirt zum Spiel getragen, also bin ich passend genug angezogen. Wir sehen sehr seltsam zusammen aus, Erik in seinem stahlblauen Designeranzug und ich in Jeans und Sweatshirt.

Aber das spielt wirklich keine Rolle. Ich halte ihm meine Hand hin und er nimmt sie. „Wohin?", frage ich.

„Lass uns einfach ein paar Blocks laufen", schlägt er vor und wir entfernen uns in gemächlichem Tempo vom Hotel. Es liegt mitten in der Innenstadt und ist umgeben von Restaurants, hochpreisigen Bars und Geschäften. Selbst kurz vor Mitternacht ist die Gegend noch gut beleuchtet und voller Fußgänger.

„Du hast heute Abend toll gespielt", lobe ich.

Er drückt meine Hand, während er auf mich herabsieht. „Wir müssen dir ein Dahlbeck-Trikot besorgen."

„Ich werde am Wochenende eines kaufen."

„Ich korrigiere mich: *Ich* muss dir ein Trikot holen. Billy auch.“

„Das ist viel zu viel …“

„Blue“, unterbricht er mich und bringt uns beide zum Stehen. Er dreht mich so, dass ich ihn ansehe, und achtet nicht auf die anderen Fußgänger, die um uns herumgehen müssen. „Mir ist klar, dass das, was wir hier haben, neu ist. Wir hatten erst zwei Dates und unser drittes findet morgen statt, aber was wir haben, ist definitiv nicht dünn.“

„Nicht dünn?“, wiederhole ich verwirrt.

„Wir haben Substanz. Lassen wir die irre sexuelle Chemie und Anziehung beiseite – wir sind zwei Menschen, die herausgefunden haben, dass wir uns auf einer tieferen Ebene wirklich mögen. Wir sind zwei Menschen, die vor fünf Jahren noch nicht zueinander gepasst haben, aber jetzt haben wir richtig Spaß daran, Zeit miteinander zu verbringen. Es ist sicher nicht zu viel, dir und Billy ein Trikot zu kaufen.“

„Es ist ein bisschen seltsam für dich, mir Dinge zu kaufen, obwohl du mich kaum kennst“, gebe ich zu bedenken. „Ich meine … um Himmels willen … du weißt nicht mal meinen zweiten Vornamen.“

„Ich habe dir zugesehen, wie du auf meinem Bein geritten bist, bis du gekommen bist“, erwidert er mit einem Aufblitzen der Zähne bei einem verruchten Grinsen. „Ich kenne dich gut genug.“

„Stimmt“, gebe ich zu und ein dumpfes Pochen bildet sich bei dieser sexy Erinnerung zwischen meinen Beinen. Dann neige ich den Kopf. „Okay, bitte schön … Ich nehme eines in Medium und Billy wahrscheinlich eines in Large.“

Erik wirft den Kopf zurück und lacht, aber es dauert nur einen Moment, bevor er mich mit seinen Händen an meinem Gesicht an sich heranzieht. Sein Mund berührt meinen, er schmunzelt immer noch, doch als ich mit meiner Zunge seine berühre, ist es nicht mehr lustig. Erik schlingt sich um mich und vertieft den Kuss, genau dort, mitten auf dem Bürgersteig in Houston, während Leute vorbeilaufen.

Mit einem frustrierten Knurren fährt Erik mit den Lippen an meiner Wange entlang, um mir ins Ohr zu flüstern: „Du weißt doch, wie sehr ich dich will, oder, Blue?“

„Ja“, murmle ich zurück. Erik drückt mich fester an sich, und ich spüre, wie sich die Spitze seines Schwanzes in meinen Bauch presst.

„Bald“, verspricht er und küsst mich auf die Wange. „Lass uns zurückgehen.“

Als wir reinkommen, halten sich einige der jüngeren Spieler in der Bar auf, die direkt neben der Lobby liegt. Sie winken Erik und mich herein, aber wir lehnen ab. Ich weiß, dass andere Spieler wahrscheinlich einige der Bars in der Umgebung aufsuchen, um ein paar Stunden Spaß zu haben. Das Flugzeug fliegt erst um acht Uhr früh ab, und sie haben morgen einen ganzen Tag Zeit, um sich auszuruhen und zu erholen, abgesehen vom Trainingseislaufen, das normalerweise nicht länger als

45 Minuten dauert. Als ich anfing, für das Team zu arbeiten, war ich schockiert, wie hart einige dieser Männer nach den Spielen und bis in die frühen Morgenstunden feiern.

„In welchem Stockwerk ist dein Zimmer?", fragt Erik, während wir den Aufzug betreten.

„Im Zehnten." Ich ziehe meinen Schlüssel aus der Handtasche.

Erik tippt auf die entsprechende Taste. „Ich bringe dich zuerst auf dein Zimmer. Ich wohne im fünfzehnten."

Das dümmliche Grinsen in meinem Gesicht ist nicht zu stoppen, und ich merke, dass ich zum ersten Mal das richtige „Freund"-Erlebnis habe. In der Highschool hatte ich nie ein Date und meine Tage in L.A. waren gefüllt mit Partys und bedeutungslosen Beziehungen. Nach meiner Rückkehr nach Phoenix, um mich um Billy zu kümmern, hatte ich nicht einmal Zeit, über Verabredungen nachzudenken, während ich ihn im *Cresson* unterbrachte, in mein neues Haus zog und einen neuen Job begann.

Aber jetzt habe ich einen gut aussehenden, erfolgreichen Mann, der mich galant zu meinem Zimmer führt, das fünf Stockwerke unter seinem eigenen liegt und zu dem ich vollkommen sicher allein gehen könnte. Ein Mann, der meinen Bruder – mit Rollstuhl und allem – zu einem Eishockeyspiel bringen will. Ein Mann, der ein paar Blocks mit mir laufen will, nur damit wir ein bisschen Zeit miteinander verbringen können.

Ein Mann, in den ich mich Hals über Kopf verlieben könnte.

Ich weiß, dass ich einige Vorbehalte haben sollte, mich auf Erik einzulassen, weil er mir in der Vergangenheit wirklich übel mitgespielt hat, aber als wir aus dem Aufzug treten und unsere Hände ganz natürlich zueinander finden, empfinde ich keinen einzigen verdammten Skrupel.

„Hast du Lust, morgen mit mir zu frühstücken?", fragt Erik, während wir uns meinem Zimmer nähern.

„Gern. Um wie viel Uhr?"

„Der Bus fährt um 7:30 Uhr, also sollten wir genug Zeit zum Essen haben, wenn wir uns um 7 Uhr unten treffen."

„Klingt gut", stimme ich zu, als wir meine Tür erreichen.

Zwischen Tür und Pfosten klemmt ein handgeschriebener Zettel. Ich stecke meinen Schlüssel in den Kartenschlitz, öffne die Tür etwas und nehme das Papier.

Ich falte es auseinander und sehe Sadies elegante Handschrift. Erik schaut über meine Schulter auf den Zettel, während wir ihn gemeinsam schweigend lesen.

Blue,

Valerie und Legend haben Sex und sind in seinem Zimmer, was bedeutet, dass Erik rausgeschmissen wurde. Ich werde bei Lyla übernachten und du und Erik könnt dieses Zimmer haben. Es sei denn, du willst, dass Erik bei Lyla schläft?

„Das ist Legends Werk", sagt Erik mit einem grimmigen Lächeln, als ich den Kopf drehe, um ihn anzusehen. „Vermutlich dachte er, er würde mir einen Gefallen tun oder so. Ich gehe hoch und sage ihm, dass er Valerie zurück in ihr Zimmer schicken soll."

Ich lache. „Nein, ist schon okay. Wir sind erwachsen."

Ich fange an, die Tür aufzuschieben, und frage mich, wie es wohl sein wird, die ganze Nacht mit Erik in einem Bett zu schlafen. Seine Hand an meinem Oberarm hält mich auf und ich drehe mich zu ihm um.

Seine Augen sind dunkel und intensiv. „Du weißt, dass ich nicht in der Lage sein werde, mich zurückzuhalten, wenn ich mit dir in den Raum gehe. Ich werde dich anfassen."

Ein Schauer läuft mir wegen der Zweideutigkeit seiner Worte den Rücken hinab. Mich wie berühren? Wo? Zu welchem Zweck? Er hat zwar gesagt, dass er das mit uns langsam angehen würde, aber was bedeutet das überhaupt?

„Das weiß ich", antworte ich, ohne zu zögern, und gebe ihm damit die Erlaubnis, dass er mich definitiv anfassen darf, wenn er will.

„Und ist es das, was du willst?" Seine Worte klingen angestrengt, sein Kiefer ist fest aufeinandergebissen vor Erwartung. „Dass ich dich berühre?“

Meine Knie werden wegen der Intensität seines Blicks weich und mein Höschen wird feucht. „Ja.“

„Mein Gott“, murmelt er, bevor er mich durch die Tür schiebt und mich mit dem Rücken ins Zimmer stößt. Sein Mund trifft auf meinen, nur wenige Augenblicke ehe meine Beine auf die Kante eines Bettes treffen und wir beide daraufpurzeln.

Eriks Hände sind überall auf mir. In meinen Haaren, auf meinen Brüsten, zwischen meinen Beinen, wo er mich sofort durch den Jeansstoff hindurch umfasst.

Ich zögere nicht, das zu erwidern. Ich kann es kaum erwarten, seinen Körper wieder zu berühren. Ich erinnere mich an jedes Detail von unserer Nacht vor fünf Jahren. Meine Hand wandert direkt zu seinem Schritt, wo ich die Finger um die Wölbung in seiner Hose lege, was Erik dazu bringt, in meinen Mund zu zischen. Er weicht vor mir zurück und springt vom Bett. Ich beobachte, wie er wie wild an seinen Kleidern reißt, während er mich mit so viel Hitze in den Augen anstarrt, dass mich ein winziges Rinnsal der Angst durchströmt.

Nicht die Angst, dass ich körperlich verletzt werde, sondern dass ich für andere auf immer verdorben sein werde.

Erik streift lediglich seine Anzugjacke und seine Krawatte ab und öffnet die oberen beiden Knöpfe seines Hemdes. Dann richtet sich seine Aufmerksamkeit auf mich und er murmelt: „Ich brauche dich nackt, Blue.“

Das kann ich erledigen, aber er gibt mir nicht einmal die Gelegenheit dazu. Er zerrt mich vom Bett, als wäre ich eine Puppe, und entledigt mich rasch meiner Kleidung. Er dreht mich hin und her, bis ich nur noch in BH und Slip vor ihm stehe.

Erik hält inne und lässt seinen Blick ganz langsam an meinem Körper hinunterwandern. Seine Augen verharren auf meinem Becken und er fährt mit einem Finger über den Bund meines Höschens. Ich erschaudere bei der Berührung.

Erik tritt auf mich zu, greift hinter meinen Rücken und öffnet geschickt meinen BH. Er lässt ihn auf den Boden fallen und presst seine Handflächen auf meine Brüste. Ich kann mir ein Stöhnen nicht verkneifen, als er sie anhebt und sanft drückt.

„Blue", murmelt er, und ich merke, dass sich meine Augen von selbst geschlossen haben. Ich öffne sie und sehe, dass Erik mich mit einer Grimmigkeit anstarrt, die mich etwas überrascht. „Ich bin froh, dass ich mich nicht an viel von unserer ersten gemeinsamen Nacht erinnern kann."

„Warum?", flüstere ich und mag die Art und Weise, wie seine tiefe Stimme die Hitze in meinem Bauch vor Vorfreude wirbeln lässt.

„Weil es mir offensichtlich nicht viel bedeutet hat, und das war dir gegenüber nicht besonders respektvoll", sagt er ernsthaft, und ich möchte nichts mehr, als ihn in diesem Moment einfach zu umarmen, auch wenn ich mich gleichzeitig auf ihn stürzen will. Er hält inne, wie wenn er nach den richtigen Worten sucht, bevor er fortfährt: „Aber heute

Abend ... das ist es, was zählt. Das ist wirklich unsere erste gemeinsame Nacht."

Obwohl meine Kehle sowohl vor Rührung als auch vor Lust trocken ist, schaffe ich es, zu antworten: „Das ist ein schöner Gedanke, Erik. Das bedeutet mir sehr viel."

Das Lächeln, das er mir zuwirft, ist so umwerfend, dass ich ganz ehrfürchtig werde. Er schiebt mich sanft aufs Bett, und sobald ich anfange, zum Kopfteil hochzurutschen, befiehlt er: „Bleib einfach da."

Ich halte still, während Erik am Ende der Matratze in die Knie geht und an meine Hüften greift, um mein Höschen herunterzuziehen. Ich muss meine Handflächen auf der Matratze abstützen und mich leicht anheben, um ihm zu helfen, aber es gleitet an meinen Beinen hinunter und ist dann vergessen, so wie es mein BH war.

Ich erröte etwas, als Erik meine Beine auseinanderdrückt und mich anstarrt.

„Daran erinnere ich mich", flüstert er heiser, während er einen Finger an meinen Schamhügel führt, der völlig glatt gewachst ist. Er streift mit der Fingerspitze über meine Haut und ein mächtiger Lustschock trifft mich mitten ins Herz. Wenn er seinen Finger hineinschieben würde, wüsste er, wie sehr mich das erregt.

„Leg dich zurück aufs Bett", befiehlt Erik.

Ich hauche seinen Namen und bin mir nicht sicher, ob ich ihn anflehe, sich zu beeilen, oder ob ich ihn von dem abbringen will, was er gleich tun wird. Bin ich bereit für etwas so Intimes?

„Leg dich zurück, Blue", befiehlt er mir erneut und mein Körper gehorcht.

Ich sinke auf die Matratze und mein Blick wandert zur Decke über mir, denn ich glaube, ich kann es nicht ertragen, ihn anzusehen. Es wäre zu viel.

Zu intensiv.

Eriks Hände greifen unter meine Beine und er hebt und spreizt sie. Er legt sie auf seine Schultern und danach spüre ich die Hitze seines Atems auf meiner Pussy, nur für einen kurzen Moment.

Dann liegt sein Mund auf mir.

Er ist warm und feucht. Allumfassend. Verschlingt alles.

Eriks Hände gleiten unter meinen Hintern und packen meine Hüften. Er zieht hart an meinem Körper, zwingt mich enger an seinen Mund, damit er mich ausgiebig lecken kann.

„Oh Gott", schreie ich auf, als er seine Zunge in mich stößt und sein Gesicht gegen meine nasse Haut presst. Er knurrt vor Verlangen, vielleicht auch vor Befriedigung, und die Vibrationen bringen mich zum Beben. Meine Hüften heben sich, ich brauche mehr und Erik gibt es mir.

Er saugt und leckt und beißt sogar. Er treibt mich allein mit der Kraft seines Mundes immer weiter nach oben. Er verhält sich wie ein ausgehungerter Mann und als wäre ich die einzige notwendige Nahrung.

Ich fühle, wie der Orgasmus auf mich zurollt, und ich will es. Ich will es unbedingt, also öffne ich mich und lasse mich davon überwältigen. Erik saugt hart an meiner Klitoris, und ich explodiere mit einem Schrei, von dem ich mir ziemlich sicher bin, dass man ihn in den angrenzenden Räumen hören kann. Erik knurrt nur erneut – diesmal in höchster Befriedigung –, während er weiter an mir leckt und von mir nascht und mich sanft wieder auf den Boden der Tatsachen zurückholt.

Ich schaffe es, mich mit den Ellbogen auf die Matratze zu stützen, um mich hochzuziehen, und starre ihn benebelt an. Sein Kinn ruht auf meinem Becken und er sieht aus wie die Grinsekatze. Seine Lippen glänzen von meiner Nässe, und während er mit der Zunge darüberleckt, trifft mich ein weiterer Blitz der Lust hart. Ich mag gerade so intensiv gekommen sein wie noch nie in meinem Leben, aber ich bin jetzt zehnmal spitzer als kurz vor meinem Orgasmus.

„Hol ein Kondom", befehle ich.

Erstaunt sehe ich, wie Erik den Kopf schüttelt und er aufsteht. Sein Schwanz drückt gegen seine Hose. „Ich habe keins."

„Was?", schreie ich förmlich, während ich von der Matratze klettere. „Was für ein Playboy-Profi-Eishockeyspieler hat kein Kondom dabei?"

„Ich habe heute Abend nicht damit gerechnet, Blue."

Und es trifft mich wie ein Blitz. Er hat es wirklich langsam angehen lassen, und es ist ihm überhaupt nicht in den Sinn gekommen, dass wir heute Abend intim zusammenkommen könnten.

Erik lacht leise und streicht mir eine Haarsträhne hinters Ohr. „Den Fehler werde ich nicht noch einmal machen, aber das war's für heute Abend."

„Oh, verdammt, nein", erwidere ich mit einem herausfordernden Knurren. Ich packe sein Hemd und arbeite schnell an den Knöpfen.

„Was tust du da, Blue?", fragt Erik amüsiert.

„Ich werde dir genau das geben, was du mir gerade gegeben hast", erkläre ich, während ich an dem Stoff zupfe. Er bleibt an seinen breiten Schultern hängen, und ich beschließe, keine Zeit damit zu verschwenden. Meine Hände sinken zu seinem Gürtel und ich öffne ihn mit Leichtigkeit. Als Nächstes der Knopf und dann der Reißverschluss. Eriks Atem stockt, während ich meine Finger in den Bund seiner Boxershorts gleiten lasse und sie zusammen mit seiner Hose nach unten schiebe. Ich ruckle sie bis zur Mitte des Oberschenkels herunter und gehe gleichzeitig vor ihm auf die Knie.

Langsam schaue ich an seinem Körper hinauf. Kräftige, gebräunte Beine, die von dunklen, krausen Haaren bedeckt sind. Sein harter Schwanz ragt mit einer leichten Kurve nach oben. Seine schweren Eier sind glatt gewachst, damit er ein Date mit mir bekommt. Ich muss zugeben, dass mir das gefällt. Besonders um die Basis seines Schwanzes herum, was ihn unendlich viel größer erscheinen lässt.

Mein Blick wandert weiter nach oben. Erik hält den unteren Teil seines T-Shirts und seines Hemdes in den Händen und hat beides auf halbe Höhe seines Oberkörpers hochgezogen. So kann er nach unten schauen, um zu sehen, was vor sich geht; seine Augen dunkel und voller Verlangen. Seine Bauchmuskeln sind zu sexy Wölbungen angespannt, und eine Linie aus dunklen Haaren zieht sich von der Unterseite seines Bauchnabels bis kurz vor seinen Schritt, wo die Haut glatt und nackt ist.

Ich lege meine Hände auf die Rückseiten von Eriks Oberschenkeln, lehne mich vor und neige den Kopf. Ich tue nichts anderes, als mit der Zungenspitze an der Vorderseite seiner Eier entlangzufahren, und staune, wie weich sie sind.

„Scheiße", knurrt Erik und seine Hüften stoßen überrascht nach vorn. „Das fühlt sich … anders an."

„Keine Haare, die das Gefühl mindern", murmle ich und küsse ihn dort sanft. Ich öffne meinen Mund und sauge eins seiner Eier hinein, rolle es mit meiner Zunge. Eine von Eriks Händen fällt auf meinen Hinterkopf, und er hält mich einen Moment lang fest an sich gedrückt, stöhnt wegen der Art, wie ich ihn bearbeite.

Ich entlasse ihn und nehme mir einen Augenblick Zeit, um in Eriks Gesicht zu schauen. Sein Kiefer ist angespannt, die Muskeln in seinem Nacken treten hervor. Sein Gesicht ist rot und sein Blick wirkt fiebrig. Er fleht mich an, ihn hart und schnell kommen zu lassen.

Ich lege eine Hand um den Ansatz seines Schwanzes, führe die Spitze an meinen Mund und verzichte auf irgendwelche neckischen Spielchen. Ich nehme ihn bis zum hinteren Teil meiner Kehle auf, was mir aber wegen seiner Länge nicht ganz gelingt. Ich rolle seine Eier mit meiner anderen Hand und bewege mich auf ihm. Ich sauge hart an ihm, mit langen Zügen, damit ich sein Vergnügen maximieren kann. Eriks Atmung wird sofort rau und seine Hüften beginnen zu pumpen. Er lässt sein Hemd und sein T-Shirt los und benutzt beide Hände an meinem Kopf, um mich festzuhalten.

„Ich werde dein Gesicht ficken, Blue", knurrt Erik und ächzt dann voll intensiver Lust, während er in meine Kehle stößt.

Ich schlucke, lasse ihn spüren, wie sich meine Halsmuskeln um ihn zusammenziehen. Ich verberge meine Zähne hinter meinen Lippen, mache meine Zunge flach und halte still, als Erik sich in mich hineinpumpt und sich wieder herauszieht; die einzige Anstrengung, die ich aufbringe, ist die intensive saugende Bewegung, wenn er sich zurückzieht.

„Blue", stöhnt Erik, wie wenn er mich anbetet. „Ich komme gleich."

Ich antworte, indem ich meine Hände zu seinem Hintern gleiten lasse und ihm helfe, sich zu bewegen. Ich ziehe ihn zu mir, lasse ihn meinen Mund und meine Kehle nehmen und sauge noch einmal hart.

„Fuck", ächzt Erik und versenkt sich in meinem Mund. Sein Schwanz entlädt seine Ladung auf meinem Zungenrücken. Warme, salzige Flüssigkeit trifft mich und ich schlucke sie genüsslich hinunter. Ich spüre, wie Erik erschaudert, als meine Hände seinen Hintern fest umklammern und ich wieder an ihm sauge, um auch den letzten Tropfen herauszuholen.

„Oh Blue … Himmel“, murmelt er und zieht seinen entleerten Schwanz mit einem zufriedenen Stöhnen aus meinem Mund.

Ich tupfe mir die Mundwinkel ab, während ich zu ihm aufschaue und hoffe, dass ich es gut gemacht habe.

Erik beugt sich vor, schiebt seine Hände unter meine Achseln und hebt mich auf die Füße, sodass wir uns gegenüberstehen. Er legt eine Hand unter mein Kinn und hält es fest. Dann senkt er den Kopf und streift mit seinen Lippen über meine, federleicht.

Als er sich zurückzieht, ist sein Blick sanft und aufrichtig. „Du bist unglaublich. *Das* war unglaublich.“

Ich lächle zurück und bin erleichtert, dass ich anscheinend nicht schlecht in diesem Bereich bin. Das ist gut, denn Erik ist ein Meister in Sachen Oralsex, und ich möchte, dass wir das oft miteinander machen.

Kapitel 13

Erik

„Verdammt noch mal", heult Dax neben mir. Er zupft einen langen Kaktusstachel aus seinem Handrücken, während er Legend anbrummt: „Ich verstehe nicht, warum du nicht Leute anheuern kannst, die das für dich machen."

„Ich erledige es gerne selbst", erwidert Legend und entwurzelt mit einer Schaufel vorsichtig einen weiteren kleinen Kaktus aus dem Beet um seinen Pool im Garten. „Und es ist ja nicht so, dass ich dich dazu zwinge."

Das stimmt. Die Jungs haben versucht, sich was einfallen zu lassen, um am ersten der beiden Tage, die wir hintereinander frei haben, etwas zu tun. Legend sagte, dass er einige Beete vorbereiten wollte, damit er neues Zeug pflanzen kann. Eins führte zum anderen, und als Nächstes beschlossen wir, bei ihm zu grillen, Bier zu trinken und Pflanzen auszureißen. Danach wollten wir alle am Pool chillen.

Ich versuche herauszufinden, wie ich eine kleine Yucca-Palme entfernen kann, deren Wurzeln etwa einen Kilometer tief zu reichen scheinen. Legend möchte die wüstenartige Landschaft loswerden und mehr üppige grüne Beete anlegen. Das ist etwas, worüber ich bei meinem eigenen Haus nie nachdenke, aber Legend steht aus irgendeinem Grund als Hausbesitzer auf diese Art von Dingen.

„Hast du Tacker eingeladen?", frage ich ihn. Ich bin auf Stein-Patrouille und hebe die verschiedenen Steine hoch, die um die Beete herumliegen.

„Ja", antwortet Legend, während er es schafft, einen kleinen runden Kaktus aus dem Boden zu holen. Behutsam nimmt er ihn mit der Schaufel heraus und lädt ihn in die Schubkarre, mit der wir die ausgegrabenen Pflanzen einsammeln. „Er sagte, er hätte bereits etwas vor."

„Ja, alles wäre besser als diese Scheiße", brummt Dax und stiert auf die stachelige Pflanze, die er zu entfernen versucht.

„Es ist der 5. November … der Jahrestag des Flugzeugabsturzes", sagt Bishop leise von seinem Platz auf der anderen Seite von Dax. Er beschneidet gerade Pampasgras.

Alle von uns hören auf, zu arbeiten, und drehen sich zu Bishop um. Er starrt uns einfach nur an, ohne wirklich etwas sagen zu müssen, um zu erklären, wie schwer der heutige Tag für den Kerl sein muss.

Heute vor genau einem Jahr war Tacker mit seiner Verlobten in einem kleinen Flugzeug unterwegs. Er spielte damals für Dallas und sie machten einen Kurztrip nach Austin für die letzte Anprobe des Hochzeitskleides. Ja. Ein paar Wochen später hätten sie heiraten sollen.

„Hat er mit dir darüber gesprochen?", frage ich Bishop neugierig.

Niemand in diesem Team steht Tacker wirklich nah, obwohl er unser Kapitän ist. Auf dem Eis ist er ein großartiger Anführer, aber außerhalb ist er total zurückgezogen. Falls es eine Person in diesem Team gibt, mit der er vielleicht reden könnte, dann ist es Bishop. Das liegt daran, dass sie zusammen wohnen, wenn wir unterwegs sind, und den Großteil ihrer Freizeit miteinander verbringen.

„Er hat mir nur gesagt, dass er ihre Eltern in Dallas besuchen will", antwortet er leise.

„Armer Kerl", murmelt Legend und dreht sich zurück, um den nächsten Kaktus anzugehen.

Wir vier arbeiten noch eine Weile schweigend und machen hier und da kleine Pausen, um ein Bier zu trinken oder darüber zu schimpfen, dass wir uns an irgendetwas geschnitten haben.

„Gehst du heute Abend mit Blue aus?", fragt mich Dax.

„Sie ist in Chicago", antworte ich und versuche, den leichten Anflug von Sehnsucht aus meiner Stimme zu halten. „Sie begleitet in Teilzeit Charterflüge, um sich etwas Geld dazuzuverdienen. Sie wird morgen zurück sein."

Ich hasse es, dass Blue einen zweiten Job machen muss. Sie macht das nicht oft, aber wir werden fast eine Woche zu Hause in Phoenix bleiben, und sie konnte sich das Geld nicht entgehen lassen. Sie bekommt fünfhundert Dollar für nur eine Übernachtung und weniger als sieben Stunden Flugzeit. Für Blue ist das eine Menge Geld, während ich fünfhundert Dollar für ein neues Paar Schuhe ausgeben würde, wenn mir danach wäre.

Natürlich verstehe ich, warum sie das tut, aber

ich hasse es schon, dass es meine Zeit mit ihr beschneidet. Wir kamen heute Morgen gegen ein Uhr aus Dallas zurück und die arme Blue musste um acht Uhr wieder in ein Flugzeug steigen. Ich wollte nichts mehr, als sie vom Flughafen mit nach Hause zu nehmen, allerdings brauchte sie etwas Schlaf und musste packen. Morgen Abend gehen wir allerdings aus, und damit muss ich mich zufriedengeben.

„Ist die Sache mit Blue also ernst?", fragt Bishop. Es ist keine Frage, die Legend oder Dax stellen würden, denn sie können nicht wirklich über die Tatsache hinaus sehen, dass Blue eine wunderschöne Frau ist, nach der ich mich verzehrt habe. Aber Bishop hat sich in letzter Zeit Hals über Kopf in Brooke verliebt, daher verstehe ich, dass er neugieriger ist.

Bevor ich jedoch antworten kann, tut Dax es für mich. „Verdammt, ja, es ist ernst. Hast du gesehen, wie er ihr im Flugzeug hinterherstarrt?"

„Und er lächelt jedes Mal, wenn er sie sieht, wie ein totaler Idiot", fügt Legend hinzu.

„Er ist vernarrt."

„Vollkommen pussyhörig."

„Hey", mische ich mich warnend ein. „Das bin ich noch nicht ganz."

Alle Männer bleiben stehen und drehen sich mit hochgezogenen Augenbrauen zu mir um.

„Moment mal", sagt Legend. „Du hattest deinen Schwanz noch nicht im Spiel? Was soll der Scheiß, Alter? Ich habe Valerie in mein Zimmer in Houston kommen lassen, nur um dir die Gelegenheit zu geben."

Ich befinde mich an einem Scheideweg. Normalerweise würde ich nicht zögern, meinen Kumpels alle schmutzigen Details zu berichten. Wäre es ein anonymer One-Night-Stand gewesen, würde ich ihnen alles über den tollen Blowjob erzählen, den ich in dieser Nacht bekommen habe.

Aber hier geht es um Blue, und ich spüre einfach, dass diese Dinge für uns privat bleiben sollten. Ich habe keine Erfahrung, auf die ich mich berufen könnte, um die richtige Antwort zu finden, also höre ich auf mein Bauchgefühl. „Das geht euch einen Scheißdreck an."

„Wow", sagt Legend mit einem Lachen. „Du bist wirklich bis über beide Ohren in dieses Mädchen verknallt, nicht wahr?"

Ich antworte ihm nicht sofort, weil er schon weiß, dass ich es bin. Aber ich beschließe, ihnen etwas anzuvertrauen, damit sie verstehen, wie wichtig Blue gerade für mich wird.

„Blue und ich haben uns vor etwa fünf Jahren kennengelernt", erzähle ich ihnen.

„Was?", fragt Dax, wobei sich seine Augenbrauen über verwirrten Augen zusammenziehen.

„Ich erinnere mich nicht an viel, aber sagen wir einfach, ich war ein Depp ihr gegenüber."

„Deshalb war sie am Anfang auch so sauer auf dich", vermutet Bishop laut.

„Zum Teil", gebe ich zu. „Außerdem habe ich sie angebaggert und sie war nicht interessiert. Sie ist ziemlich auf ihren Bruder fixiert.“

„Und sie gibt dir eine zweite Chance“, betont Legend unnötigerweise. „Also solltest du es besser nicht versauen.“

„Werde ich nicht“, sage ich selbstbewusst. Diese Sache mit Blue wird überdauern. Ich weiß es einfach.

„Wenn du es versaust, kriege ich den ersten Versuch bei ihr“, sagt Dax mit einem anzüglichen Grinsen. Ich überlege nicht lange, schnappe mir einen kleinen Kaktus und schleudere das ganze Ding auf Dax. Er trifft ihn am Unterarm, mehrere der Stacheln bohren sich in seine Haut.

Er gibt ein Quieken von sich und flucht dann, während er versucht, ihn abzuschütteln. „Du verdammtes Arschloch.“

„Wenn du noch einmal über Blue sprichst, wird es dir noch schlechter gehen“, warne ich.

Legend und Bishop brüllen nur vor Lachen, während Dax die kleine stachelige Pflanze vorsichtig aus seinem Arm zieht und in die Schubkarre wirft.

Ich wende mich wieder meiner Arbeit zu, als aus dem Garten nebenan laute Musik dröhnt. Ich brauche einen Moment, um sie zu erkennen und ziehe eine Grimasse, sobald die ersten Takte von Cyndi Laupers „Girls Just Want to Have Fun“ die Luft erfüllen.

Legend knurrt und sein Kiefer mahlt, während er über seinen Garten in den nächsten schaut. Eine Reihe von Sträuchern und Bäumen trennt die Grundstücke, aber ich kann durch die Äste jemanden sehen, der sich auf der anderen Seite bewegt – vermutlich die heiße kleine Nachbarin, die ich in der Halloween-Nacht bemerkt habe.

Zu meinem Schock fängt sie an, lauthals mitzusingen.

„Mein Gott, diese Frau ist total verrückt", sagt Legend mit einem Stirnrunzeln. Er dreht sich um und beginnt, seine Schaufel mit Nachdruck in den Boden zu stoßen.

„Die Flamingo-Dame", stichle ich, als ich ihre Gestalt auf der anderen Seite ausmachen kann. Ich kann ihr kurzes dunkles Haar sehen und dass sie weiße Shorts trägt, die ziemlich hoch geschnitten sind. Es ist heiß heute, und sie tanzt mit einem Wasserschlauch durch ihren Garten und wässert verschiedene Töpfe voller Blumen.

„Sie ist die schlimmste Nachbarin der Welt", brummt Legend, der einen Augenblick zu ihr hinüberschaut.

Sie geht weiter in den Garten, dorthin, wo die Büsche, die die Grundstücke trennen, dünner sind. Dax gibt einen leisen, anerkennenden Pfiff von sich, sobald wir erkennen, dass sie ein knappes Bikini-Oberteil trägt.

Einer der Vorzüge des Novembers in Phoenix.

„Kumpel", sagt Dax leise. „Sie ist verdammt heiß."

„Sie ist verrückt", beharrt Legend und wendet sich wieder ab. „Hast du die Fassade ihres Hauses gesehen? Es sieht aus wie das verdammte Disney World, dazu noch all diese Gartenornamente. Und sie spielt blöde Musik, total laut. Und jedes Mal, wenn ich es wage, mich bei ihr zu beschweren, pflanzt sie Plastikflamingos entlang meiner Einfahrt."

„Vielleicht solltest du versuchen, netter zu sein", schlägt Bishop vor.

„Ja, führe sie zu einem netten Abendessen aus und bitte sie ganz lieb", füge ich mit einem bösen Grinsen hinzu.

„Bring sie nach Hause und schenk ihr viele Orgasmen", kommt es von Dax. „Sie wird alles tun, was du verlangst."

„Ich habe eine offizielle Beschwerde bei der Eigentümergemeinschaft eingereicht", zischt Legend.

„Das wird ihr eine Lehre sein", murmelt Dax.

„Was macht sie beruflich?", frage ich Legend, mehr als nur ein bisschen neugierig auf die schrullige Nachbarin, die es geschafft hat, den sonst so entspannten und liebenswürdigen Kerl zu verärgern. Legend mag jeden und versteht sich mit allen.

„Keine verdammte Ahnung, und ich will es auch gar nicht wissen", knurrt er und dreht sich noch einmal um, um sie anzustarren.

Nun, das ist meiner Meinung nach ein wenig zu heftig. Er bestreitet sein Interesse an ihr etwas zu laut.

Die Frau tanzt weiterhin im Garten und singt jetzt aus voller Kehle, wackelt mit den Hüften und mit dem Hintern. Sie hüpft und wirbelt zwischen den

Pflanzentöpfen herum und wir alle schauen ihr fasziniert zu.

Sie dreht sich zu einem Topf, der direkt an der Grenze der beiden Grundstücke steht, hält den Gartenschlauch darüber und gießt ihn gründlich, während sie singt: *„Oh, girls just wanna have fun.“*

Bevor sie sich umdreht, um zur nächsten Pflanze zu tanzen, schweift ihr Blick über Legends Garten, wo sie uns dabei erwischt, wie wir sie anglotzen. Sie ist nicht einmal einen Moment verlegen und schenkt uns allen ein freches Grinsen. „Hallo, Jungs. Tut mir leid, wenn ich euch gestört habe.“

„Hast du gar nicht“, rufe ich zurück, stehe vom Boden auf und ziehe mir die Handschuhe aus. Ich gehe zum Rand des Vorgartens hinüber und halte ihr die Hand hin. „Ich bin Erik Dahlbeck.“

Sie schüttelt mir kräftig die Hand, während sich das Wasser weiter über ihren Garten ergießt. Sie nickt mir anerkennend zu. „Erstklassiger Verteidiger und Elite-Enforcer für die Vengeance. Großer Fan. Schön, Sie kennenzulernen.“

„Sie sind ein Eishockey-Fan“, rufe ich überrascht.

„Ja“ ist alles, was sie sagt, bevor sie den Schlauch fallen lässt und an mir vorbei zu den anderen Jungs geht. Ich überlege, ob ich zum Wasserhahn gehe und das Wasser für sie abstelle, aber dann entscheide ich mich anders. Ich will eine mögliche Konfrontation mit Legend nicht verpassen.

Die Frau kommt auf Dax zu, schüttelt ihm die Hand und nennt ihn beim Namen. „Sie sind Dax

Monahan."

Sie wendet sich an Bishop und tut dasselbe. „Und Sie Bishop Scott."

„Und Sie sind?", fragt er sie im Gegenzug.

Sie klatscht sich mit der Handfläche an die Stirn. „Mensch, ich bin ein Trottel. Entschuldigung. Mein Name ist Pepper. Ich wohne nebenan."

„Ich habe gesehen, wie Sie in der Halloween-Nacht pinke Flamingos rausgestellt haben", sage ich, während mein Blick zu Legend schweift, der seine auffällige Nachbarin anstarrt.

„Ich versuche nur, Legend locker zu machen." Sie schnaubt und deutet mit dem Daumen auf ihn. „Aber leider scheint das eine aussichtslose Mission zu sein."

„Du könntest damit anfangen, den ganzen kitschigen Müll in deinem Vorgarten loszuwerden." Legend klingt verächtlich.

Pepper nimmt es ihm offenbar nicht übel. „Sorry. Ich mag es."

Legends Gesicht wird knallrot, und ich frage mich, ob er einen Schlaganfall erleiden könnte. Ich habe ihn noch nie so wütend gesehen und es fasziniert mich. Ich wende mich wieder an Pepper. „Und was machen Sie beruflich?"

„Ich bin Autorin", sagt sie und grinst. „Ich schreibe und illustriere Kinderbücher. Haben Sie schon von *Die großen Abenteuer von Penelope und Bert gehört*?"

„Ja", antwortet Dax ehrfürchtig. „Ich habe sie

meiner Nichte und meinem Neffen vorgelesen. Sie haben die geschrieben? Sie sind immer auf den Bestsellerlisten."

„Das bin ich." Sie zwinkert ihm zu.

„Sie sind saukomisch", fährt Dax fort. „Und die Zeichnungen fantastisch."

Dann mimt er eine scheinbar wohlbekannte Stelle des Buches, indem er die Arme anwinkelt und mit dem Hintern wackelt. *Watscheln, watscheln, picken, picken, den ganzen Tag lang.*

Daraufhin wendet er sich an Legend und sagt mit wahrscheinlich etwas zu viel Enthusiasmus: „Hey, Legend … du hast allen Ernstes eine berühmte Autorin als Nachbarin."

Legends Blick gleitet zu Pepper, aber in seinem Ausdruck liegt nichts als Verachtung. Sie hebt lediglich ihr Kinn und starrt ihn ausdruckslos an.

„Und doch ist es mir scheißegal", erwidert Legend, während er sie anschaut. Dann wirft er seine Schaufel auf den Boden und geht über die Terrasse, um den Pool herum und in sein Haus.

„Ich habe das Gefühl, ich sollte mich für seine Unhöflichkeit entschuldigen", sagt Bishop zu Pepper, die auf Legends Hintertür starrt.

Sie dreht sich zu Bishop um und zuckt nur mit den Schultern. „Er wird sich an mich gewöhnen."

Pepper ist total heiß und schrullig genug, dass ich, wenn Blue nicht wäre, mein Glück bei ihr versuchen würde. Aber ich bezweifle ernsthaft, dass all diese Sexyness und dieser Charme einen Effekt auf Legend haben werden.

Wir plaudern noch ein bisschen mit Pepper, und Dax gelingt es, ihre Nummer zu bekommen. Sie machen lockere Pläne, sich irgendwann zu treffen, und dann schlendert sie zurück in ihren Garten, wo gerade „Girls, Girls, Girls" von Mötley Crüe ertönt.

Kapitel 14

Erik

Ich lupfe meine Tasche höher auf die Schulter und stoße die Ausgangstür auf, die von der Arena zum Spielerparkplatz führt. Tacker folgt mir.

„Du hast heute Abend wirklich toll gespielt", sagt er, während wir nicht zu unseren Autos gehen, sondern zu den Absperrgittern, die den Platz von der Straße trennen. Es gibt immer eine Gruppe von Fans, die nach dem Spiel dort rumhängen und Autogramme und Fotos wollen, und wir kommen ihnen normalerweise entgegen, wenn wir gewinnen. Wenn wir verlieren, sind wir in der Regel zu schlecht gelaunt und gehen direkt zu unseren Autos.

„Danke", antworte ich mit monotoner Stimme. „Du auch."

Und das stimmt. Tacker ist einer der besten Spieler der Liga, und jetzt, wo er körperlich wieder voll da ist – mental, da bin ich mir noch nicht sicher – ist er der Hammer. Er hat heute Abend zwei Tore und einen Assist bei unserem Sieg über die Quebec Royals erzielt, womit wir unsere Siegesserie ausbauen konnten. Das sorgt in der Eishockeywelt für jede Menge Wirbel, da wir ein neues Team sind.

„Du klingst nicht gerade glücklich über den Sieg", bemerkt er, als wir uns der Gruppe der Fans nähern.

„Tut mir leid", antworte ich mit ein wenig mehr Begeisterung. „Im Moment belasten mich einfach andere Dinge."

Zum Beispiel, wie es Blue geht. Ich sorge mich um sie, und das ist definitiv ein neues Gefühl – sich Sorgen um eine Frau zu machen, die nichts damit zu tun haben, ob sie einen Orgasmus hat. Wir wollten gestern Abend ausgehen, doch es ist nicht dazu gekommen. Sie war von Chicago zurück und direkt ins *Cresson* gefahren, da Billy Fieber hatte. Das Pflegepersonal hat sich gut um ihn gekümmert, aber er war unglücklich und wollte Blue sehen, also kam sie. Sie war heute den ganzen Tag und auch den Abend dort, und ich frage mich, ob sie sich überhaupt Zeit für sich genommen hat, um zu essen. Es ist spät, und ich zögere, sie anzurufen, da sie schlafen könnte.

„Vielleicht fühlst du dich hiernach besser", sagt Tacker, und einen Moment lang bin ich mir nicht sicher, was er meint. Er nickt in Richtung der Absperrgitter, und ich drehe mich um und schaue auf die Schar der Fans.

In der Mitte steht, die Hände auf den Metallzaun mit Betonboden gestützt, Blue. Ihre Haare sind zu einem Pferdeschwanz gebunden und sie ist ungeschminkt. Sie trägt eine Jeans und ein T-Shirt mit Laufschuhen, und ich denke, sie ist die schönste Frau, die ich je in meinem Leben gesehen habe. Ich meine … Ich fand sie schon immer umwerfend und hinreißend, aber so, wie sie mich jetzt ansieht, mit einem Lächeln nur für mich und niemanden sonst, weiß ich, dass ich nie etwas sehen werde, was das jemals übertreffen könnte.

Ich gehe geradewegs zu ihr und ignoriere die Fans, die meinen Namen rufen und Blue Papierblöcke und Stifte über die Schultern halten, damit ich unterschreibe. Als ich die Absperrgitter erreiche, öffnet sie den Mund, um etwas zu sagen, aber ich packe sie direkt unter den Achseln und hebe sie hoch. Sie legt die Hände auf meine Schultern und grinst auf mich herab. Mit angewinkelten Beinen macht sie es mir leicht, sie darüberzuheben und vor mir auf den Asphalt zu setzen. Ich bin mir vage bewusst, dass Tacker ein paar Meter entfernt steht und Autogramme gibt, und die Menge beginnt, sich in seine Richtung zu bewegen. Es ist klar, dass meine Aufmerksamkeit anderweitig abgelenkt ist.

„Hi", sagt sie mit zurückgeneigtem Kopf und sieht mich an.

„Was machst du denn hier?", frage ich und nehme eine ihrer Hände in meine.

„Billys Fieber ist gesunken und er schläft, also dachte ich, ich komme her, um dich zu sehen. Ich fühle mich schrecklich, weil ich unsere Verabredung gestern abgesagt und das Spiel heute Abend verpasst habe."

Ich reagiere, indem ich meine freie Hand an ihren Hinterkopf lege und sie für einen Kuss zu mir ziehe. Sie hat Sterne in den Augen, als ich sie loslasse, und ein süßes Lächeln im Gesicht. Jemand in der Menge gibt einen Pfiff von sich.

„Wollen wir uns mit dem Team im *Sneaky Saguaro* treffen?", frage ich sie.

Sie schüttelt den Kopf. „Ich dachte, wir könnten zu dir gehen."

Der Atem in meinen Lungen stockt bei der Andeutung, und es liegt eine Menge davon in ihrem Tonfall. Sanft, heiser … bedürftig.

„Können wir machen", antworte ich. „Wo ist dein Auto?"

„Ich habe ein paar Blocks weiter geparkt", antwortet sie. „Willst du mir deine Adresse geben und ich treffe dich einfach dort?"

„Auf keinen Fall", erwidere ich, während ich mich zu meinem Auto wende und sie mitziehe. „Ich bringe dich morgen wieder hin."

„Warte", ruft sie und zieht ihre Hand ruckartig aus meiner heraus. Ich drehe mich zu ihr um und lege meinen Kopf neugierig schief. „Deine Fans. Musst du nicht Autogramme geben und so?"

Mein Blick wandert zu ihnen hinüber, viele schauen mich erwartungsvoll an. Ich will nicht. Das war noch nie etwas, das mich gestört hat. Verdammt, ich habe die Interaktion immer genossen, aber im Moment habe ich einfach nicht die Geduld dafür. Doch dann bemerke ich ein kleines Mädchen von etwa zehn Jahren, das mein Trikot trägt. Sie sieht mich begeistert an, und ich weiß, dass Blue warten muss.

Nachdem ich meine Haustür geschlossen und abgesperrt habe, lege ich meine Schlüssel auf den kleinen Tisch im Foyer. Blue geht geradeaus in das große Wohnzimmer, die Augen aufgerissen, während sie die Pracht meines Hauses in sich aufnimmt. Es schien perfekt, als ich es kaufte, aber jetzt wirkt es etwas lächerlich für einen Mann, der wahrscheinlich weniger als hundert Quadratmeter davon regelmäßig nutzt.

Sie hebt den Kopf und nimmt ein riesiges Gemälde über dem Kamin in Augenschein. Ein modernes Kunstwerk, das inbegriffen war, wie auch die Einrichtung. Während Legend es genießt, sein Haus durch Umbauten und dergleichen zu seinem eigenen zu machen, wurde meines in dem Moment mein eigenes, als ich die Hypothekenzahlung übernahm. Der Inhalt sagt nicht wirklich etwas über mich aus.

„Möchtest du einen Drink?", frage ich sie, schlendere ins Wohnzimmer und gehe zu einer kleinen Bar, die zwischen den maßgefertigten Einbauten neben dem Kamin steht.

„Nein", antwortet sie leise.

„Wollen wir ein bisschen draußen sitzen? Ich kann die Feuerstelle anmachen und wir könnten …"

„Hast du Kondome besorgt?", platzt Blue heraus und meine Augenbrauen schießen in die Höhe.

„Ja", antworte ich leise. „Aber ich erwarte nicht …"

„Vielleicht eine Tour durch dein Schlafzimmer", schlägt sie vor und ihre Wangen werden leicht rosa. Blue, die versucht, mich anzubaggern, ist verdammt süß, und mein Körper reagiert darauf, indem er sich überall anspannt.

Mit zwei Schritten stehe ich vor ihr, die Hände auf ihren Schultern. Ich beuge meinen Kopf dicht zu ihrem. „Sag es, Blue."

„Was sagen?", flüstert sie.

Meine Stimme ist rau, meine Kehle eng vor reiner Lust. „Sag mir, dass du willst, dass ich dich heute Nacht ficke."

„Oh Gott, Erik", antwortet sie mit einem nervösen Lachen.

Langsam führe ich eine Hand an die Seite ihres Halses und lege meine Finger um ihren Nacken. Ich lasse meinen Blick einen Moment lang über ihr Gesicht wandern, bevor ich ihn wieder auf ihren richte. „Ich weiß, dass ich dich auf jeden Fall vögeln will. Jetzt sag es mir zurück."

Blue leckt sich über die Lippen, und meine Leistengegend zieht sich zusammen. Ihre Stimme ist locker. „Ich will, dass du mich fickst, Erik."

Ich brauche ihre Erlaubnis nicht, aber ich wollte, dass sie es verlangt. Das war genug für mich, und mein Mund stürzt sich auf ihren in einem brutalen, besitzergreifenden Kuss. Ich habe von diesem Moment geträumt, seit ich Blue vor einigen Wochen zum ersten Mal im Teamflugzeug gesehen habe. Jede Nacht, seit sie auf meinem Bein zum Orgasmus gekommen ist. Ich habe mir einen runtergeholt bei der Erinnerung daran, wie sie meinen Schwanz lutschte und wie weich sie unter meinem Mund war, als ich ihre süße Muschi leckte.

Blues Arme legen sich über meine Schultern, umklammern meinen Nacken, und sie springt in meine Arme. Sie schlingt die Beine um meine Taille und schiebt ihre Finger in mein Haar, hält mich fest, damit sie mich so richtig küssen kann. Ich stütze sie unter ihrem Hintern, drehe mich zum Foyer zurück und steige mühelos die Treppe in den ersten Stock hinauf, wo sich meine Mastersuite befindet. Den ganzen Weg nach oben verstricken sich unsere Zungen in einen erotischen Tanz.

Ich betrete das Schlafzimmer und lasse Blue bedauernd zu Boden gleiten. Ihr Körper reibt dabei über meine Erektion und pure Lust entflammt in mir. Es macht mich rasend und raubt mir jede Chance auf eine langsame Verführung, die ich ihr habe schenken wollen. Ich fange an, an ihren Anziehsachen zu reißen, und sie an meinen. Wir nehmen uns Momente zwischen den fallenden Kleidungsstücken, um uns wieder und wieder zu küssen.

Als wir beide nackt und vollkommen heiß aufeinander sind, hebe ich sie hoch und lege sie mit dem Gesicht nach unten auf meine Matratze. Sie beginnt, sich auf die Hände und Knie zu erheben, aber ich drücke sie wieder runter.

„Spreiz die Beine", sage ich, und sie gehorcht, ohne zu zögern.

Ich beuge mich vor, drücke meinen Mund auf ihren unteren Rücken und streiche mit einem sanften Kuss darüber. Blue zittert als Antwort, und das bringt mich zum Lächeln. Ich lege eine Hand auf ihren Hintern, lasse meine Zunge über ihre Haut gleiten und beiße dann in eine runde Kugel. Blue stöhnt auf und wird noch lauter, als ich meine Hand zwischen ihre Beine schiebe und beginne, sie zu fingern.

Sie ist nass und glitschig und lässt mich ganz leicht zwei Finger tief einführen.

„Oh wow … Erik", stöhnt sie und spreizt ihre Beine weiter. Ich will mehr, also spreize ich meine Finger auseinander, und sie ruft: „Ja."

Meine freie Hand gleitet zu meinem steifen, schmerzenden Schwanz. Ich streichle mich langsam, während meine Finger Blue von hinten bearbeiten. Sie ist so empfindlich, dass sie sich innerhalb weniger Augenblicke windet und verzweifelt ist, und die Tatsache, dass sie mich zur Erleichterung braucht, fühlt sich verdammt gut an.

Ich ziehe meine Hand zurück und drehe Blue um, sodass sie mit glasigen Augen zu mir aufschaut. Ihre Brüste sind schwer und ihre Nippel hart. Ich beuge mich vor und nehme einen in den Mund, um ihn sanft zu liebkosen, damit sie sich etwas beruhigen kann. Ich unterschätze jedoch, wie empfindlich ihre Brüste sind, als sie sich wieder zu bewegen beginnt.

„Erik … bitte", fleht sie mich an, und das ist mehr, als ich in diesem Moment ertragen kann. Ich habe sie in den letzten Wochen so sehr gewollt, dass ich mich überhaupt nicht zurückhalten kann.

Ich wirble von ihr weg und krabble über die Matratze zu meinem Nachttisch, wo ich die Kondome aus der Schublade hole. Sobald ich mich wieder zu ihr umdrehe, kniet sie vor mir und schnappt sich die Folienpackung aus meiner Hand. Sie reißt sie mit überraschender Leichtigkeit auf und nimmt, ohne auf irgendeine Art von Erlaubnis zu warten, meinen Schwanz in die Hand.

Scheiße, das ist gut.

Mein Herz fühlt sich an, als würde es aus meiner Brust platzen, während ich auf Blue hinunterschaue, wie sie mir das Kondom überstreift. Die Vorfreude darauf, tief in ihr zu versinken, ist fast zu groß, um sie auszuhalten.

In dem Moment, in dem sie das Gummi bis zur Basis rollt, lege ich die Hände an ihr Gesicht und ziehe sie zu einem neuen dahinschmelzend tiefen Kuss zu mir. Ihre Handflächen ruhen auf meiner Brust und ich kann das Pochen meines Herzschlags dort spüren.

Ich lehne mich in sie hinein, drücke sie wieder auf das Bett und lege mich diesmal zwischen ihre Beine, die sich ungefragt weit für mich öffnen und bis zu meinen Hüften heben. Ich stütze mich mit einem Ellbogen auf der Matratze ab, um das meiste Gewicht von Blue fernzuhalten, umfasse meinen Schwanz mit der Faust und führe ihn zu ihrem feuchten Kern. Mein Atem stockt, während ich in sie eindringe und spüre, wie ihre enge Pussy mich festhält.

„Fuck", stöhne ich und erobere einen weiteren Zentimeter. Ich senke die Stirn auf ihre und fühle Blues Atem auf meinem Gesicht, als sie zu keuchen beginnt. Ich halte einen Moment lang still und genieße ihre Hand an meiner Wange.

Ich hebe den Kopf und starre auf sie hinunter. „Wie zum Teufel konnte ich mich nicht daran erinnern?"

Ihr Lächeln ist süß und verständnisvoll. „Es war viel Alkohol im Spiel."

„Trotzdem", protestiere ich irritiert. „Ich bin noch nicht einmal gekommen, und das ist das beste Gefühl der Welt. Wie konnte ich das vergessen?"

Sie schweigt einen Moment lang, bevor sie antwortet. Aber als sie es tut, ist es ein Schlag in die Magengrube. „Vielleicht, weil du damals nur mit dem gefühlt hast, was unterhalb deiner Taille ist, statt mit dem, was darüber ist."

Ein Gefühl des Erwachens durchströmt mich, als würde ich alle Geheimnisse des Universums verstehen. Mein Gehirn verarbeitet ihre Worte, oder vielleicht ist es mein Herz, das zu der Erkenntnis kommt, dass das, was sie sagt, wahr ist. Ich habe mich weiterentwickelt, und das hier ist völlig anders als das, was ich vorher mit ihr erlebt habe. Ich neige meine Hüften und stoße den Rest des Weges in ihren Körper.

Ihr Seufzer der Lust, wie wenn sie gerade etwas sehr Wichtiges und sehr Notwendiges in ihrem Haus willkommen geheißen hat, vernichtet mich.

Es gibt kein Halten mehr, und ich beginne, mich in ihr zu bewegen. Blues Körper wogt und schaukelt, sodass jeder meiner Stöße tief in sie getrieben wird. Sie hält sich an meinen Schultern fest, ihre Nägel kratzen meine Haut. Ich verliere mich in ihren großen braunen Augen, während wir ficken … Liebe machen – ich weiß nicht, was es ist, aber es ist etwas, ganz klar. Etwas zugleich Brillantes und Demütigendes.

Jeder Nerv in meinem Körper vibriert, bereit, jedes Vergnügen zu empfangen, das sie mir schenken wird. Jeder lange Stoß scheint uns zu verbinden. Ich kann mich nicht erinnern, dass irgendetwas in meinem Leben jemals eine so intensive Wirkung auf mich hatte, und das ist in gewisser Weise erschreckend.

Ich greife nach unten, hake Blues Bein über meinen Arm und hebe es höher, sodass ich mich noch tiefer hineinbohren kann. Ich beobachte, wie ihre Augen wieder glasig werden und sie die Stirn runzelt. Sie beißt in ihre Lippe – das Einzige, woran ich mich genau erinnere –, und die Erkenntnis, dass wir vielleicht auf diesen Moment haben warten sollen, trifft mich wie ein Blitzschlag.

Ohne Vorwarnung wölbt sich Blues Rücken vom Bett, wodurch ihre Hüften nach oben zucken und sie meinen Schwanz tiefer einsaugt. Sie presst ihre Lider zu und schreit in einem unerwartet schnellen Orgasmus auf. Ihre Pussy zieht sich fest zusammen und hält mich. Ich pumpe rascher, will mich ihr anschließen. Meine Eier schmerzen, und ich weiß, das wird gigantisch.

„Sieh mich an, Blue", befehle ich, während sie

weiter unter mir zittert.

Ihre Augen springen auf und sie konzentriert sich auf mich. Ich stoße noch einmal zu, versenke mich bis zum Anschlag in ihr und komme. Fragmente von Licht zerbersten in meinem Geist, und doch sehe ich an all dem vorbei zu Blue. Sie lächelt mich an, als ich in ihr den besten Orgasmus erlebe, den ich je hatte.

„Himmel", murmle ich, lasse ich ihr Bein los und einen Teil meines Gewichts auf sie herabsinken. Ich fühle mich fantastisch und tot zugleich. Ich drehe den Kopf, küsse sie auf die Schläfe und bringe meine Atmung unter Kontrolle. „Bist du okay?", frage ich sie.

„Mmmm", ist alles, was sie sagt, und meine Lippen verziehen sich zu einem wissenden Lächeln.

„Es tut mir wirklich leid, dass ich dein Spiel heute Abend verpasst habe", murmelt sie und mein Kopf fährt überrascht hoch. Von all den Dingen, von denen ich dachte, dass sie zwischen uns gesagt werden könnten nach dem, was gerade passiert ist … *das* war es nicht.

„Nicht doch", versichere ich ihr eilig. „Ich habe noch genug Spiele, zu denen du gehen kannst. Billy war und wird immer wichtiger sein."

„Nicht immer", korrigiert sie mich, und auch das überrascht mich. „Aber die meiste Zeit, sicher. Ich weiß, es ist viel verlangt von dir."

„Blue … Ich verstehe schon. Und es ist kein Problem."

Sie hebt eine Hand, fährt mit dem Daumen über meine Unterlippe. Ihr Blick folgt der Spur einen Moment lang, bevor sie ihre Aufmerksamkeit wieder auf mich richtet. „Danke, dass du das gesagt hast. Das bedeutet mir sehr viel."

Und ich bin froh, dass ich ihr das geben kann.

Kapitel 15

Blue

Eriks Haus ist unfassbar. Ich habe ihn vor einer guten halben Stunde im Bett zurückgelassen und mich auf Erforschungstour gemacht. Die Küche mit ihren wunderschönen cremefarbenen Schränken im Landhausstil, den schwarzen Granitarbeitsplatten und den kupferfarbenen Akzenten entdecke ich schnell. Erik ist ein Kaffeetrinker, daher erwartete ich eine Kaffeefiltermaschine. Stattdessen finde ich einen ausgefallenen Kaffee-/Espressovollautomaten, den ich nicht bedienen kann, also lasse ich ihn lieber in Ruhe.

Ich schlendere durch das Wohnzimmer und staune, wie toll sich seine Ledersofas anfühlten; anders als jedes Leder, das ich je zuvor gespürt habe. Er hat ein Billardzimmer mit dunkel getäfelten Wänden und dickem, waldgrünem Teppich, in dem meine Zehen versinken. Der Kinosaal ist irre, und wegen meiner immensen Neugier finde ich heraus, dass die Sitze verstellbar sind. Dort steht sogar eine altmodische Popcornmaschine.

Ich kann erkennen, dass Erik seine Zeit in der Männerhöhle auf der anderen Seite des Billardraums verbringt. Ein Paar seiner Schuhe stehen auf dem Boden neben einem Sessel, und es gibt einen monströsen Fernseher, größer als alle, die ich je gesehen habe. Mehrere Sportzeitschriften liegen auf dem Couchtisch mit einem Stapel Post, der zwar geöffnet und sortiert wurde, aber so wirkt, als hätte man ihn sofort wieder vergessen.

Vom Arbeitszimmer aus trete ich auf die hintere Veranda und blicke auf das üppigste, grünste Gras, das ich je in meinem Leben gesehen habe. Okay, wahrscheinlich nicht, doch da ich normalerweise umgeben vom Braun der Wüste lebe, sticht es im Kontrast hervor. Gleich neben der Terrasse befindet sich ein rechteckiger Pool mit teuer aussehendem Steinpflaster, und der gesamte Hinterhof hat einen mindestens zwei Meter hohen Sichtschutzzaun aus Stuck und Ziegeln.

Ich gehe zum Rand des Pools und tauche meinen Zeh hinein. Zufrieden mit der Temperatur lasse ich mich auf den Rand plumpsen und tauche meine Füße ins Wasser. Ich bewege sie hin und her, während ich die üppige Landschaft betrachte, die diese Gegend wie ein tropisches Paradies erscheinen lässt.

„Du kannst gerne reinspringen", sagt Erik von der Terrasse hinter mir, und ich falle fast hinein, so sehr erschreckt er mich. Er lacht, als er zu mir herüberkommt, nur mit Boxershorts bekleidet. Ich starre ihn sprachlos an, und er setzt sich neben mich und taucht diese kräftigen Beine direkt neben meinen in den Pool. Es ist schwer, sich von seiner nackten Brust abzuwenden. Seine Muskeln sind kraftvoll, aber gleichzeitig ist er schlank.

„Du siehst süß aus in meinem T-Shirt", sagt er und sieht mich an.

„Ich dachte, du hättest nichts dagegen." Ich habe neugierig in seiner Kommode nach einem gestöbert, während er die frühesten Morgenstunden verschnarchte.

„Natürlich nicht", erwidert er mit einem verspielten Lächeln und fährt mit einem Finger über meinen Oberschenkel. „Aber ohne Kleider gefällst du mir besser."

Gott, ich mag ihn auch ohne Kleidung lieber. Letzte Nacht war großartig.

Ich weiß immer noch nicht ganz, wie ich verarbeiten soll, wie schnell sich die Dinge zwischen uns entwickelt haben. Noch vor ein paar Wochen konnte ich ihn nicht ausstehen, und jetzt möchte ich am liebsten auf seinen Schoß kriechen und mich für immer an ihn kuscheln. Erik hat definitiv alles richtig gemacht, und ich habe keinen Zweifel daran, dass er nicht mehr derselbe Mann ist, den ich vor all den Jahren kurz kannte.

„Du siehst müde aus", sagt Erik und reißt mich aus meinen Grübeleien heraus. Sein Finger gleitet sanft über die Haut unter meinem Auge, um dort einen vielleicht dunklen Ring nachzuzeichnen. „Du solltest noch etwas schlafen."

„Ich kann nicht", sage ich lachend. „Ich gehöre zu den Menschen, die, wenn sie einmal aufgestanden sind, einfach wach sind."

„Willst du einen Kaffee?"

„Gerne." Ich stütze mich mit den Händen auf die Pflastersteine, um mich hochzudrücken. Seine Hand legt sich warm auf meinen Oberschenkel, um mich zu stoppen. „Entspann dich. Ich mache das schon. Wie trinkst du ihn?"

„Schwarz."

Er presst seine Hand auf die Brust und wirft mir einen bewundernden Blick zu. „Eine Frau nach meinem Geschmack."

Ich beobachte Erik, wie er im Haus verschwindet, innerlich und äußerlich lächelnd. Ich bin mir nicht ganz sicher, was ich getan habe, um das zu verdienen, was da gerade zwischen uns passiert. Tatsächlich stecke ich manchmal immer noch in der Denkweise fest, dass ich so etwas Gutes nicht verdient habe. Nicht, nachdem ich meine Familie für Reichtum und Ruhm in L.A. im Stich gelassen habe.

Es ist ein altes Schuldgefühl, das einfach nicht zu verschwinden scheint.

Erik kommt ein paar Minuten später mit zwei dampfenden Tassen duftenden schwarzen Kaffees zurück. Er reicht mir eine und setzt sich dann vorsichtig mit seiner eigenen wieder neben mich. Ich inhaliere, bevor ich einen kleinen Schluck der heißen Flüssigkeit nehme. „Wow, ist der gut."

Erik lächelt und nickt. „Wir hatten in den letzten Tagen nicht die Gelegenheit, viel zu reden … Wie war die Reise nach Chicago?"

Ich rümpfe die Nase. „Es waren vierundzwanzig Stunden, die ich lieber vergessen würde. Ein Haufen reicher alter Männer, die mir jedes Mal den Hintern tätscheln wollten, wenn ich vorbeiging."

„Was zum Teufel?", knurrt Erik so zornig, dass

ich mit großen Augen zurückschrecke. „Sie haben dich angefasst?“

„Das ist Teil der ganzen Sache, diese privaten Charterflüge für Männer zu machen, die so reich sind, dass sie machen können, was sie wollen.“

„Nein, verdammt, das können sie nicht“, sagt er wütend. „Passiert das denn immer?“

„Nein“, antworte ich langsam, aber es passiert oft genug.

„So kann man nicht arbeiten“, erwidert er unnachgiebig.

„Na ja, ich fürchte, dass ich weiter in einem solchen Job arbeiten werde, sofern ich nicht etwas anderes finde, was als Nebenjob so gut bezahlt wird.“ Ich behalte einen lockeren Tonfall bei, weil ich sehe, dass ihn das aufregt. Ich beuge mich vor und stupse ihn spielerisch gegen die Schulter. „Hör mal … wenn sie mehr als das tun würden, würde ich ihnen eine Ohrfeige geben. Ich würde nie zulassen, dass jemand eine andere Grenze überschreitet als die.“

„Das gefällt mir nicht“, murmelt er.

„Du bist süß, wenn du eifersüchtig bist“, necke ich ihn mit einem weiteren Stupser gegen seine Schulter.

„Das ist keine Eifersucht, Blue“, korrigiert er, während er mir sehr nahe kommt. „Es geht darum, zu beschützen, was mir gehört.“

„Oh“, murmle ich und seine besitzergreifende Stimme lässt Lust direkt zwischen meine Beine schießen. Wir starren uns einen Moment lang an, und ich überlege, wie es wohl wäre, in seinem Pool Sex zu haben.

Erik lehnt sich schließlich zurück. „Ich habe die Flamingo-Dame getroffen."

Ich blinzle ein paarmal verwirrt und versuche, mein Gehirn von Pool-Sex auf Flamingos umzustellen. „Was?"

„Die Frau, die in der Halloween-Nacht bei Legend die Flamingos rausgestellt hat."

„Oh, ja … richtig." Ich lache, als es mir wieder einfällt. „Und?"

„Sie ist ziemlich abgedreht", antwortet er und erzählt mir dann, wie verrückt und lustig sie offensichtlich ist und wie sehr Legend von ihr genervt war. Basierend auf dem, was er beschreibt, finde ich sie jetzt schon toll, aber jeder, der zu Cyndi Lauper herumtanzen kann, muss ein Knaller sein.

„Er mag sie", sage ich, als Erik fertig ist.

„Legend?", fragt er erstaunt.

Ich nicke. „Das ist wie das klassische Ziehen an den Zöpfen eines Mädchens. Man tut das nicht, weil man sie nicht mag, sondern weil man will, dass sie einen bemerkt."

„Auf keinen Fall." Erik schüttelt den Kopf. „Legend ist rot geworden, so sehr hat er sich über sie geärgert."

„Merke dir meine Worte", erwidere ich und wedle spielerisch mit dem Finger vor ihm herum.

„Spielt keine Rolle. Sie und Dax haben sich gut verstanden und sie hat ihm ihre Telefonnummer gegeben."

„Perfekt", flüstere ich ihm verschwörerisch zu. „Das wird Legend vor Eifersucht verrückt machen."

„Du bist eine verdrehte Frau", sagt Erik mit einem Lachen. „Sieh nur, wie wir über andere Leute tratschen. Wir sind wie ein altes Ehepaar. Dabei sind wir erst seit einer Woche zusammen."

„Ja, aber wir kennen uns in Wahrheit schon fünf Jahre", antworte ich grinsend.

Eriks Lachen ist herzhaft, und er beugt sich vor, um mich zu küssen. Es ist ein sanfter, schneller Kuss, doch sobald er sich zurückzieht, lehne ich mich zu ihm, um ihn zu vertiefen. Wir stöhnen beide auf, als sich unsere nach Kaffee schmeckenden Zungen für einen Moment treffen.

Es ist Erik, der amüsiert den Kopf über mich schüttelt. „Ich nehme an, du hättest kein Interesse daran, heute den ganzen Tag mit mir im Bett zu bleiben?"

„Den ganzen Tag, hm?", frage ich lachend und stelle fest, dass das Konzept durchaus etwas für sich hat.

„Jeden Tag", antwortet er heiser.

Irgendetwas an seinen Worten – vielleicht auch an seinem Ton – gibt mir ein ungutes Gefühl. Die Gefühle, die ich für Erik hege, sind unbeschreiblich, aber ich zweifle an mir selbst, dass ich dieses Maß an Fürsorge und Begehren auf einer dauerhaften Basis überhaupt wert bin.

Mein Blick fällt auf das Wasser des Pools. Es kräuselt sich in silbernen Schlieren, die von den auftreffenden Sonnenstrahlen hervorgerufen werden.

„Was ist los?", fragt Erik und hebt mit seinen Fingern unter meinem Kinn meinen Kopf an, sodass ich ihn wieder ansehe.

Ich hatte nie geplant, dieses Gespräch mit Erik zu führen, aber alles scheint auf einmal ernst zu sein, und ich habe das Gefühl, dass er die hässliche Seite von mir sehen muss. Er kann sich nicht an die Frau erinnern, die er vor fünf Jahren traf, doch er muss sie kennen. Egal, wie sehr ich mich verändert habe, sie ist immer noch ein Teil von mir.

„Als ich achtzehn wurde und nach L.A. zog, war ich auf der Suche nach etwas. Ich hatte grandiose Vorstellungen davon, berühmt und wohlhabend zu werden. Und sobald ich dort ankam und herausfand, dass das nicht einfach so passiert, war ich damit zufrieden, mich mit anderen zu umgeben, die Ruhm und Geld hatten. Es war unglaublich dumm von mir, überhaupt sauer auf dich zu sein wegen dem, was du mir angetan hast, denn ich habe genau das bekommen, was ich wollte. Du warst nicht der Erste, der mich so abblitzen ließ, und du warst auch nicht der Letzte. Ich habe mich selbst in diese Situationen gebracht und an den falschen Stellen nach den falschen Dingen gesucht."

Eriks Gesicht verdunkelt sich leicht. „Warum erzählst du mir das?"

Ich zucke mit den Schultern. „Die Fakten auf den Tisch, vermutlich. Ich war keine Unschuldige, die von dir ausgenutzt wurde. Ich würde sogar sagen, dass unser Zusammensein zu diesem Zeitpunkt in meinem Leben ganz normal war."

Er zögert kurz, bevor er sagt: „Ich weiß es zu schätzen, dass du mir das erzählt hast, aber ich verstehe immer noch nicht, was das jetzt mit uns zu tun hat. Ich habe es verstanden. Du hast dich verändert. Ich habe mich verändert. Wir sind andere Menschen als die, die wir einmal waren. Du hast meine Entschuldigung angenommen und nimmst mir den Scheiß nicht übel. Warum sollte es mich kümmern, wie du damals warst?"

„Weil ich möchte, dass du weißt, dass ich Fehler habe, so wie die meisten Menschen", entgegne ich frustriert. „Ich will nicht, dass du mich auf ein Podest stellst oder so. Und du hast einfach so viel dafür getan, dass ich mich in dich verliebt habe, dass du sicherstellen solltest, dass sich die Mühe lohnt."

Erik streckt die Hand aus und streicht mir die Haare hinters Ohr. Seine Stimme ist voller Staunen. „Du bist eine Premiere für mich, Blue. Ich schäme mich nicht, zuzugeben, dass ich verrückt bin nach dir, mit all deinen Fehlern."

Mein darauf folgendes Lächeln ist fahl und erreicht vermutlich nicht ganz meine Augen. Er sieht es sofort, aber bevor er nachfragen kann, sage ich: „Ich habe bei Billy eine Menge wiedergutzumachen."

Seine Stirn runzelt sich tief verwirrt. „Was meinst du?"

Ich wende den Blick von ihm ab und starre einen Moment lang in den Garten hinaus. Als ich mich wieder zu ihm umdrehe, erkläre ich: „Ich bin nicht einfach nach L.A. gefahren, um etwas zu suchen. Ich war auf der Flucht."

„Auf der Flucht?"

„Vor Billy", gebe ich beschämt zu.

„Das verstehe ich nicht." Es liegt keine Herablassung in seiner Stimme, nur Neugierde. Und in seinen Augen der Wunsch, mehr zu erfahren. Er nimmt meine Hand in seine – umschlingt sie regelrecht – und legt das verschränkte Paar auf meinen Oberschenkel. Es ist eine so beruhigende Bewegung, dass ich mich weiter vorwage.

„Ich liebe meinen Bruder."

„Das weiß ich."

„Aber ich war sehr wütend auf ihn, während ich aufwuchs. Ich war sechs Jahre älter, und ein Teil der Last, für ihn zu sorgen, wurde mir von meinen Eltern aufgebürdet, egal ob das nun richtig oder falsch war. Mein Vater arbeitete Vollzeit und meine Mutter Teilzeit. Es war an mir und ihr, sich um ihn zu kümmern. Dazu hatten wir manchmal die Unterstützung einer Hilfskraft, die ein paarmal in der Woche kam, um uns eine Pause zu verschaffen."

Erik hebt unsere verbundenen Hände, zieht sie zu seinem Mund und küsst mein Handgelenk. „Dann hat Billy also zu Hause gewohnt?"

„Ja. Und es war definitiv machbar. Wir hatten einen mobilen elektrischen Lifter, der uns half, ihn vom Bett in den Rollstuhl oder in die Wanne zu heben, als er größer wurde. Und wir hatten einen Van, mit dem wir ihn herumfahren konnten. Mama und ich kamen als Team gut mit ihm zurecht.“

„Das ist eine Menge Verantwortung, die man dir als Kind auferlegt hat“, sagt er vorsichtig – er will meine Eltern sicher nicht schlecht machen.

„Es war nicht viel, bis ich älter wurde und die Kraft und Reife hatte, wirklich zu helfen. Trotzdem musste ich als Teenager oft auf all die lustigen Dinge, die mit dieser Zeit verbunden waren, wegen Billy verzichten. Wenn meine Eltern beide arbeiteten, war es an mir, auf ihn aufzupassen oder ihn zur Therapie zu fahren. Billy kam immer an erster Stelle, und sosehr ich ihn auch liebte, so sehr nahm ich es ihm übel.“

„Ich denke, das war ein ganz natürliches Gefühl, besonders in diesem Alter.“

„Ich weiß.“ Ich seufze lange. „Das sage ich mir auch ständig, aber ich fühle mich dadurch nicht besser.“

Erik lässt meine Hand los, legt seinen Arm um mich und zieht mich dicht zu sich heran. Ich muss meine Kaffeetasse zur Seite halten, damit der Inhalt nicht verschüttet wird. Er drückt mich fest an seine Seite und küsst meinen Kopf.

„Auf jeden Fall habe ich Billy im Stich gelassen, als ich nach L.A. ging. Ich ließ meine Eltern mit ihm sitzen, und sobald Billy ins Teenageralter kam, wurde er zu groß und schwer, als dass meine Mutter ihn allein hätte versorgen können. Natürlich hatte das Heim einige Vorteile, da Billy so viel mehr Gesellschaft hatte, aber trotzdem … Es ist schwer, seinen Sohn so loslassen zu müssen.“

„Du durftest versuchen, deinen eigenen Weg in der Welt zu finden, Blue.“

Ich ziehe mich von Erik zurück, damit ich ihm nach einer solch forschen Behauptung in die Augen sehen kann.

„Deine Eltern hatten die Verantwortung für Billy, nicht du.“

„Rational gesehen, weiß ich das. Aber in meinem Herzen fällt es mir schwer, es zu akzeptieren. Vor allem, weil sie ihn schließlich in ein Gruppenheim brachten, da meine Mutter nicht mehr alleine zurechtkam. Und nachdem ich weggegangen war, kehrte ich selten zurück, um ihn zu besuchen. Ich liebte meine neu gewonnene Freiheit so, dass ich nur an Weihnachten nach Hause kam. Ich war zu sehr mit Glanz und Glamour beschäftigt – dem falschen Gefühl der Zugehörigkeit, das ich da draußen hatte –, sodass ich meinem Bruder den Rücken zukehrte. Und ich spreche nicht davon, mich körperlich um ihn zu kümmern … Ich spreche davon, dass ich als Schwester nicht für ihn da war.“

Ich dachte, ich würde das alles rauskriegen, ohne zu weinen, aber meine Nase brennt und meine Augen sind nass. Erik sieht mich ernst an und macht keine Anstalten, mich vom Schluchzen abzuhalten. Er stützt eine Hand auf das Steinpflaster neben seiner Hüfte und lehnt sich zu mir. „Was wolltest du damit erreichen, dass du mir das alles sagst?"

Ich beiße für einen kurzen Moment auf meine Lippe. „Ich wollte, dass du weißt, warum Billy so wichtig für mich ist, jetzt mehr denn je. Ich habe eine Menge wiedergutzumachen, und ob es mir gefällt oder nicht, ich bin allein für ihn verantwortlich."

Erik antwortet mir nicht. Er stellt nur seine Kaffeetasse ab, bevor er mir meine aus der Hand nimmt. Er platziert sie neben seiner und lehnt sich dann für einen Kuss an mich. Ich bin sofort Feuer und Flamme und möchte das Unangenehme, das ich ihm gerade erzählt habe, hinter mir lassen.

Aber ich bin froh, dass ich es getan habe. Mein Herz fühlt sich schon leichter an, selbst als ich von der Magie seines Mundes in die Tiefe gezogen werde.

Ich lasse los und fühle ihn einfach.

Kapitel 16

Erik

Ich war noch nie bei *Dave & Buster's*, aber ich werde auf jeden Fall wiederkommen. Alles, wo Bier serviert wird und es lebensgroße „Rock 'Em Sock 'Em"-Roboter gibt, ist meine Art von Treffpunkt. Wir hatten heute ein Nachmittagsspiel gegen Detroit, und es lief scheiße, weil wir 2:1 verloren haben.

Allerdings muss ich sagen, dass der Tag sehr viel besser wird.

Der Minivan, den ich besorgt hatte, um Billy zu seinem ersten Eishockeyspiel zu transportieren, holte Blue bei ihrem Haus ab, und dann fuhren sie zum *Cresson*. Blue hatte mir erzählt, dass Billy sich vollständig von der Grippe erholt und riesig auf das Spiel gefreut hat. Ich gab ihr ein Trikot für Billy und hoffte, dass er es nicht für zu eingebildet hält, dass es eines von meinen ist.

In der Arena wartete bereits ein engagierter Platzanweiser, der sie zu ihren Sitzen im Oberrang begleitete. Der Behindertenbereich ist meiner Meinung nach wirklich einer der besten Zuschauerbereiche. Es gibt genügend Platz für normale und elektrische Rollstühle, aber auch für reguläre Sitzplätze. Blue wusste das alles schon vorher, was sie jedoch nicht wusste, war, dass ich dafür gesorgt hatte, dass der Platzanweiser sie und Billy mit den Mannschaftsaufzügen auf die Eisebene brachte. So konnten sie uns beim Aufwärmen von der Gasse aus zusehen, die die Zamboni-Eismaschinen benutzen. Ich kann nicht behaupten, dass ich während des Aufwärmens mein Bestes gegeben habe, denn ich konnte nicht aufhören, zu Billy und Blue hinüberzuschauen – vor allem zu Blue, die Billy beim Lächeln und Jubeln zusah.

Ich habe es sogar geschafft, mich zu ihnen zu schleichen, bevor wir in die Umkleide gingen, um Billy einen Eishockeypuck und Blue einen Kuss zu geben, woraufhin sie mir ins Ohr flüsterte: „Du wirst heute Abend so was von punkten."

Das hörte ich gerne. Es ist nicht der Grund, warum ich das für Billy tun wollte, aber es war eine Dreingabe, die ich mir nicht entgehen lassen wollte.

Im Moment bin ich mal wieder ein wenig gebannt, während ich Blue mit ihrem Bruder und komischerweise Tacker beobachte, wie sie in der großen, höhlenartigen Spielhalle einige Videospiele ausprobieren.

Nach dem Spiel wurde in der Umkleidekabine der Plan gefasst, ins *Sneaky Saguaro* zu gehen, um dort den Samstagnachmittag mit Trinken zu verbringen. Ich lehnte ab und sagte ihnen, dass ich mit Blue und Billy zu *Dave & Buster's* wollte, was Billy viel mehr Spaß machen würde. Im nächsten Moment haben sich Bishop, Brooke, Dax, Legend und Tacker selbst eingeladen. Dax hatte Pepper zu dem Spiel mitgenommen, und sie ist auch dabei. Gerade kämpfen sie und Dax mit den Robotern gegeneinander, während Legend neben mir an der Bar steht und ihnen säuerliche Blicke zuwirft.

Ich versuche, ihn von seiner gerissenen Nachbarin und der Tatsache abzulenken, dass Dax sie zu mögen scheint. Ich gebe Legend einen Stupser und nicke dann in Richtung Blue, Billy und Tacker. „Ich kann nicht fassen, dass Tacker tatsächlich der Einladung gefolgt ist, mit uns auszugehen."

Legends Blick gleitet über die Spielhalle, wo Tacker sich gerade über Billys Stuhl beugt und ihm zeigt, wie man *Galaga Assault* spielt, eine aktualisierte Version des alten Spiels. Ich habe festgestellt, dass Billy ganz gut mit Spielen zurechtkommt, die mit einem Joystick gesteuert werden, weil er mir vorhin bei *Pac-Man Battle Royale den* Arsch versohlt hat.

„*Ich* kann nicht fassen, dass Dax sie mit hergebracht hat", brummt Legend und sein Blick huscht zurück zu Dax und Pepper.

Ich lache und schüttle den Kopf. „Kumpel … lass es gut sein. Du regst dich wegen nichts auf."

Zu meiner Überraschung gibt Legend einen Seufzer von sich und reibt dann seinen Nacken, als wollte er die Spannung daraus vertreiben. „Ich weiß. Es ist verdammt dumm, jemanden so eine Wirkung auf mich haben zu lassen."

„Nicht jemanden", korrigiere ich ihn, den Fokus auf Blue gerichtet, die Billy von ihrem Platz neben seinem Stuhl aus anfeuert. „Eine Frau."

„Ich schätze, du kennst dich da ein bisschen aus, was?", bemerkt Legend.

„Ich glaube schon", erwidere ich.

„Es war wirklich nett von dir, dass du das für Billy getan hast. Du kannst auch richtig gut mit ihm umgehen."

Das ist wahrscheinlich eines der nettesten Komplimente, die mir jemand gemacht hat, und es ist ebenfalls sehr wichtig. Ich drehe mich zu ihm. „Findest du?"

„Ja", sagt er leise lachend. „Er reagiert positiv auf dich, und es ist klar, dass ihr euch gut versteht. Oh, und wenn man mitbekommt, wie Blue dich ansieht, sobald du mit ihrem Bruder interagierst, machst du einen verdammt tollen Job."

Die Erleichterung, die mich durchströmt, ist nicht überraschend. Ich weiß, wie wichtig Billy für Blue ist, also ist er auch für mich wichtig. Ich wollte nicht, dass sie denkt, dass ich ihr nur etwas vorspiele.

Und um ehrlich zu sein, ich hänge verflucht gern mit ihm ab. Als wir vor etwa einer Stunde hier ankamen, habe ich ihn sofort in die Spielhalle geführt, um etwas zu finden, was er ausprobieren wollte. Ich fand die Kommunikation auch gar nicht so schwierig. Er versteht offenbar alles, und ich war mit ein wenig Geduld erstaunlich geschickt darin, herauszufinden, was er zu sagen versuchte. Wenn ich das nicht schaffte, war Blue da, um die Zeichensprache, die er benutzte, zu interpretieren.

Was es aber leicht machte, war, dass Billy ein außerordentlich glücklicher Mensch ist. Der Kerl hört verdammt noch mal nicht auf zu lächeln.

Nie.

Und er ist so einfach zufriedenzustellen. Allein eine Umarmung von Blue lässt sein Lächeln von hell zu strahlend werden. Es macht demütig, dass jemand, der in einem so kaputten Körper gefangen ist, so viel pure Freude in seinem Leben empfinden kann.

„Blue musste ihn in ein günstigeres Gruppenheim stecken", erzähle ich Legend, während wir uns beide wieder umdrehen, um Tacker und Billy zu beobachten, die sich bei *Galaga* abwechseln. „Die Lebensversicherung ihres Vaters wurde nicht ausgezahlt, aber ich habe meinen Anwalt darauf angesetzt."

„Das kann nicht einfach für Blue sein."

Ich kann mein Knurren der Frustration nicht unterdrücken. „Und obendrein muss sie einen beschissenen Teilzeitjob machen und schmierige alte Männer auf privaten Charterflügen bedienen."

„Ist bei ihr das Geld so knapp?"

Ich nicke, bevor ich einen Schluck von meinem Bier nehme. „Ich habe eine E-Mail an Christian Rutherford geschickt, um zu helfen."

„Was meinst du damit?"

Ich schenke Legend einen Moment lang meine Aufmerksamkeit und beuge mich leicht vor, als würde ich Geschäftsgeheimnisse ausplaudern. Mit gesenkter Stimme sage ich: „Ich habe ihn gebeten, eine Gehaltserhöhung für die Flugbegleiter in Betracht zu ziehen."

Legends Augenbrauen schießen in die Höhe.

„Wie bitte?"

„Sie brauchen eine Gehaltserhöhung."

Mit einem deutlichen Zucken seiner Lippen sagt Legend: „Ja, nicht wahr?"

Achselzuckend gebe ich zu: „Na ja, Blue schon. Dieser beschissene Teilzeitjob ist die Zeit, die sie von Billy getrennt verbringen muss, nicht wert. Wenn sie mehr Geld von Rutherford bekommt, kann sie ihn aufgeben, und ich muss mich nicht über alte Knacker aufregen, die ihr an den Arsch fassen. Also ja … sie brauchen eine Gehaltserhöhung."

Ich erhalte ein Grinsen, das mehr als deutlich macht, dass ich ihn heute amüsiert habe. „Was verdienen sie momentan?"

„Keine verdammte Ahnung." Ich schmunzle. „Ich weiß nur, dass Blue eine Gehaltserhöhung braucht, und deshalb habe ich Rutherford darum gebeten."

Ein langer, tiefer Pfiff kommt von Legend, während er immer noch den Kopf schüttelt mit diesem amüsierten Gesichtsausdruck, der mir bestätigt, dass ich ihn verdammt gut unterhalte. „Du bist absolut verschossen, nicht wahr?"

Mein Blick fällt zurück auf Blue. Sie lacht über etwas, was Tacker zu Billy sagt, und es trifft mich verflucht noch mal in die Brust und in die Leistengegend zugleich. Ich klinge komisch, als ich zugebe: „So kann man es wohl auch ausdrücken."

Ich drehe mich um und stelle mein nicht ausgetrunkenes Bier auf die Bar. „Was mich dazu bringt, mich zu fragen, warum ich hier sitze und mit deinem hässlichen Arsch rede, wenn ich mit Blue rumhängen könnte.“

„Du liebst meinen hässlichen Arsch“, erwidert er und zeigt mit seiner Flasche auf mich.

Darauf gehe ich nicht direkt ein, aber ja … damit hat er irgendwie recht. Legend ist mein engster Freund im Team. Stattdessen nicke ich zu den Robotern hinüber, an denen sich Brooke und Bishop jetzt mit Dax und Pepper, die sie anfeuern, zu schaffen machen. „Du solltest da rübergehen. Fordere Pepper zu einem Duell um die Vorherrschaft in eurer Nachbarschaft heraus.“

„Fick dich“, murmelt er, während er zu ihr hinüberschaut und die Stirn in Falten legt.

Er braucht die Roboter eigentlich nicht. Die beiden sollten die Sache im Bett ausfechten, aber das wird nicht passieren. Dax hat sich bereits an sie rangemacht, und sobald er die Finger auf ihr hat, falls das nicht schon der Fall war, ist sie für Legend tabu.

Ich schlendere durch die Spielhalle zu dem *Galaga*-Automaten. Billy spielt gerade, während Tacker an der Seite der Maschine steht, die Hand auf die Oberseite gelegt. Sein Blick ist aufmerksam und er ermutigt Billy.

Ich schiebe mich neben Blue und lege meinen Arm um ihre Taille. Sie neigt den Kopf, um zu mir aufzublicken, und na ja … diese Lippen müssen einfach geküsst werden.

Also tue ich es.

Als ich mich zurücklehne, dreht sie sich etwas

und legt ihre Hand auf meinen Bauch, und meine Muskeln ziehen sich wegen ihrer Berührung unwillkürlich zusammen. Sie stellt sich auf die Zehenspitzen und bringt ihren Mund in die Nähe meines Ohrs. „Danke für all das hier."

Ich lege den Kopf leicht zurück, um ihr in die Augen zu schauen. Mit einer weiten Armbewegung erwidere ich: „Das ist nichts weiter als ein lustiger Nachmittag für alle Beteiligten."

„Ja", antwortet sie mit einem Lachen. „Aber ich bin sicher, du und die Jungs hattet Besseres zu tun."

Ich schüttele den Kopf und werfe ihr einen vielsagenden Blick zu. „Nein. Haben wir nicht."

„Du wirst heute Abend so was von bei mir landen", murmelt sie und wendet ihre Aufmerksamkeit wieder dem Spiel zu.

Nachdem Billy Tacker ordentlich verprügelt hat, trete ich um den Stuhl herum und stelle mich Billy gegenüber. „In Ordnung, Kumpel … Ich fordere dich zu einem Spiel heraus. Bist du bereit dazu?"

Billys breites Grinsen wird noch breiter und er streckt mir seinen Arm entgegen. Seine Stimme ist dick und das Wort wird langgezogen, aber ich verstehe ihn deutlich, als er sagt: „Ja."

Ich stecke meine Geldkarte, mit der man die Spiele starten kann, in den Automaten und stelle den Zwei-Spieler-Modus ein. Ich sage mir, dass ich Billy schonen sollte, da es ihm solche Freude bereitet, zu gewinnen.

Allerdings … ist er wirklich verdammt gut, was

seine Koordination angeht. Viel besser als ich, und er schlägt mich deutlich. Tacker klopft mir nur mitfühlend auf den Rücken, bevor er auf seine Uhr schaut.

Er blickt kurz zu mir und beugt sich dann leicht zu Billy herunter. „Hör mal … Ich muss gehen, aber es war toll, mit dir abzuhängen, Billy. Können wir das irgendwann wiederholen?"

Diese Aussicht erfreut Billy so sehr, dass es ihm schwerfällt, das Wort auszusprechen, also nickt er nur überschwänglich mit dem Kopf. Tacker grinst ihn an und streckt eine Faust aus, gegen die Billy seine stößt.

Tacker richtet sich auf und dreht sich zu Blue. Zu meiner Überraschung beugt er sich vor und küsst sie auf die Wange. Ich warte auf einen Anflug von Eifersucht, aber er kommt nicht. Stattdessen freue ich mich, dass Tacker endlich mit jemandem auf einer persönlichen Ebene interagiert. „Ich hatte viel Spaß, Blue. Wir sehen uns beim nächsten Trip."

Nachdem Tacker gegangen ist, frage ich Billy, ob er noch einmal *Galaga* spielen will. Er schüttelt den Kopf.

Ich lasse meinen Blick durch die Spielhalle schweifen, auf der Suche nach etwas Neuem für uns zum Spielen. „Na gut … dann lass uns etwas anderes suchen."

Billy schüttelt stattdessen wieder den Kopf und sieht Blue an. Er neigt den Kopf, legt den Rücken einer Hand an die Schläfe und tippt dagegen. Blue lächelt Billy an und zerzaust ihm die Haare.

Sie wendet sich an mich und erklärt: „Er ist müde. Es war ein langer Tag für ihn. Ich denke, wir bringen ihn besser zurück zum *Cresson*."

„Das war das Zeichen für müde?", frage ich, um sicherzugehen, dass ich anfange, seine Sprache zu verstehen.

„Schlafen", sagt sie mit einem Lächeln, und ich kann sehen, dass es sie berührt, dass ich diese Details wissen will.

„In Ordnung. Verabschieden wir uns und verschwinden von hier."

Als wir Billy mit der Hebebühne hinten in den Van laden, wird mir klar, dass dieser Nachmittag der größte Spaß war, den ich seit Langem nach einem Spiel hatte. Er war auf jeden Fall besser als das *Sneaky Saguaro* und er hat den Schmerz über die heutige Niederlage etwas gemildert. Ich sehe definitiv eine Menge mehr solcher Ausflüge mit Blue und Billy in meiner Zukunft voraus.

Kapitel 17

Erik

"Es wird nicht lange dauern", sagt Blue, als sie die Tür meiner Corvette öffnet, um auszusteigen.

"Ich komme mit rein." Ich greife ebenfalls nach meinem Griff.

"Das musst du nicht", antwortet sie schnell und steigt aus dem Auto.

Wir haben Billy gerade mit dem gemieteten Van zurück zum *Cresson* chauffiert. Nachdem wir ihn reingebracht hatten, fuhren wir mit einem Uber wieder zur Arena, um mein Auto vom Spielerparkplatz zu holen, und von dort aus zu ihrem Haus, damit sie ein paar Sachen packen konnte.

Sie kommt für einige Tage zu mir nach Hause.

Für vier, um genau zu sein, weil wir danach zum nächsten Auswärtsspiel aufbrechen.

Vier Tage mit Blue in meinem Haus, wobei ich nicht vorhabe, das Bett zu verlassen – außer zum Training, dem Heimspiel, das wir am Montag haben, und um Blue vielleicht zu einem Besuch bei Billy zu begleiten.

Ich greife nach ihrem Arm, bevor sie aus dem Auto entkommen kann. Sie dreht sich um und sieht mich über die Schulter hinweg an.

"Willst du nicht, dass ich reinkomme?"

Sie grinst mich an. "Natürlich kannst du reinkommen, aber meine Wohnung ist eine Müllhalde und der Innenraum deines Autos ist viel schöner. Ich dachte nur, du willst vielleicht draußen blei-ben ...“

Ich lege meine Hand auf ihren Mund, um sie zum Schweigen zu bringen. „Tu das nicht.“

Sie murmelt etwas unter meinen Fingern, also bewege ich sie. Sie wiederholt: „Was tun?“

„Das kleiner zu machen, was du bist. Dein Zu-hause in diesem speziellen Beispiel. Es ist mir scheißegal, wie deine Wohnung aussieht, und ei-gentlich können wir die nächsten vier Tage auch hier bleiben, wenn du willst.“

Blues Augen werden warm, als sie zurück ins Au-to krabbelt, direkt über die Konsole, um mich zu küssen. „Du bist süß. Und ich weiß es zu schätzen, dass du das sagst. Aber wir fahren in dein Haus, weil du einen Pool und einen schicken Kaffeevoll-automaten hast.“

„Das ergibt Sinn.“ Ich packe sie im Nacken und ziehe sie für einen weiteren Kuss zu mir.

Nach ein paar Momenten des Knutschens ma-chen wir uns auf den Weg in ihr Haus. Ich folge ihr in ihr Schlafzimmer und lasse mich auf ihr Bett plumpsen, während sie packt.

„Du wirst nicht viel an Anziehsachen brauchen“, behaupte ich. Sie wühlt in ihrem Kleiderschrank herum. „Aber du kannst so viele sexy Dessous mitbringen, wie du willst.“

Blue schnaubt und richtet sich wieder auf, in der einen Hand ein paar Jeans und einige T-Shirts, in der anderen einen Rollkoffer. Sie stellt ihn auf das

Bett und schichtet die Kleidung hinein. Sie geht zu einer Schublade der Kommode, und ich freue mich, als sie mehrere Winzigkeiten aus Spitze in Mitternachtsblau, Blassrosa, Weiß und Gelb herauszieht.

Sie wirft mir eine Handvoll BHs und Höschen zu und nickt dem Koffer zu.

Ich falte sie neu und lege sie vorsichtig rein, wobei das Gelbe tatsächlich mein Favorit ist.

Blue kehrt zum Schrank zurück. „Es war wirklich nett von deinen Freunden, heute mit uns zu *Dave & Buster's* zu kommen. Billy hatte so viel Spaß."

„Ich habe mich gefreut, dass Tacker mit uns gekommen ist", sage ich, meine Augen auf ihren Hintern geheftet, während sie sich bückt, um ein paar Schuhe zu nehmen. „Außerhalb des Umkleideraums ist er ein ziemlicher Einzelgänger. Aber er war richtig gut mit Billy, nicht wahr?"

Blue dreht sich zu mir um und lächelt wissend. „Er hat Erfahrung. Der ältere Bruder seiner Verlobten hatte Muskeldystrophie."

„Das hat er dir gesagt?", frage ich erstaunt.

„Ja. Ich fand es einfach, mit ihm zu reden."

„Hm", murmle ich, während ich darüber nachdenke. Mit Tacker kann man leicht reden, solange man über Eishockey redet. Aber die wenigen Male, die ich versucht habe, mit ihm über Persönliches zu sprechen, war er ziemlich verschlossen.

Blue schnappt sich den Koffer vom Bett und ich folge ihr aus dem Zimmer. Sie geht durch den Flur ins Bad und hebt ihn auf das Waschbecken. Dann wirft sie Cremes und Shampoo hinein. Sie packt ihr Make-up ein, zieht eine Schublade auf und nimmt ihre Zahnbürste und Zahnpasta heraus. Sie fängt an, die Schublade zu schließen, aber ich greife danach und ziehe sie wieder auf.

„Whoa, whoa, whoa", rufe ich und schnappe mir einen Seidenbeutel. „Was ist das?"

Blue rollt mit den Augen, als ich ihn öffne, und wie ich vermutet habe, finde ich einen beeindruckend großen Vibrator mit einem kleinen Anhängsel an der Vorderseite. Ich lege den Schalter um und er brummt angenehm.

„Ich bezweifle, dass wir den brauchen werden", behauptet sie trocken, während sie beginnt, ihren Koffer zu schließen.

Ich schiebe ihre Hand beiseite, um das Oberteil wieder zu öffnen. Ich schalte den Vibrator aus, stecke ihn zurück in den Seidenbeutel und lege ihn vorsichtig auf die anderen Gegenstände. „Den werden wir so was von brauchen."

Blue hebt eine Augenbraue und verschränkt die Arme vor der Brust. „Brauchst du Hilfe, mich kommen zu lassen, hm?"

„Nicht die ersten paar Male", antworte ich mit einem Zwinkern. „Aber danach wird sich der Vibrator als nützlich erweisen."

Ich freue mich, zu sehen, wie sich ihre Augen ein wenig weiten und ihr ein winziger Atemzug entkommt. „Oh. Nun, okay."

Lachend schließe ich den Koffer und trage ihn aus dem Bad. Blue geht in die Küche und holt eine kleine Kanne unter der Spüle hervor. „Lass mich nur noch schnell meine Pflanzen gießen."

Sie wässert eine vor dem Küchenfenster und wechselt dann ins Wohnzimmer. Ich lehne mich an ihren Tresen, und mein Blick fällt auf einen riesigen Stapel Briefe, von dem einige geöffnet wurden und andere nicht.

„Ähm … hast du ein kleines Aufschieberitis-Problem mit deiner Post?", frage ich und stupse gegen den Stapel, der prompt umkippt.

Blue schaut kurz über die Schulter, während sie Wasser in eine Pflanze vor dem Wohnzimmerfenster gießt. „So ungefähr. Meine Rechnungen werden automatisch von meinem Konto eingezogen, also ist das meiste davon Werbung. Ich sehe es durch, wenn ich kann."

„Lass uns das gleich durchgehen", schlage ich vor, als sie zurück in die Küche kommt. „Du bringst meinen leichten Ordnungsfimmel auf die Palme."

„Du hast nicht einen einzigen Ordnungsfimmel-Knochen in deinem Körper", erwidert sie.

„Stimmt." Ich zucke die Achseln und ziehe mit dem Finger eine interessant aussehende Einladung heraus, die auf einem oben aufgerissenen Umschlag liegt. Ich sehe, dass der Poststempel von vor zwei Wochen ist. Sie leidet definitiv an Aufschieberitis.

Meine Neugierde wird durch den schicken goldenen Schriftzug auf der Vorderseite geweckt, auf dem steht: „Sie sind herzlich eingeladen."

Ich denke an eine Hochzeit, also öffne ich die Karte.

Blue schaut mich an, scheint nicht irritiert zu sein, dass ich herumschnüffle, und geht zur Spüle, um das restliche Wasser aus der Kanne zu schütten.

Auf der Innenseite sind Informationen für ein Treffen ihrer Highschool-Klassenkameraden in einem Country Club hier in der Nähe aufgelistet. Ich halte die Karte hoch und schwenke sie. „Ein Highschool-Klassentreffen?"

„Nicht wirklich", sagt sie abweisend. „Ich habe vor acht Jahren meinen Abschluss gemacht, und nach zehn Jahren gibt es ein offizielles Klassentreffen. Aber eine meiner Klassenkameradinnen richtet ein jährliches Treffen aus."

„Wirst du hingehen?", frage ich, während ich mir die Informationen noch einmal ansehe. Es ist am nächsten Samstag.

„Auf keinen Fall", antwortet sie mit einer Grimasse und ein wenig bitter.

„Warum nicht?"

„Weil die Frau, die diese Party veranstaltet – Christina Hodgins –, die Anführerin der fiesen Mädchen ist und sie heute noch genauso unangenehm ist wie damals. Sie schmeißt diese Feier jedes Jahr, um auf diejenigen von uns herabzublicken, die nicht beliebt genug waren, um sich mit ihren Leuten zu umgeben, und um zu prahlen, was für eine gute Partie sie mit ihrer Ehe gemacht hat."

„Moment mal." Ich stütze meine Ellbogen auf die Theke. „Du warst in der Highschool nicht Teil der beliebten Kids? Das kann ich nur schwer glauben.“

Ich meine … Blue ist umwerfend, aufgeschlossen, nett, klug, witzig. Sie sollte das beliebteste Mädchen überhaupt sein.

Blue lacht und lehnt sich an die mir gegenüberliegende Seite des Tresens. Sie nimmt mir die Einladung aus der Hand und betrachtet sie einen Moment, bevor sie ihren Blick zu mir hebt. „Erinnere mich daran, ein paar alte Fotos von mir in der Highschool zu suchen. Ich sah nicht ganz so aus wie heute und war ein leichtes Ziel für Christina und ihre schikanierende Gruppe.“

„Wie das?“

„Nun.“ Sie zuckt mit den Achseln „Ich war hässlich.“

„Das bezweifle ich“, werfe ich trocken ein.

„Schlaksig, schlechte Zähne, Zahnspange und eine ausgesprochene Streberliebe für den Schachclub.“

„Wirklich?“, frage ich, rümpfe die Nase und versuche, mir vorzustellen, wie Blue ausgesehen hat. Ich schaffe es einfach nicht.

Sie lacht wieder und scheint sich mit ihrer vergangenen unbeholfenen Phase wohlzufühlen. „Ich habe mich am Ende meines letzten Schuljahres irgendwie verwandelt. Mir wuchsen große Brüste, die Zahnspange kam raus und meine Haut wurde besser. Aber das hat mich nicht beliebt gemacht. Im Gegenteil, es machte es schlimmer, weil Jungs sich für mich interessierten, und das bedrohte Christina und ihre Crew. Sie wurden noch gemeiner. Ich hatte nicht viel Spaß in der Highschool."

Das ist ein schwer zu verstehendes Konzept für mich. Ich war in der Highschool beliebt und ein Sportler. Ich habe niemanden offen schikaniert, aber ich war ein eingebildeter Mistkerl, und ich bin sicher, dass ich nicht zu jedem nett war. Trotzdem habe ich nie versucht, jemanden wegen etwas so Dummem wie Aussehen oder sozialem Ansehen zu verletzen, und das taten meine Freunde auch nicht.

„Das ist einer der Gründe, warum ich nach L.A. gegangen bin", fügt Blue hinzu. „Ich wollte irgendwie beweisen, dass ich würdig genug bin, mit den schönen Menschen abzuhängen. Oberflächlich und eitel, oder?"

„Du warst verdammt noch mal achtzehn Jahre alt, Blue. Ich würde sagen, das spricht eher für Unreife. Und du bist eine der am wenigsten eitlen Frauen, die ich je kennengelernt habe. Du trägst nicht mal Make-up, wenn du nicht arbeitest."

Sie starrt mich nur an, und vielleicht ist das das erste Mal, dass sie in gewisser Weise trotz einiger früher Lebensentscheidungen anerkannt wird. Sie muss begreifen, dass wir alle dummes Zeug gemacht haben, als wir jünger waren.

„Danke, dass du das sagst." Ihr Lächeln ist winzig, aber dankbar.

„Wir gehen hin", bestimme ich, während ich ihr die Einladung aus der Hand nehme und damit auf den Tresen klopfe.

„Auf keinen Fall", ruft sie und versucht, sie wieder an sich zu reißen.

„Auf jeden Fall", kontere ich. „Und du gehst da rein, mit einem berühmten Eishockeyspieler am Arm, siehst schöner aus als jedes andere Geschöpf auf der Welt und rümpfst die Nase über diese Christina."

„Erik … das ist dumm und kleinlich."

Ich ignoriere ihre Worte, auch wenn sie recht hat. „Wir werden einkaufen gehen. Teures Haute-Couture-Kleid, Schmuck, schicke Handtasche und Designerschuhe, am besten mit einem Riemchen um den Knöchel, weil das verdammt sexy ist. Und …"

„Erik", unterbricht Blue mein Geschwafel. „So etwas musst du für mich nicht tun. Glaub mir … meine verletzten Gefühle sind längst geheilt von den Dingen, die man mir in der Highschool angetan hat."

„Ja, aber ich bin ganz frisch stinksauer deswegen, also gehen wir hin. Keine Widerrede."

Blue öffnet ihren Mund, um etwas zu sagen, und ich halte die Hand davor. „Ein Wort, und ich finde etwas anderes, um deinen Mund zu beschäftigen."

Ihre Lippen zucken und ihre Augen funkeln verspielt. „Das würde dir gefallen, oder?"

„Nun, verdammt, ja, das würde mir gefallen", gestehe ich wahrheitsgemäß.

„Dann komm her", murmelt sie und krümmt den Finger.

Mein Schwanz reagiert sofort und ich umrunde schnell die Küchentheke. Sie grinst mich an, zerrt an meinem Gürtel und zieht ihn mit der von mir geschätzten Effizienz aus der Schnalle. Im Gegenzug dazu öffnet sie meinen Reißverschluss schmerzhaft langsam.

Sobald sie nach mir greift und mich umschlingt, zittern meine Knie für einen Moment.

Als Blue auf die Knie geht und mich in den Mund nimmt, muss ich meine Handflächen auf den Tresen legen, um das Gleichgewicht zu halten, denn mein Kopf schwimmt vor Lust, die mich fast außer Gefecht setzt.

Während mich diese atemberaubende Kreatur tief in die Kehle aufnimmt, schließe ich die Augen und danke dem Himmel dafür, dass er sie in mein Leben zurückgebracht hat.

Kapitel 18

Erik

Die Büros der Geschäftsführer befinden sich in der obersten Etage auf der Ostseite der Arena. Es gibt es nur vier Büros für die vier Männer, die dieses Team leiten. Christian Rutherford, der Präsident und General Manager des Teams; Tarly Moore, der Finanzdirektor, Scott Rigal, der Vizepräsident und General Manager der Arena, und schließlich der Eigentümer des Teams, Dominik Carlson.

Dominik – wie er alle gebeten hat, ihn zu nennen – lebt nicht in Phoenix, sondern in Los Angeles. Er verdiente seine ersten Millionen mit einer Internetradio-Firma, die er gründete und dann prompt seine Einnahmen auf verschiedene Arten diversifizierte, um seine erste Milliarde zu verdienen. Er besitzt eines von zwei Profi-Basketballteams in L.A. und hat viel Geld und Zeit an den richtigen Stellen investiert, um Phoenix ein professionelles Eishockeyteam zu verschaffen. Er hält sogar Anteile an der Entertainment-Gruppe, der die Arena gehört.

Er kommt oft nach Phoenix, um uns spielen zu sehen, und fliegt mit seinem Privatjet ein und wieder aus. Ich habe ihn noch nicht kennengelernt, aber es heißt, er sei sehr cool. Er hat Bishop letzten Monat sein Privatflugzeug geliehen, damit dieser Brooke nach New York nachjagen konnte, als sie dachte, sie könnte etwas so Dummes tun, wie mit diesem Mann Schluss zu machen.

Trotz alledem ist es beunruhigend, einen Anruf von irgendeiner Sekretärin aus der Arena zu bekommen, dass Dominik dort sei und sich mit mir treffen wolle. Tatsächlich habe ich mit Blue im Bett gelegen, als das Telefon klingelte.

Normalerweise hätte ich nicht abgehoben, aber wir haben dagelegen und uns unterhalten – nachdem wir großartigen Morgensex gehabt hatten, bei dem ich sie einmal mit dem Mund und das nächste Mal mit meinem Schwanz zum Kommen brachte – und ich habe überlegt, zum Frühstück aufzustehen. Ich war mürrisch nach dem Anruf, in dem ich um ein sofortiges Treffen gebeten wurde, da dies in meinem Plan, vier glorreiche Tage mit Blue zu verbringen, nicht vorgesehen war. Bedauerlicherweise musste ich allein duschen, da Blue uns etwas zu essen machte, und ich musste sie allein lassen, während ich rausfinden ging, was der Chef wollte.

Hannah, die leitende Empfangsdame, begrüßt mich mit einem Lächeln, als ich eintrete. „Guten Morgen, Mr. Dahlbeck. Bitte nehmen Sie Platz, Mr. Carlson wird Sie gleich empfangen."

Ich schaue dorthin, wo sie hinzeigt: eine Sitzecke mit zwei Sofas aus glattem, grauem Wildleder. Sebastian Parr, der Leiter der Merchandising-Abteilung des Teams, sitzt dort und scrollt auf seinem iPhone. Er sieht auf, nickt mir zu und blickt dann wieder nach unten.

Jetzt ist klar, warum ich hier bin.

Wie um meinen Verdacht zu bestätigen, öffnet sich die Tür, durch die ich gerade eingetreten bin, und herein kommt Dax.

Yup … wir sind alle wegen der Klage hier.

„Was geht, Alter?", fragt er, während er mir die Faust zum Dagegenstoßen entgegenstreckt.

„Nicht viel", erwidere ich und nicke dann dem dort sitzenden Sebastian zu, der uns beide ignoriert. „Ich schätze, wir sind wegen des Prozesses hier, oder?"

„Das wäre auch meine Vermutung."

„Meine ebenfalls", sagt Sebastian, ohne von seinem Handy aufzublicken.

Dax, Sebastian und ich wurden in der ersten Oktoberwoche verklagt, gerade als wir aus der Vorsaison kamen und die regulären Spiele begannen. Die Schlampe, die uns verklagt hat – und das meine ich bewusst respektlos –, lügt wie gedruckt und behauptet, dass sie von uns dreien sexuell belästigt wurde.

„Mr. Carlson ist jetzt bereit, Sie zu empfangen", sagt Hannah hinter uns. Sie zeigt auf den Flur, der zu seinem Büro führt, bevor sie fragt: „Möchte jemand von Ihnen etwas trinken?"

Wir lehnen alle ab und machen uns auf den Weg zu dem improvisierten Treffen, das vom obersten Verantwortlichen einberufen wurde und bei dem man nicht einmal daran denken könnte, die Aufforderung abzulehnen.

Überraschenderweise hat Dominik nicht das

größte Büro. Wir haben vor der Saison alle eine Tour durch die Arena bekommen, bei der auch die Chefetage gezeigt wurde. Ich stellte die Theorie auf, dass es daran liegt, dass er nicht oft hier ist, aber ich denke ebenfalls, dass es bedeutet, dass er sein Ego im Griff hat.

Er telefoniert, als wir reinkommen. Nicht mit dem Telefon auf seinem Schreibtisch, sondern mit seinem Handy. Er steht vor den bodentiefen Fenstern, die auf die Skyline von Phoenix gerichtet sind, und hat die Hand lässig in die Tasche gesteckt. Ich wette, sein Anzug ist aus Italien und kostet einen fünfstelligen Betrag. Er wendet sich uns zu und deutet auf einen runden Tisch mit vier Stühlen in einer Ecke des Büros, an dem wir Platz nehmen können.

Ins Telefon sagt er: „Ich lasse dich um vier vom Chauffeur abholen und er bringt dich zum Flughafen. Bis dahin werde ich gelandet sein."

Es folgt ein Moment der Stille, dann fügt er hinzu: „Du musst nichts einpacken außer deinen Badesachen. Vertrau mir."

Dax und ich grinsen uns an. Diese Worte, gepaart mit seiner tiefen, verführerischen Stimme bedeuten eindeutig, dass er etwas vorbereitet, was einer Lady sehr viel Spaß versprechen wird.

Wir wählen unsere Stühle, während Dominik sich von der glücklichen Dame verabschiedet. Er kommt mit einem breiten Lächeln auf uns zu, geht um den Tisch herum, schüttelt uns die Hände und begrüßt uns alle mit Namen. Als er fertig ist, knöpft er sein Jackett auf und setzt sich auf den leeren Stuhl direkt gegenüber von mir.

„Danke, dass Sie so kurzfristig kommen konnten." Er faltet die Hände auf dem Tisch. „Sie haben sich wahrscheinlich schon gedacht, dass es hier um die Klage geht, die gegen die Organisation und Sie drei eingereicht wurde."

Wir nicken alle.

„Meine Anwälte haben einige Nachforschungen über Miss Pearson angestellt", erzählt er uns. Er ist so professionell und höflich, sie so zu nennen und nicht „diese Schlampe". „Und es scheint, dass sie eine kriminelle Vergangenheit hat … Diebstahl im Bagatellbereich und Fälschung. Sie hat zwar nicht im Gefängnis gesessen, aber meine Anwälte sagen, das würde reichen, um sie vor den Geschworenen zu diskreditieren. Es steht also ihr Wort gegen Ihres."

„Das sind tolle Neuigkeiten", sagt Sebastian sichtlich erleichtert.

„Das sind sie, solange Ihre Geschichten wahr sind und sie uns nicht mit Beweisen überraschen kann, dass sie von euch dreien sexuell belästigt wurde", erwidert er und nimmt sich die Zeit, uns alle um den Tisch herum zu betrachten.

„Ich hatte Sex mit ihr", sagt Dax, eine Tatsache, die er bereits zugegeben hat. „Aber sie hat mich vor Zeugen angemacht, und sie war dabei nicht gerade subtil."

„Es ist mir egal, ob Sie Sex mit ihr hatten", antwortet Dominik kühl. „Außer wenn Sie Ihre Position im Team dazu benutzt haben, ihr etwas zu versprechen, was die Organisation im Austausch für sexuelle Gefälligkeiten für sie tun könnte."

„Nö", entgegnet Dax mit einem unnachgiebigen Kopfschütteln. „Ich habe sie nur gefickt, und es war nicht besonders toll."

Ich huste, um das Lachen zu verbergen, das aus mir herausbrechen will, und Dominiks Lippen zucken. Er wendet seine Aufmerksamkeit Sebastian zu, der sagt: „Ich habe sie überhaupt nicht angefasst. Ich habe einen Abend im *Sneaky Saguaro* mit ihr geflirtet, aber ich glaube, sie ist in dieser Nacht mit Dax nach Hause."

Dax nickt zustimmend.

„Sie hat mich beim Vorstellungsgespräch ziemlich angemacht", fährt Sebastian fort. „Was ich, wie Sie wissen, sofort Christian gemeldet habe, nachdem sie gegangen war – wie es Usus in der Firmenpolitik ist."

Dominik nickt Sebastian mit einem grimmigen Lächeln zu. Dann dreht er sich zu mir um.

Ich halte beide Handflächen nach oben. „Ich habe sie nicht angefasst. Hatte es mir überlegt, denn ja … sie ist heiß. Aber sie hat sich an dem Abend, an dem wir sie kennengelernt haben, für Dax entschieden, Fuck sei Dank."

Dominik scheint keinen Anstoß an meiner F-Bombe zu nehmen, denn er stößt sich vom Tisch ab. „Das ist alles, was ich brauche, Leute. Ich weiß, dass Sie den Anwälten das Gleiche erzählt haben, doch ich wollte, dass Sie mir in die Augen sehen und mir die Wahrheit sagen. Basierend auf dem, was Sie bestätigt haben, weise ich meine Anwälte an, Miss Pearson mitzuteilen, dass sie sich verpissen soll … aber natürlich mit netteren Worten. Ich dulde keine sexuelle Belästigung, doch ich werde nicht zulassen, dass man meinen Leuten etwas anhängt, was Sie nicht getan haben. Ich denke, es ist ziemlich klar, dass sie das alles arrangiert hat, um schnell an Geld zu kommen."

Wir lachen alle, als wir vom Tisch aufstehen. Wir schütteln Dominik die Hand und Sebastian ist derjenige, der ihn fragt: „Sie werden ihr also kein Geld zahlen?"

Dominik zuckt mit den Schultern. „Ich könnte meine Anwälte etwas wirklich Beleidigendes anbieten lassen. Einen Nimm-es-oder-lass-es-Betrag wie hundert Dollar. Aber nein … wir werden uns nicht auf irgendwelche Verhandlungen mit ihr einlassen. Wenn sie uns weiter verklagen will, lasse ich sie von meinen Anwälten im gewaltigsten juristischen Shitstorm begraben, den sie je gesehen hat. Ich werde diese Fotze nicht auszahlen, wenn meine Jungs nichts falsch gemacht haben."

In diesem Moment wird mir klar, dass der Besitzer des Teams, Dominik Carlson, nicht nur extrem cool ist, weil er Nanette Pearson eine Fotze genannt hat, sondern dass er wirklich hinter seinen Spielern und Mitarbeitern steht. Egal, was der Mann in Zukunft von mir braucht, ich werde immer auf seiner Seite sein. Ich weiß nicht genau, wie ich das bewerkstelligen kann, da ich bereits alles gebe, allerdings weiß ich, dass ich nach dem heutigen Tag ganz sicher eine Möglichkeit finden werde, in den Spielen ein bisschen mehr für ihn zu geben.

Dominik geht zu seiner Bürotür und öffnet sie, damit wir gehen können. „Danke noch mal, dass Sie gekommen sind."

Wir machen uns auf den Weg nach draußen, aber Dominik klopft mir auf die Schulter. „Haben Sie noch einen Moment Zeit, Erik?"

Dax wirft mir einen perplexen Blick zu, und obwohl ich unbedingt nach Hause zu Blue will, wende ich mich nur lächelnd an meinen Chef. „Klar."

„Ausgezeichnet", sagt er, als er die Bürotür schließt. Er steckt die Hände wieder in die Taschen und schenkt mir ein freundliches Lächeln. Es lässt ihn zugänglich und nicht bossmäßig wirken.

Ich lächle ihn an, und er macht keine Anstalten, sich irgendwo hinzusetzen, also erwarte ich, dass es nicht lange dauern wird, was auch immer es ist.

„Ich habe Ihre E-Mail über die Flugbegleiter erhalten", sagt er und ich blinzle überrascht.

Ich habe die E-Mail nicht an ihn, sondern an unseren General Manager Christian Rutherford geschickt, aber er hat sie offensichtlich nach oben weitergeleitet. „Ich muss zugeben, ich bin ziemlich perplex, dass Sie im Namen unseres Flugpersonals eine Beschwerde einreichen. Sind sie unzufrieden?"

„Nicht, dass ich wüsste", sage ich neutral. Ich habe Christian nicht viel geschrieben, außer dass die Flugbegleiterinnen einen hervorragenden Job gemacht haben und sie dafür eine Lohnerhöhung bekommen sollten.

„Und das hat nicht zufällig etwas mit Blue Gardner zu tun?", fragt er verschmitzt.

Ich bin mir nicht sicher, wie ich antworten soll. Ich will den Mann nicht anlügen, aber ich will Blue nicht in ein Rampenlicht stellen, das ihr schaden könnte. Was, wenn er denkt, dass sie mich dazu angestiftet hat?

Mein Zögern reicht ihm, um zu sagen: „Ich weiß, dass Sie mit ihr ausgehen. Christian hat es mir erzählt."

„Ja", bestätige ich ihm.

„Warum so wortkarg, Mr. Dahlbeck?", fragt er mich, und der Ton seiner Stimme lässt keinen Zweifel daran, dass er mich aufziehen will. „Wenn Sie etwas von mir wollen, fragen Sie einfach und sagen Sie es mir ehrlich."

Ich weiß nicht viel über diesen Kerl, aber zwei Dinge weiß ich. Er hat eine romantische Ader, wie die Tatsache beweist, dass er Bishop sein Flugzeug geliehen hat, um Brooke zurückzuholen. Und er ist seinem Team gegenüber sehr loyal, wie das beweist, was vor nicht einmal fünf Minuten in diesem Büro passiert ist.

Ich beschließe, es einfach auszusprechen. „Der Bruder von Blue ist behindert und lebt in einer betreuten Einrichtung."

„Ja", sagt er mit einem Nicken. „Billy."

Ich zucke mit dem Kopf etwas zurück, während

meine Augenbrauen regelrecht bis zu meinem Haaransatz hinaufhüpfen.

Dominik lacht leise. „Unsere Hintergrundprüfung, bevor wir Miss Gardner eingestellt haben, war sehr gründlich. Ganz zu schweigen davon, dass wir in ihrem Vorstellungsgespräch auf Billy gekommen sind. Der Leiter der Personalabteilung hat eine Zusammenfassung in ihrer Akte abgelegt, und ehe ich heute mit Ihnen gesprochen habe, habe ich sie gelesen, damit ich über alles Bescheid weiß.“

„Das klingt irgendwie, als ob man ihr hinterherschnüffelt“, antworte ich trocken, ohne mich darum zu kümmern, ob es ihn wütend macht. Ich mag es nicht, wenn er Blue nachspioniert, als ob sie etwas falsch gemacht hätte.

„Ich bezahle Ihr und Miss Gardners Gehalt“, erinnert er mich. „Das steht mir zu. Aber bevor Sie sich weiter aufregen, lassen Sie mich mal sehen, ob ich das alles nicht auch allein herausfinden kann. Ich gehe davon aus, dass das Geld bei Miss Gardner ein bisschen knapp ist, seit ihre Eltern gestorben sind und sie sich jetzt um ihren Bruder kümmert. Ist das der Grund, warum Sie um die Gehaltserhöhung gebeten haben?“

„Mein Gott“, murmle ich, während ich wegschaue und mir mit den Fingern durch die Haare fahre. Als ich zurückschaue, schenke ich ihm ein verlegenes Lächeln. „Sie bringen es auf den Punkt. Im Moment hat sie einen zusätzlichen Teilzeitjob, um die Kosten für ihn stemmen zu können, aber sie musste ihn aus einer schöneren Einrichtung holen, weil die Lebensversicherung ihres Vaters noch eingefroren ist."

„Warum?", fragt er und legt seine Stirn besorgt in Falten.

Ich erzähle ihm, wie Blues Vater gestorben ist und dass die Lebensversicherung die Auszahlung ablehnte, weil er ein Herzleiden verschwiegen hat, von dem er gar nicht wusste, dass er es hat. Ich berichte ihm auch, dass ich meinen eigenen Anwalt auf die Sache angesetzt habe und dass er alle medizinischen Unterlagen angefordert hat, es aber ein paar Wochen dauern wird, bis das alles da ist.

Dominik dreht sich um und geht zu seinem Schreibtisch hinüber. Er schnappt sich einen Notizblock und einen Stift und reicht ihn mir. „Schreiben Sie den Namen Ihres Anwalts und die Kontaktdaten auf."

Ich tue, worum er mich bittet, und reiche ihm die Sachen zurück.

„Ich werde meine Anwälte darauf ansetzen. Nichts gegen Ihre, aber meine sind besser. Die besten im ganzen Land. Ich werde das für Blue regeln."

Die Heftigkeit seines Tons lässt mich überrascht aufschrecken, und ich weiß ohne jeden Zweifel, dass Blue die Auszahlung der Lebensversicherung ihres Vaters bekommen wird. Ich wette, es gibt nicht viel, was Dominik Carlson mit seiner Macht und seinem Geld nicht erreichen kann. Diese Lebensversicherung macht für Billys Leben einen unglaublichen Unterschied und ich bin zufrieden.

„Danke." Ich strecke meine Hand aus.

Er schüttelt sie und neigt den Kopf. „War mir ein Vergnügen. Und viel Glück für Sie beide."

Kapitel 19

Blue

Ich halte mein Handy fest umklammert und schaue immer wieder durch die rechteckige, lange Glasscheibe, die in den Rahmen der Eingangstür eingelassen ist, um zu sehen, ob Eriks Auto vorfährt. Es war ein gemütlicher Morgen, an dem ich mich am Pool gesonnt habe, während er zu einem Treffen in die Arena gefahren ist. Es war angenehme zweiundzwanzig Grad warm, als ich es nach Eriks Aufbruch nach draußen schaffte, was perfekt war, um mich auf eine Liege zu fläzen und zu entspannen.

Ich habe keine Ahnung, worum es in dem Meeting ging, an dem er teilnehmen musste, doch er wirkte beunruhigt. Ich möchte ihm Fragen stellen wie: „Dir scheint dieses Treffen nahezugehen; gibt es etwas, was ich für dich tun kann?", aber ich fände es nicht ganz richtig.

Ja, wir gehen nun schon seit zwei Wochen miteinander aus.

Haben ein paar Wochen davor einen Waffenstillstand geschlossen und waren einfach Freunde.

Ich habe Erik Sachen mit mir machen lassen, die ich mir nie mit einem Mann hätte vorstellen können, und ich habe genauso verruchte Dinge mit ihm gemacht.

Und doch … Ich zögere, mich in seine Angelegenheiten einzumischen, obwohl er das bei meinen ohne Rücksicht macht.

Ich frage mich, warum das so ist. Liegt es daran, dass ich nicht sicher bin, was ich ihm bedeute? Und wenn ja, könnte der Grund darin zu finden sein, dass er mich vor all den Jahren respektlos behandelt hat? Erwarte ich, dass er das wieder tut?

Oder vielleicht habe ich auch einfach nicht genug Vertrauen in mich selbst, um mich voll und ganz auf die Beziehung einzulassen, die er offensichtlich mit mir aufzubauen versucht.

Das Geräusch eines großen Motors lässt mich aufschrecken, und ich schaue erneut durch das Fenster, um Erik in seinem Pick-up vorfahren zu sehen – ein massives, anthrazitfarbenes Ding mit dunkel getönten Scheiben. Anstatt ihn zurück in die Garage zu setzen, nutzt er die runde Einfahrt, um direkt vor der Veranda im Hacienda-Stil zu parken.

Ich laufe hinaus, um ihn zu begrüßen, und umrunde die Vorderseite des Pick-ups, als er gerade die Tür schließt.

Er dreht sich um, blinzelt überrascht, mich vor sich zu sehen, und sagt dann: „Heilige Scheiße. Du in diesem Bikini, wie du mir entgegenläufst, ist vielleicht das Beste, was ich je gesehen habe."

Ich grinse ihn an.

Er macht eine drehende Bewegung mit dem Zeigefinger. „Dreh dich um, lauf zurück ins Haus und mach es noch einmal."

Ich rolle mit den Augen und gehe einen Schritt nach vorn, wobei ich praktisch vor Aufregung vibriere. Meine Hände umklammern mein Handy so fest, dass es zu zerbrechen droht.

Erik rückt näher heran und legt seine Hände auf meine Hüften. „Du siehst über irgendetwas glücklich aus, und ich glaube nicht, dass es daran liegt, mich zu sehen."

„Natürlich freue ich mich, dich zu sehen", erwidere ich spröde, aber dann fange ich an, auf der Stelle zu hüpfen, weil ich mich nicht zurückhalten kann. Nicht die beste Idee, denn Eriks Blick fällt sofort auf meine Brüste, die mit mir auf und ab hüpfen und drohen, aus meinem Bikinioberteil zu springen.

Ein winziges Quietschen kommt aus meinem Mund und ich platze heraus: „Ich habe eine Gehaltserhöhung bekommen."

Erik zuckt zusammen und reißt die Augen irgendwie auf, bevor sein Blick meinen bannt. Seine Stimme ist amüsiert und ungläubig zugleich. „Wirklich?"

Ich halte ihm mein Handy hin und quieke wieder. „Ich habe gerade eine E-Mail von der Geschäftsstelle erhalten. Das Management hat gesagt, dass wir vom Team gelobt wurden, wie gut wir unsere Arbeit gemacht haben, also haben sie beschlossen, uns nicht nur fünfzehn Prozent Gehaltserhöhung, sondern jedem von uns einen Fünftausend-Dollar-Bonus zu geben."

„Jesus, Fuck", murmelt Erik entgeistert, bevor sich sein Mund zu einem breiten Lächeln verzieht. „Der Scheißkerl hat dir auch eine Gehaltserhöhung gegeben."

„Hä?", mache ich, während ich meinen Arm nach unten sinken lasse, völlig verwirrt von seiner Reaktion. „Was für ein Scheißkerl? Und was meinst du mit ‚auch'?"

Der verrückte Narr antwortet mir nicht, sondern beugt sich vor, legt seine Schulter an meinen Bauch und hebt mich über seine Schulter hoch. Ich greife hinten an sein T-Shirt – ein sehr eng anliegendes, schwarzes mit einem *Meat-Puppets*-Aufdruck – und versuche, meine Stimme so gereizt wie möglich klingen zu lassen. „Erik … lass mich sofort runter."

Ein Arm ist um meine Oberschenkel gelegt, um mich in Position zu halten, aber der andere ist frei, und er verpasst mir einen festen Schlag auf den Po. Ich lasse ein Jaulen hören und erröte bei der Erinnerung daran, wie er letzte Nacht seine Hand auf meinem Hintern benutzt hat. Gott, war das gut. Er hat sich von hinten in mich hineingeschoben und mir in unregelmäßigen Abständen einen Klaps gegeben, sodass ich nie wusste, wann es so weit sein würde. Ich kam tatsächlich nach einem seiner Schläge, aber um fair zu sein, glaube ich, dass es auch etwas mit seinem dicken Schwanz zu tun hatte, der so tief in mich eindrang, dass ich ihn in dieser Nacht noch in meinen Träumen spürte.

Erik marschiert mit mir die Treppe hinauf und mir wird ein wenig schwindelig, während ich kopfüber auf seinem Rücken hänge. Kein Wunder, dass er direkt in sein Schlafzimmer geht und mich auf das Bett wirft. Ehe ich mich aufrichten kann, sind seine Hände an meinem Badeanzug. Ich kann nicht einmal daran denken, ihn zu berühren oder nach seinen Klamotten zu greifen, bevor er mich zurückstößt und sein Gesicht zwischen meine Beine presst.

Ich wölbe mich in ihn hinein und stöhne: „Oh … Erik … oh wow."

Er lacht leise, was direkt durch mein Inneres vibriert. Er fügt seine Finger hinzu – einen, dann zwei … Und als er einen dritten hineinschiebt, beginne ich, meinen verdammten Verstand zu verlieren. Sein Mund ist an meiner Klitoris, seine halbe gottverdammte Hand pumpt in mich hinein, und mein ganzer Körper zieht sich zusammen, bevor er explodiert.

Heilige Scheiße, so schnell bin ich noch nie in meinem Leben gekommen, und die Intensität lässt mich seinen Namen so laut schreien, dass er den Kopf hochreißt, damit er mich ansehen kann. Seine Finger bearbeiten mich weiterhin von innen, aber sein Gesichtsausdruck ist beunruhigt. „Bist du okay?"

„Nein", keuche ich und schüttle den Kopf.

„Habe ich dir wehgetan?", fragt er, als er seine Hand zwischen meinen Beinen herauszieht, und mein ganzer Körper erschaudert von dem Gefühl.

„Gott, nein", krächze ich, während ich mich auf die Ellbogen stütze und ihn wie benebelt ansehe. „Es ist nur … Ich bin noch nie so schnell gekommen. Was war das … vielleicht zehn Sekunden oder so?“

Erik grinst mich an, und ich könnte schwören, dass er seine Brust ein wenig aufbläht. „Vielleicht eher dreißig bis vierzig Sekunden, aber ich stimme zu … das war verdammt schnell. Das habe ich noch nie erlebt.“

„Das war irre“, murmle ich fassungslos. „Da war kein Aufbau. Nur … verdammt, das fühlte sich gut an, und dann, verdammt … ich komme.“

Lachend krabbelt Erik an meinem Körper hoch und küsst mich. Er schmeckt nach mir und schnellen Orgasmen, und ich lasse zu, dass er mich wieder auf die Matratze drückt. Aber er tut nichts weiter, als sich an meine Seite zu rollen und den Kopf in die Hand zu stützen, um auf mich herabzusehen. „Ich erwarte, dass du bei demjenigen kündigst, für den du diesen Charterservice machst, okay?“

„Ähm … okay.“

„Damit meine ich, du rufst dort heute noch an.“

Mein unsicheres Lächeln verwandelt sich in einen finsteren Blick. „Du bist nicht mein Chef.“

„So hat sich das gestern Abend nicht angefühlt, als du gebrüllt hast: 'Versohl mir den Hintern, Baby'.“ Er gluckst und ich gebe ihm einen Klaps auf die Brust. Aber damit hat er tatsächlich recht. Ich hätte letzte Nacht alles getan, was er von mir verlangt hätte.

„Was meintest du, als du sagtest, 'dieser Scheißkerl' hätte mir auch eine Gehaltserhöhung gegeben?“, frage ich ihn.

„Nichts", erwidert er schnell.

Zu schnell.

„Erik." Ich ziehe seinen Namen in die Länge, womit ich ihn warne, dass ich Ehrlichkeit von ihm erwarte.

Sein Gesicht trübt sich für einen Moment, doch dann seufzt er fast bedauernd. „Also … ich habe der Organisation eine E-Mail geschickt, dass ich finde, dass die Flugbegleiter eine Gehaltserhöhung brauchen."

Ich wage eine Vermutung. „Das heißt, du dachtest, *ich* brauche eine Gehaltserhöhung."

„Nun, ja. Ich wollte nicht, dass du in einem Job arbeitest, der dich von Billy fernhält und bei dem dich alte Männer betatschen können."

Ich überlege einen kurzen Moment, ehe ich ihm ein zärtliches Lächeln schenke. „Das war süß. Danke schön. Das war mehr, als ich je hätte erwarten können, und ja, ich werde den anderen Job kündigen. Ich werde heute anrufen."

„Danke." Er lehnt sich für einen Kuss zu mir. Es ist ein guter Kuss … zärtlich und besitzergreifend, mit einem winzigen, sanften Biss in meine Unterlippe, bevor er mich loslässt. Irgendwie ist meine Lippe auf wundersame Weise mit meiner Pussy verbunden, denn diese zieht sich zusammen, wenn er das tut.

Was heißt, ich brauche ihn jetzt nackt.

„Ich habe mich vielleicht noch ein bisschen mehr in dein Leben eingemischt", sagt Erik und ich erstarre.

Meine Hand ist nur wenige Zentimeter vom Knopf seiner Jeans entfernt. „Wie das?"

„Nun, das Treffen heute Morgen war mit Dominik Carlson. Es ging um diese Klage wegen sexueller Belästigung."

Ich nicke, weil ich mich erinnere. Jeder weiß über die Klage Bescheid, da sie in allen wichtigen Sportnachrichten auftauchte, als sie eingereicht wurde.

„Nach dem Meeting bat mich Dominik, noch zu bleiben. Er konfrontierte mich mit der E-Mail, in der ich um eine Gehaltserhöhung für euch Damen gebeten habe, und dann fingen wir an, über dich im Speziellen zu reden."

„Über mich?"

„Ja. Er wusste, dass wir zusammen sind. Wusste von Billy."

„Woher?", frage ich erstaunt. Nicht, dass es etwas Schlechtes wäre. Ich bin nur überrascht, dass ein Mann in seiner Stellung sich überhaupt dafür interessiert, etwas über eine seiner Angestellten zu erfahren, die so weit unten in der Nahrungskette steht.

„Er ist ein kluger Mann. Hat seine Hausaufgaben gemacht, als er die E-Mail bekam. Christian Rutherford hat ihm erzählt, dass du und ich zusammen sind, und nun ja … Ich glaube, er mag es, Paaren zu helfen oder so."

Ich lache darüber. Es klingt lächerlich, aber Erik schenkt mir nur ein geduldiges Schmunzeln, ehe er sagt: „Er hat seinen Jet an Bishop ausgeliehen, um

Brooke zu folgen.“

„Oh“, flüstere ich berührt. Das ist wirklich sehr romantisch. Ich grinse Erik an. „Ist er verheiratet?“

Er wirft mir einen strengen Blick unter einer hochgezogenen Augenbraue zu, bevor er fortfährt. „Auf jeden Fall haben wir uns unterhalten. Ich habe ihm von der Sache mit der Lebensversicherung erzählt und er wird meine Anwälte von seinen ablösen lassen. Er hat keine Garantien gegeben, aber Blue … mein Gefühl sagt mir, dass du das Geld der Versicherung eher früher als später bekommen wirst.“

Ich blinzle ihn an und versuche, zu verarbeiten, was er gerade gesagt hat. Er starrt mich an, seine Augen leuchten vor Glück.

Für mich.

„Du glaubst, dass ich das Geld von der Versicherung bekommen werde?“ Er muss für mich das wiederholen, was im Moment mein größter Traum wäre. Ich könnte es mir leisten, Billy in einem anderen Heim unterzubringen, wo die Pfleger aufmerksamer sind. Wo das medizinische Personal besser ausgebildet ist.

„Ich glaube, was immer Dominik Carlson will, er macht es möglich“, antwortet Erik und zieht mich in seine Arme. Ich erwidere seine Umarmung und drücke mein Gesicht für einen Moment an seine Brust.

Ich lasse das Gewicht dessen, was gerade passiert ist, auf mich wirken.

Viele meiner finanziellen Sorgen – die nicht wirklich meine, sondern die von Billy sind – wurden gemindert. Und ja, Dominik Carlson ist ein wunderbarer Mann, das zu tun, was er getan hat und was er tut. Aber nichts davon wäre zustande gekommen, wenn Erik ihn nicht darauf hingewiesen hätte.

Er hat an mich gedacht … sich genug aus mir gemacht, um sich an den General Manager der Vengeance zu wenden und um Hilfe zu bitten.

Meine Tränen kommen schnell und heiß, also drücke ich mein Gesicht noch enger an Eriks Brust. Er schlingt seine Arme fester um mich, und ich konzentriere mich auf den Schlag seines Herzens an meinem Wangenknochen.

Ich habe keine Ahnung, warum das mit mir passiert. Warum Erik zurück in mein Leben gebracht wurde.

Aber auch wenn ich vorher nicht daran geglaubt habe, so glaube ich jetzt irgendwie, dass an der Vorstellung von Schicksal etwas dran ist. Es ist die einzige Erklärung, die für mich Sinn ergibt.

Kapitel 20

Erik

Ich kann nicht fassen, wie nervös ich bin", sagt Blue neben mir. Wir fahren mit einem Uber zu einem Restaurant, das mein Vater zum Mittagessen ausgesucht hat.

Ich lege meine Hand auf ihre und drücke sie leicht. „Brauchst du nicht. Mein Dad ist superentspannt und lustig."

„Ja … aber er ist dein *Vater*. Was, wenn er mich nicht mag?"

Das kann nicht sein. Ich befürchte sogar, dass er sie ein bisschen zu sehr mögen wird, denn sie ist in der Altersklasse, mit der mein Vater am liebsten datet, und sie ist über alle Maßen hübsch.

„Er wird dich mögen", versichere ich ihr. „Und selbst wenn er es nicht tut, würde das nichts an meinen Gefühlen für dich ändern."

Blues Gesichtsausdruck bleibt besorgt, und ich weiß, warum. Sie kehrt die Situation in ihrem Kopf um und ihr ist klar, dass das Ergebnis anders sein würde. Wenn Billy mich nicht mögen würde, würde Blue mich sofort abservieren, und ich würde es verstehen. Es ist wie mit Äpfeln und Birnen. Billy ist total abhängig von Blue, um zu überleben.

Aber meine Beziehung zu meinem Vater ist nicht so. Wir sind eher wie Kumpels. Als ich bei ihm wohnte, hatte er nur wenige Regeln, an die ich mich halten musste. Er neigte dazu, mich wie einen Erwachsenen zu behandeln, obwohl ich das nicht war. Wenn ich zum Beispiel mit Freunden ausgegangen wäre und mich betrunken hätte, hätte mein Stiefvater mir einen Monat lang Hausarrest gegeben. Im Gegensatz dazu war mein Vater derjenige, der mich zum ersten Mal in meinem Leben betrunken gemacht hat. Gut, es war in der kontrollierten Umgebung unseres Zuhauses und wir haben an jenem Sonntag Football gesehen, aber die Regeln und Sitten waren in den beiden Häusern völlig unterschiedlich. Während ich meinen Stiefvater überhaupt nicht mochte, weil er meine Wünsche einschränkte, zeigte mein Vater Nachsicht mit meinem jugendlichen Verlangen, Regeln zu brechen und Grenzen zu überschreiten.

Was meinen Dad wirklich mehr zu einem Kumpel als zu einem väterlichen Vorbild macht, ist die Tatsache, dass ich mir nicht sicher bin, ob seine Ratschläge für mich so gut sind. Im Laufe der Jahre bin ich klug genug geworden, um herauszufinden, dass er sich nicht an die gesellschaftlichen Normen hält. Bis heute wollte er nie wieder sesshaft werden. Ich habe also einen zweiundfünfzigjährigen Vater, der sich nicht mit einer Frau über fünfundzwanzig verabredet, und dabei verwende ich den Begriff „verabreden" sehr locker.

Ich könnte meinem Vater Blue vorstellen und er könnte sie abgrundtief hassen, aber es würde mich keinen Zentimeter von ihr abbringen. Denn die größte Veränderung, die ich durchgemacht habe, ist, dass ich etwas erkannt habe: Blue gibt mir das, was ich im Moment dringend will und brauche. Ja, ich bin reifer geworden und habe erkannt, dass die Art und Weise, wie ich mein romantisches Leben gelebt habe, nicht sehr erfüllend war. Doch mehr als alles andere habe ich genug Vertrauen in mich selbst, um anders als mein Vater zu sein, wenn das der Weg ist, den ich wähle.

Das heißt, ich entscheide mich für Blue, egal was passiert.

Unser Fahrer hält vor dem Restaurant, einem Crêpe-Bistro, das mir keine herzhaften Speisen zu servieren scheint, und ich muss vor dem Spiel noch Kohlehydrate zu mir nehmen. Ich helfe Blue aus dem Auto und schließe die Tür.

Wir sind etwas zu früh dran, also wählen wir einen Tisch und schauen uns die Speisekarte an, während wir auf meinen Vater warten. Blue sieht heute besonders schön aus. Minnesota Mitte November unterscheidet sich radikal von Arizona. In Phoenix könnte sie Shorts oder ein Kleid tragen – oder einen Bikini an einem überdurchschnittlich warmen Tag. Hier ist sie wegen der kühlen fünf Grad in eine Jeans, einen weichen elfenbeinfarbenen Pullover mit V-Ausschnitt, der einen Hauch von Dekolleté zeigt, und schwarze kniehohe Stiefel gekleidet. Ihre marineblaue Jacke sieht alt und abgenutzt aus, ist aber immer noch stilvoll, denn Blue könnte selbst einen Jutesack gut aussehen lassen. Ihr Haar hat sie wieder zu einem tiefen Pferdeschwanz im Nacken zusammengebunden wie im Flugzeug, damit es nicht stört. Weil sie auf dem Morgenflug hierher arbeiten musste, trägt sie Make-up, was ihre Schönheit definitiv unterstreicht, sich für mich aber seltsam anfühlt, da sie es normalerweise nur auf der Arbeit benutzt.

Von unserem Tisch aus sehe ich, wie sich die Tür des Restaurants öffnet und mein Vater hereinkommt. Pierce Dahlbeck sieht keinen Tag älter als vierzig aus, was wohl der Grund ist, dass sich jüngere Frauen zu ihm hingezogen fühlen. Er ist körperlich in Topform und hat kein einziges graues Haar auf dem Kopf. Als Anwalt verdient er viel Geld, und seine Kleidung spiegelt das wider. Seine Jeans ist ein Designerstück, seine Schuhe sind italienisch und seine Octo-Finissimo-Uhr von Bulgari schreit regelrecht unverschämten Reichtum heraus, obwohl ich derjenige bin, der sie ihm vor zwei Jahren zu Weihnachten gekauft hat.

Der Blick meines Vaters sucht das Innere des Restaurants ab und ich hebe die Hand. Ich spüre, wie Blue sich anspannt, als sie über ihre Schulter schaut. Mein Vater sieht mich, lächelt und winkt. Die Falten um seine Augen sind kaum wahrnehmbar, und ich frage mich, ob er eine Schönheitsoperation hatte.

Ich schiebe meinen Stuhl vom Tisch zurück und stehe auf, um meinen Vater zu begrüßen, der in unsere Richtung kommt. Blue tut dasselbe und faltet nervös die Hände. Ich schenke ihr ein beruhigendes Lächeln, ehe ich mich umdrehe und die Bärenumarmung von meinem Vater erwidere.

„Gut, dich zu sehen, Kumpel", sagt er, während

er seine Arme um mich schlingt – einen über meine Schulter, den anderen um meine Rippen –, bevor er mir kräftig auf den Rücken klopft. Mein Vater und ich sind ungefähr gleich groß und gleich gebaut. Ich bin eins dreiundneunzig groß und wiege knapp hundert Kilo, doch die Umarmung und das Tätscheln auf den Rücken rauben mir den Atem.

Er lässt mich los und wir drehen uns beide zu Blue um. Ich erledige die kurze Vorstellung. „Dad, das ist meine Freundin, Blue Gardner. Blue, mein Vater, Pierce Dahlbeck."

Mein Vater wirft mir einen überraschten Blick zu, der Blue klarmacht, dass ich ihn noch nicht über sie aufgeklärt habe. Sie beißt sich nervös auf ihre Unterlippe.

Aber mein Vater erholt sich schnell und wendet sich Blue mit einem so charmanten Lächeln zu, dass ich weiß, es ermöglicht ihm bei manchen Frauen den Zugang zu deren Höschen. Er nimmt ihre Hand und hebt sie zum Mund. Nachdem er seine Lippen leicht über den Rücken hat streifen lassen, hält er ihre andere Hand ebenfalls fest und lehnt sich etwas zurück, um sie auf sich wirken zu lassen. Sein Blick wandert langsam an ihrem Körper hinunter und wieder hinauf, und er macht sich nicht einmal die Mühe, bei ihren Brüsten schneller zu werden. Er sieht sie genau an und sagt dann mit tiefer, verführerischer Stimme. „Blue … es ist wirklich wunderbar, dich kennenzulernen."

Ich beiße die Zähne zusammen, weil ich nicht

will, dass Blue sich unwohl fühlt. Ich habe die Art und Weise, wie mein Vater Frauen behandelt, vor langer Zeit akzeptiert, und ehrlich gesagt habe ich in nicht allzu ferner Vergangenheit das Gleiche getan.

„Eine Freude, Sie kennenzulernen, Mr. Dahlbeck", sagt sie und meine Lippen zucken. Das ist Blues Art, ihn in die Schranken zu weisen, denn ob es nun mein Vater ist oder nicht, sie ist nicht der Typ Frau, der billige Anmachsprüche duldet.

„Bitte, du musst mich Pierce nennen", verbessert er sie eifrig und geleitet sie dann zurück zu ihrem Stuhl. Galant zieht er ihn heraus, lässt sie sich wieder hinsetzen und ihre Hand erst los, als sie sie frei zerrt.

Mein Vater nimmt seinen Platz zwischen uns ein und dreht sich zu mir. Seine Stimme ist voller Stolz und Machogehabe, und er beugt sich vor, wie wenn es ein Geheimnis wäre, aber er spricht so laut, dass Blue es mitbekommt. „Gut gemacht, Erik. Sie ist absolut umwerfend."

„Okay, hör auf damit, Dad", erwidere ich mit einem spielerischen Schlag gegen seine Schulter. Doch mein Tonfall ist nachdrücklich genug, damit er versteht, was ich sagen will. „Blue ist nicht der Typ, der auf so einen Scheiß reinfällt."

Er lächelt mir verschmitzt zu, bevor er sich Blue zuwendet. Die Unterarme auf dem Tisch verschränkt, lehnt er sich leicht zu ihr. „Und wie haben du und mein Sohn euch kennengelernt, Blue?"

Ich kann einen winzigen Anflug von Panik in ihrem Gesicht aufflackern sehen, denn wenn sie ihm erzählen würde, wie sie mich wirklich kennengelernt hat, wäre das total peinlich. Aber sie erholt sich, schenkt ihm ein süßes Lächeln und sagt: „Ich bin Flugbegleiterin im Teamflugzeug. Und sagen wir mal so: Ihr Sohn war sehr hartnäckig beim Versuch, mich zu einem Date mit ihm zu überreden."

„Und ein einziges Date war alles, was es brauchte", werfe ich ein, nicht für meinen Vater, sondern nur, um Blue zu verdeutlichen, dass das hier echt ist.

Sie blickt mich an und ich zwinkere ihr zu. Blue streicht sich eine verirrte Haarsträhne hinters Ohr und sieht kurz verlegen auf den Tisch, aber das kleine Lächeln in ihrem Gesicht ist es wert.

„Das kann ich gut verstehen", sagt mein Vater. Seine Stimme wird tief und heiser. Er beugt sich näher zu ihr, als ob sie ein privates Gespräch führen würden, und schaut ihr intensiv in die Augen. Ich möchte ihm verdammt noch mal eins auf den Hinterkopf geben.

Stattdessen mache ich es ihm einfach mit Worten deutlich. „Dad", sage ich, um seine Aufmerksamkeit zu bekommen.

Er sieht mich einen Moment lang nicht an, dreht sich dann aber langsam in meine Richtung, mit einem offenen Lächeln im Gesicht und fragend hochgezogenen Augenbrauen.

„Wenn irgendjemand, sei es ein Freund oder ein Fremder, so schamlos mit Blue flirten würde, während ich einen Meter entfernt sitze, würde ich seinen Arsch in den Boden stampfen. Nur weil du mein Vater bist, gilt das nicht weniger. Also hör auf damit, okay?“

„Erik“, keucht Blue mahnend.

Ich schaue sie aber nicht an. Ich halte meinen Blick auf meinen Vater gerichtet, der mich einfach anstarrt, ohne dass sich sein Gesichtsausdruck ändert. Meine Finger graben sich unwillkürlich in meine Handfläche, und ich frage mich, wie ein Mittagessen mit meinem Vater so schnell zu einer körperlichen Auseinandersetzung werden konnte.

Weil ich ihn bald windelweich prügeln werde.

Aber mein Vater wirft nur den Kopf zurück und fängt an, vor Lachen zu brüllen. Ich schaue zu Blue, die mich nervös ansieht. Ich zucke mit den Schultern und lasse meinen Vater seinen Heiterkeitsausbruch ausleben.

Schließlich dreht er sich zu mir und sein Blick ist entschuldigend. Er legt mir eine Hand auf die Schulter. „Es tut mir leid, Kumpel. Ich schätze, das bin einfach ich, und du hast mich überrumpelt. Du hast mir noch nie eine Frau vorgestellt, an der du interessiert warst.“

„Nicht interessiert“, korrigiere ich ihn schmunzelnd. „Verrückt nach ihr. Also sei diesmal ein Vater, okay?“

„Verstanden“, sagt er, immer noch leise lachend. Dann wendet er sich an Blue und entschuldigt sich. „Es tut mir leid, Blue. Ich bin schon zu lange ein verdammter Junggeselle. Aber eins ist klar ...“

Mein Vater stoppt, dreht sich um und sieht mich mit etwas an, das ich für Nostalgie halte, bevor er wieder zu ihr schaut. „Du musst für Erik etwas ganz Besonderes sein, und ich respektiere das nicht nur, sondern bewundere es."

„Okay, jetzt bist du mir einfach unheimlich", murmle ich und diesmal lacht Blue zusammen mit meinem Vater.

Das Mittagessen vergeht viel zu schnell, nachdem mein Vater sich eingekriegt hat. Er quetscht mich und Blue auf eine väterliche Art und Weise aus, die für mich sehr neu, aber auch erfrischend ist. Wir verbringen einige Zeit damit, über Billy zu reden, und mein Dad gibt uns sogar unaufgefordert einen juristischen Rat wegen der Lebensversicherung, obwohl er beeindruckt ist, dass Dominiks Anwälte sich einschalten. Dominik hat Blue tatsächlich einen Tag, nachdem ich mich mit ihm getroffen hatte, eine E-Mail geschickt, in der er sie mit seinen Anwälten in Kontakt gebracht hat.

Das führte zu einer Nachricht von ihnen an sie mit einem Vertrag, den sie unterschreiben musste, um ihnen die Erlaubnis zu geben, die Versicherungsgesellschaft an ihrer statt attackieren zu dürfen. Der Vertrag sah ein Erfolgshonorar von null Prozent vor, was im Wesentlichen bedeutet, dass sie die Arbeit entweder umsonst und pro bono machen oder dass Dominik sie bezahlt. So oder so, es war schön, zu wissen, dass das bald geklärt sein würde.

Der Kellner bringt die Rechnung und mein Vater

schnappt sie sich. Während er seine Kreditkarte aus der Brieftasche fischt, fragt Blue: „Pierce … hast du Eishockey gespielt? Ich frage mich nur, woher Erik den Antrieb und das Talent hat." Nachdem er seine Spielchen bei ihr aufgegeben hat, hat sie zugestimmt, ihn zu duzen.

Mein Vater legt die Kreditkarte zur Rechnung und schiebt sie zur Seite, damit der Kellner sie einsammeln kann. Er lacht leise. „Ich habe Eishockey gespielt. Das tue ich immer noch, in einer Liga für Über-40-Jährige, und ich hoffe, dass Erik etwas von seiner Entschlossenheit und seinem Tatendrang von mir hat. Aber sein Talent hat er definitiv nicht von mir. Ich habe immer nur zum Zeitvertreib gespielt."

„Mein Vater unterschätzt seinen Beitrag zu dem, was ich heute bin", füge ich hinzu, und Blue dreht sich um und schaut mich über den Tisch hinweg an. „Er hat mir alle Möglichkeiten gegeben, ein großer Spieler zu werden. Bezahlte für Trainingslager und die beste Ausrüstung. Ist mit mir zu den Spielen gereist und hat mich angefeuert."

Ich werfe einen Blick auf meinen Vater, und seine Augen scheinen ein wenig feucht zu sein. Er hustet und schaut sich nach dem Kellner um, der wie von Zauberhand erscheint, um die Bezahlung entgegenzunehmen. Blue und ich wechseln einen Blick. Wir wissen, dass mein Vater gerade emotional geworden ist und nicht will, dass wir es erwähnen.

Er hüstelt wieder und wechselt dann das Thema. „Ich habe mir deinen Spielplan für die Tage um

Thanksgiving nächste Woche angesehen. Alles Heimspiele, also weiß ich, dass es keine Chance gibt, dass du dich über die Feiertage nach Hause schleichen kannst. Deine Mutter würde dich auch gerne sehen."

„Mom und James fahren nach Florida, um Thanksgiving mit seinen Eltern zu feiern", antworte ich meinem Vater, während ich Blue über den Tisch hinweg ansehe. „Und ich hatte noch keine Gelegenheit, mit dir darüber zu sprechen, Blue, aber ich habe mich gefragt, ob du mir vielleicht helfen würdest, ein Thanksgiving-Essen bei mir zu Hause zu veranstalten."

Sie blinzelt mich überrascht an. „Ähm … klar."

„Ich dachte, wir könnten alle ledigen Spieler einladen, da sie keine Zeit haben, nach Hause zu ihren Familien zu fahren. Viele der verheirateten Paare feiern sowieso mit den Singles, damit alle den Tag nicht allein verbringen müssen. Also warum nicht dasselbe tun?"

„Das ist eine wirklich schöne Idee", sagt Blue mit einem sanften Lächeln.

„Wir werden Billy natürlich an dem Morgen abholen und er kann den ganzen Tag bei uns verbringen und möglicherweise auch die Nacht, wenn das okay ist", füge ich hinzu. Ich habe mir das gut überlegt und wende mich an meinen Vater. „Warum fliegst du nicht her und feierst mit uns?"

„Vielleicht solltest du deine Mutter bitten, dich zu besuchen, anstatt nach Florida zu fliegen", erwidert mein Vater zögerlich. „Du und ich haben letztes Jahr Thanksgiving zusammen gefeiert.“

Ich schnaube innerlich über seine Vorstellung, er hätte diesen Tag gemeinsam mit mir auf „familiäre“ Weise verbracht. Er ist nach L.A. geflogen und wir haben Prime Rib in einem unglaublich teuren Restaurant gegessen. Dann machten wir eine Bar nach der anderen unsicher und haben uns den Rest der Nacht mit ein paar heißen Mädels um die Ohren geschlagen, die wir an dem Abend kennengelernt haben.

„Sie kann nicht. James’ Vater geht es nicht gut, also wollen sie unbedingt hin.“

„Tut mir leid, das zu hören.“ Pierce nickt. Er und meine Mutter sind immer noch Freunde, und ich weiß, dass er sich um sie in ihrer Rolle als Mutter seines Sohnes sorgt. Er lächelt und streckt die Arme aus. „Dann bin ich dabei.“

„Fantastisch“, ruft Blue strahlend.

„Ja“, sage ich voller Zuneigung zu meinem Vater, der nun eine neue und andere Art von Beziehung zu mir hat, wie es scheint. „Großartig.“

Kapitel 21

Erik

Blues Hand fühlt sich richtig in meiner an. Tatsächlich kann ich mich nicht daran erinnern, dass sich irgendetwas jemals so richtig angefühlt hat. Am ehesten kann ich das vielleicht mit dem ersten Mal vergleichen, als ich mit fünf Jahren Schlittschuhe angezogen und das Eis betreten habe, aber selbst das passt nicht wirklich.

Das Einzige, was ich weiß, ist, dass ich zwar nicht aufhören kann, diesem Gefühl ehrfürchtig gegenüberzustehen, doch ich habe aufgehört, es infrage zu stellen. Ich akzeptiere einfach, dass es so ist.

Als wir durch die Lobby des *Desert Sun Country Clubs* gehen, werfe ich einen Seitenblick auf Blue.

Verdammt umwerfend.

„Ich habe total unterschätzt, wie dieses Kleid auf mich wirken würde", sage ich beiläufig. Das tief ausgeschnittene schwarze Kleid mit einem Seitenschlitz bis zur Mitte des Oberschenkels ist wie für sie gemacht. Oder besser gesagt, für *mich* gemacht.

Sie wirft mir einen kurzen Blick zu, begleitet von einem Grinsen. „Wie das?"

„Nun … als du es anprobiert hast, fand ich es elegant und sexy und wirklich einfach perfekt an dir. Aber in Kombination mit den Haaren, dem Makeup, dem Schmuck und diesen Schuhen mit den verdammt hohen Absätzen und den Riemchen um den Knöchel bin ich mir nicht sicher, ob ich mich in deiner Nähe zurückhalten kann."

Blue bleibt wie angewurzelt stehen und ich tue das Gleiche. Ihre Augen funkeln verschmitzt, und sie beginnt, mich in die Richtung zu zerren, aus der wir gerade gekommen sind. „Dann lass uns zurück zu dir gehen. Du kannst mir das Kleid ausziehen und ich lasse die Schuhe an."

„Auf keinen Fall." Lachend drehe ich uns wieder zum Klassentreffen. Der große Ballsaal. „Netter Versuch, Blue. Aber wir nehmen an diesem Highschool-Treffen teil und du wirst dich amüsieren."

„Wohl kaum", murmelt sie.

Blue hat die ganze Woche versucht, die Veranstaltung abzusagen, doch ich werde das nicht erlauben. Ich will, dass sie dorthin geht und sich ihrer Vergangenheit stellt. Ich will, dass sie heute Abend glänzt, damit andere wissen, wie unglaublich toll sie ist. Denn ich weiß es schon.

Wir erreichen den Ballsaal mit seinen großen Doppeltüren aus Holz, durch die Musik dringt. Eine schlechte Version von „Misery" von Maroon 5.

Ich wende mich ihr zu und lege meine Hände auf ihre Schultern. „Okay … Du musst mental vorbereitet sein."

Blue neigt ihren Kopf zur Seite. „Wofür?"

„Die Leute da drinnen werden dich anstarren. Das wird passieren, weil sie noch nie jemanden wie dich gesehen haben. Sie werden in Ehrfurcht erstarren. Möglicherweise grün vor Neid. Das könnte Probleme verursachen."

Blue schnaubt und schürzt die Lippen. „Die haben mich alle schon mal gesehen."

„Nicht die Blue Gardner, die du heute bist", entgegne ich, während ich an ihrem Körper hinuntersehe. „Sie haben noch nie so ein Kleid an einem Körper wie deinem gesehen. Oder so schönes Haar oder so weiche Haut. Diese Schuhe werden für ein paar Ständer sorgen, und, Baby … diese Diamanten werden einige Frauen zum Sabbern bringen."

Blue streckt ihr Handgelenk aus und begutachtet das Armband, das ich ihr heute Abend geschenkt habe. Es ist ein Armreif aus achtzehnkarätigem Weißgold mit achtundvierzig runden Brillanten, insgesamt fünf Karat. Sie hat versucht, es abzulehnen, als ich es ihr heute Morgen schon mal geben wollte, also musste ich sie zum Schweigen vögeln. Danach hat sie es angenommen, allerdings nur, weil sie zu kaputt war von den Orgasmen, die ich ihr geschenkt habe. Glaube ich.

Ich wollte auch die passende Halskette dazu, aber die gab es nur in einer Länge von sechzehn Zentimetern. Ich habe Blue oft genug dabei beobachtet, wie sie am Halstuch zu ihrer Uniform gezerrt hat, um zu wissen, dass nichts anderes diesen Bereich einengen darf als meine Lippen. Also habe ich einzig das Armband genommen.

Ihre Lider heben sich, und ihr Lächeln ist das echteste, das mir je geschenkt wurde. „Du bist unglaublich, Erik. Ich finde wirklich, dass du der erstaunlichste Mann bist, den ich je kennenlernen durfte."

„Das ist perfekt", sage ich lachend und strecke ihr meinen Arm entgegen. „Weil ich das Gleiche von dir denke. Jetzt lass uns gehen und den Leuten unsere Großartigkeit zeigen."

Wir betreten den Ballsaal und stoßen sofort auf ein Gedränge von Menschen. Es ist wie beim Abschlussball. Es gibt eine Live-Band und eine rotierende Discokugel über der Tanzfläche. Die Lichter sind gedämpft und mehrere runde Tische, an denen acht Personen Platz finden, stehen verstreut. Kellner im Smoking laufen mit silbernen Tabletts voller Fingerfood und Gläsern mit Rot- und Weißwein herum. Blumen und Luftschlangen in Grün und Weiß schmücken den Raum, und ich vermute, das sind die Farben ihrer Highschool.

Es ist ein seltsamer Versuch, einen Highschool-Tanzabend in einer erwachsenen Country-Club-Umgebung nachzustellen. Der *Desert Sun Country Club* ist zwar privat und hat einen ziemlich schönen Golfplatz, aber er gehört nicht zur oberen Liga der Clubs. Trotzdem musste die Frau, die das veranstaltet hat, viel Geld ausgeben, da es keine Teilnahmegebühr gab, um die Kosten zu verteilen.

Der Leadsänger der Band verkündet, dass sie eine Pause machen, und die Leute auf der Tanzfläche lösen sich voneinander und kehren zu den Tischen zurück. Andere begeben sich zu etwas, das wie eine Schnapsbar aussieht. Ohne die Musik schwirrt das Getöse von ein paar Hundert Menschen, die sich unterhalten, in der Luft.

„Blue", ruft eine Frau und wir drehen uns beide

in diese Richtung.

Eine zierliche Frau mit lockigem Haar, das ihr bis knapp über die Schultern reicht, kommt mit einem Glas Rotwein in der Hand schnell auf uns zu. Sie hat ein strahlendes Lächeln, und ein kurzer Blick auf Blue zeigt, dass sie es erwidert.

Die Frauen umarmen sich, schwärmen davon, wie gut die andere aussieht, und umarmen sich dann wieder. Als sie sich trennen, stellt mir Blue ihre Highschool-Schwimmkameradin Ellen Richman vor.

„Ellen ist nach der Highschool in den Osten gegangen", erklärt Blue. „Sie schwamm für Duke und lebt immer noch in North Carolina."

„Sportlich und klug", sage ich, während ich ihre Hand schüttle.

„Hast du Ihre Königliche Hoheit gesehen?", fragt Ellen Blue mit verschwörerisch tiefer Stimme und nickt mit dem Kopf Richtung Tanzfläche.

Ich wende meine Aufmerksamkeit in diese Richtung und bemerke drei Frauen, die zusammenstehen. Sie unterhalten sich, aber es ist klar, dass sie über andere Leute um sie herum tratschen. Sie starren mit einem Grinsen auf dem Gesicht konzentriert auf eine Frau, die keine zehn Meter entfernt steht, und dann neigen sie ihre Köpfe und flüstern sich gegenseitig etwas zu, während sie sie von oben herab beäugen.

„Das ist Christina Hodgins", erklärt mir Ellen mit einem weiteren Nicken. „Die Frau mit dem elfenbeinfarbenen Kleid. Sie hat diese kleine Party veranstaltet und liebt es, das Geld ihres Mannes auszugeben. Sein Name ist TJ und er ist ein einflussreicher Immobilienmakler hier in der Gegend. Die Frau im roten Kleid ist ihre Handlangerin, Krystal Breen. Sie ist eine Kinderkrankenschwester im Krankenhaus und schläft dort mit mehr als einem Arzt. Ich bin gespannt, wen sie als ihr Date mitgebracht hat. Und die dritte ist Belinda Montenegro. Sie hat ihren Ehemann nach einem Jahr für ihren Seelenklempner verlassen, der vierundzwanzig Jahre älter ist als sie."

Ich starre Ellen mit offenem Mund an. Blue lacht, als Ellen erklärt: „Meine Schwester lebt immer noch hier in Phoenix und ist Krankenschwester im selben Krankenhaus, in dem Krystal arbeitet. Sie hört den ganzen Klatsch und erstattet mir Bericht."

Ich beschließe, dass ich Ellen sofort mag.

Ich lege meinen Arm um Blues Taille und höre zu, während die Frauen in Erinnerungen schwelgen und sich über die jüngsten Ereignisse austauschen. Irgendwann bezieht Ellen mich in das Gespräch mit ein. „Und was machst du so, Erik?"

„Ich bin professioneller Eishockeyspieler. Für die Vengeance."

„Oh wow", staunt sie und wendet sich dann mit einem Grinsen an Blue. „Gut gemacht, Blue." Ellen dreht sich wieder zu mir. „Tut mir leid, dass ich dich nicht erkannt habe. Ich schaue zwar Eishockey, aber ich verfolge es nicht so intensiv, dass ich die Spieler der anderen Teams kenne. Ich war allerdings schon bei vielen Spielen der Cold Fury in

Raleigh."

„Wir müssen uns treffen, wenn wir nach North Carolina reisen, um gegen sie zu spielen", sage ich und gehe davon aus, dass Blue diese Idee gefallen wird. Es ist klar, dass diese Frauen befreundet waren und sich mögen.

„Das wäre fantastisch", sagt Ellen und sieht dann zurück zu Blue. „Hey ... spielst du noch Schach?"

„Nicht wirklich. Du?"

„Ja. Ich bin einem Club beigetreten, als ich an der Duke war, und spiele immer noch manchmal am Wochenende."

„Moment, Moment, Moment!" Ich hebe meine Hand und lasse sie zwischen den beiden Frauen hindurchgleiten, um mich einzumischen. Dann richte ich meine Aufmerksamkeit nur auf Blue. „Du warst in der Highschool wirklich im Schachklub?"

„Sagte ich doch", schimpft sie grinsend.

„Als du behauptet hast, du hättest eine ‚ausgesprochene Streberliebe für den Schachklub', dachte ich, du würdest übertreiben."

Blue und Ellen heulen darüber vor Lachen und hängen sich gegenseitig in den Armen. Sobald sie fertig sind, meint Ellen: „Blue ist wirklich, wirklich gut."

„Darauf wette ich", erwidere ich anerkennend, während ich mein Mädchen ansehe und die neue Schicht bewundere, die gerade für mich weggeschält wurde.

„Heiliger Strohsack ... das ist Erik Dahlbeck",

sagt eine männliche Stimme von links, und noch bevor ich mich ganz in die Richtung drehen kann, drängt sich ein Mann in unseren kleinen intimen Kreis und schiebt mir die Hand entgegen. „Hi … Ich bin TJ Hodgins.“

Ich schüttle seine Hand und starre ihn nur an, denn er stellt sich mir vor, als sollte ich wissen, wer er ist. Als ich nichts erwidere, stammelt er: „Meine, ähm… Frau hat diese kleine Soiree organisiert.“

Ich bin gezwungen, aus Höflichkeit zu antworten. „Schön, Sie kennenzulernen.“

„Mann … was für eine Ehre, dich hier auf unserer Party zu haben.“

Ich reagiere nicht.

Er legt einen Arm um meine Schulter. „Du musst mir erlauben, dich auf einen Drink einzuladen.“

Der Mann versucht daraufhin, mich zur Bar zu ziehen, aber ich rühre mich nicht, und er ist nicht groß genug, um mich zu bewegen. Als er merkt, dass ich nichts tue, ändert er seine Taktik und schaut zu seiner Frau hinüber, die dort steht. „Hey… Christina, Schatz“, ruft er.

Sie dreht sich um und sieht ihn mit einem fadenscheinigen Lächeln an. Es ist deutlich, dass sie nicht unterbrochen werden möchte. „Komm mal her. Ich möchte dir jemanden vorstellen.“

Ich muss Blue nicht anfassen, um zu spüren, wie sich ihr Körper anspannt, als die Frau, die sie in der Highschool gemobbt hat, sich einen Weg zu uns bahnt. Aber ich stehe darauf, weil ich will, dass diese Frau einen guten Blick auf Blue wirft. Ich will, dass sie sie so sieht, wie ich sie sehe.

Christina und ihr Rudel kommen in unsere Richtung. Sie schenken Blue und Ellen keine Beachtung, und ich weiß nicht, ob sie sie in den acht Jahren seit ihrem Abschluss einfach vergessen haben oder genau wissen, wer sie sind, und sie absichtlich ignorieren.

Egal, TJ stellt mich den Frauen vor. „Der beste verdammte Enforcer in der Liga", verkündet er, während er mir auf die Schulter klopft. Er kichert irgendwie wie ein Mädchen und stupst seine Frau an. „Und er ist hier auf deiner Party, Schatz."

In dem Moment, als TJ sagte, dass ich für Vengeance spiele, änderte sich das Verhalten aller drei Frauen sofort. Sie erinnern mich an Katzen, die in höchster Alarmbereitschaft sind, wenn sie ihre Beute zum ersten Mal bemerken. Nachdem ich jeder Frau höflich zugenickt habe, lege ich Blue einen Arm um die Taille und drehe sie zu den Frauen. „Ich bin mit Blue Gardner hier."

Die drei Frauen wenden sich um, als wären sie eine Einheit, und ich kann an der leichten Verachtung in ihren Augen erkennen, dass sie genau wissen, wer Blue ist, und sie schon vorher gesehen haben. An diesem Punkt bemerke ich auch, dass TJ Blue wahrnimmt, und sein Blick wird genauso räuberisch wie der seiner Frau, aber aus einem anderen Grund. Seine Augen bleiben an ihren Brüsten kleben, und meine Finger krümmen sich in der Absicht, sie zu schützen, noch fester um

Blues Mitte.

„Hi, Christina", sagt Blue mit einem warmen Lächeln. Denn sie ist Blue. Dann wendet sie sich an die anderen Frauen. „Krystal … Belinda. Ihr seht heute Abend alle wunderschön aus. Habt euch seit der Highschool kein bisschen verändert."

Einen Moment lang starren sie Blue nur an, die Mienen leer und grausam. Schließlich wölben sich Christinas Lippen zu einem Lächeln nach oben, das weder echt noch warm ist wie das von Blue. „Nun, ja … Hallo, Blue. Ich dachte mir doch, ich hätte dich erkannt."

Krystal und Belinda murmeln ihre Hallos und wirken verärgert, dass ihre Aufmerksamkeit dorthin gezwungen wird. TJ starrt auf Blues Brüste.

„Und wie lange seid ihr zwei schon zusammen?", fragt Belinda Blue, während sie uns misstrauisch beäugt.

Ich warte nicht auf Blues Antwort. „Fünf Jahre. Unser erstes Date war vor fünf Jahren."

Obwohl ich meinen Blick nicht von Belinda abwende, spüre ich, wie Amüsement durch Blues Körper schwingt, als sie näher an mich heranrückt. Ihr Arm legt sich um meine Taille und sie drückt mich fest an sich.

Ich werfe einen Blick zu Ellen, die misstrauisch zu den drei gehässigen Frauen gegenüber von Blue schaut. Ich vermute, dass auch sie gemobbt wurde. Ein kurzer Blick zu TJ und ich kann sehen, dass seine Augen kein einziges Mal von Blues Brüsten abgewichen sind.

Ich entscheide mich dafür, es auf die Spitze zu treiben, und lüge die Frau einfach an. „Ich versuche schon seit Jahren, sie dazu zu bringen, mich zu heiraten. Ich bin sicher, dass ich sie eines Tages mürbe machen werde."

Die Frauen starren mich erstaunt an, als könnten sie nicht verstehen, warum Blue so ein guter Fang sein soll. Und weil sie vielleicht sogar über ihren eigenen Rang erhoben wurde, will Christina sie von dort herabstoßen, das sehe ich in ihren Augen. Ich spanne mich an, während ich abwarte.

„Blue", säuselt Christina und schaut langsam an Blues Körper hinunter. Mein Blick schnellt in diese Richtung zurück. „Das Kleid ist so süß."

Mein Mädchen blinzelt, überrascht über das Kompliment, bevor sie erwidert: „Danke. Deines ist auch wunderschön."

Christinas Lächeln ist abweisend und sie wendet sich Krystal zu und klopft ihr spielerisch auf die Schulter. „Natürlich würde ich nie etwas tragen, was nicht von einem Designer stammt, aber Blue schafft das erstaunlich gut, nicht wahr?"

Bevor ich die siebzehnhundert Dollar verteidigen kann, die ich für das Kleid ausgegeben habe, oder die fast zehn Riesen für das Armband – von den Louboutins an ihren Füßen gar nicht zu reden –, wendet Christina ihre Aufmerksamkeit mir zu. „Du hättest Blue in der Highschool sehen sollen, Erik."

Ich knirsche mit den Zähnen und Blue verkrampft sich neben mir.

Christina wirft Blue einen kurzen Blick zu. „Nichts für ungut." Dann sieht sie wieder zu mir. „Aber sie war so ein unbeholfenes kleines Ding."

Ich bleibe ganz still, weil ich nicht weiß, worauf Christina hinauswill. Sie lässt ihren Blick zu ihrem Mann hinübergleiten, merkt, dass er Blue auf die Titten starrt, und saugt die Luft durch die Nasenlöcher ein. Dann werden ihre Augen regelrecht bösartig und sie schaut erneut zu mir. „Ein ziemlich hässliches Entlein, weißt du? Allerdings nehme ich an, sie ist etwas ‚aufgeblüht'."

Christina macht sogar Anführungszeichen mit den Fingern, als sie „aufgeblüht" sagt.

„Ich erinnere mich", fährt Christina fort, während sich ihre beiden Freundinnen näher an sie heranschleichen, um sich an der Bösartigkeit ihrer Worte zu laben. „Einmal, in der Highschool …"

„Was zum Teufel ist los mit euch Leuten?", frage ich mit tiefer Stimme, die Christina scharf unterbricht.

Ihr Kinn zuckt nach hinten und sie blinzelt mich überrascht an. „Pardon?"

„Pardon?", äffe ich sie nach und ziehe Blue näher zu mir heran. „Ich sagte, was zum Teufel ist los mit euch Irren?"

Alle schweigen, bis auf Ellen, die hinter ihrer Hand ein unüberhörbares Kichern von sich gibt.

„Wie kommst du darauf, dass es auch nur im Entferntesten in Ordnung ist, so über jemanden zu reden, und das direkt vor demjenigen?"

Ich erhalte von den Frauen nichts zurück außer

verärgerte Blicke. TJ starrt Blue an.

„Ich vermute", fahre ich mit vernichtender Stimme fort, „ihr tut das, weil ihr es schon immer getan habt und niemand mutig genug war, euch auf eure Scheiße anzusprechen. Frauen wie du zweifeln so sehr an sich selbst, dass sie sich nur gut fühlen, wenn sie sich über andere lustig machen."

Ein langer Luftzug entweicht aus Blue und ihr ganzer Körper erschlafft, während ich ihre Verteidigung übernehme. Ich hoffe, sie genießt das.

„Ihr tut mir leid", sage ich mit harter Stimme zu der Gruppe. „Ihr verpasst es, die schönste, großzügigste und fürsorglichste Frau kennenzulernen, die ich je das Vergnügen hatte zu treffen. Ihr könntet bessere Menschen sein, wenn ihr nur ein wenig von Blues Güte in euch aufsaugen würdet. Aber ich nehme an, ihr seid so in eurem erbärmlichen Elend versunken, dass ihr nicht einmal wisst, wie ihr das anstellen sollt."

Ich wende mich an Blue, umfasse ihr Kinn und neige ihren Kopf zurück, damit sie mich ansieht. „Diese Leute sind unter deiner Würde."

Ich erhalte nur ein Lächeln.

Es ist weder dankbar noch bejahend. Tatsächlich liegt darin nichts, was mit diesen Menschen zu tun hat, sondern alles hat allein mit mir zu tun. Ich merke mir das tiefe Gefühl der Euphorie, das es in mir auslöst, und wende mich wieder Christina zu.

„Danke für die Einladung", sage ich mit einer leichten Verbeugung und einem charmanten Grinsen. Meine Hand gleitet hinunter, um die von Blue zu nehmen, und ich schaue über meine Schulter zu Ellen. „Wir gehen im *Sneaky Saguaro* etwas trinken. Willst du mitkommen?"

„Auf jeden Fall!" Sie strahlt uns an.

Ich führe Blues Hand zu meinem Mund, küsse ihren Handrücken und lasse sie dann los. „Du und Ellen, geht schon mal raus zum Auto. Ich bin gleich da."

Blue fragt nicht nach, sondern dreht sich um und schiebt ihren Arm durch den von Ellen. „Komm."

Keiner sagt ein Wort, als die Frauen zu den Doppeltüren gehen. Ich drehe mich zu TJ, dessen Augen jetzt auf Blues Hintern gerichtet sind. Sobald sie außer Sichtweite ist, richtet er seinen Blick endlich auf mich.

Meine Faust ist da, um seine Nase zu treffen.

Ein kurzer Schlag, denn ein voller Hieb von mir würde den Typ ernsthaft verletzen. Doch es reicht, um seine Knie wackeln zu lassen, während er wie ein kleines Mädchen schreit und sich die blutende Nase hält. Er sinkt weinend auf den Boden.

Ich beuge mich zu Christina und murmle: „Da hast du aber einen richtigen Kerl erwischt, oder?"

Ich warte nicht auf eine Antwort, sondern schreite zur Tür und denke, dass dieser Abend besser gelaufen ist, als ich es mir je hätte vorstellen können.

Kapitel 22

Blue

Ich schlendere durch Eriks Haus und suche nach Tassen oder Tellern, die eingesammelt werden müssen. Ich bin angenehm überrascht, dass ich keine finde, denn das bedeutet, dass die Rookies, die gerade nach dem Essen aufräumen, einen wirklich guten Job machen.

Unser Thanksgiving-Dinner verlief reibungslos und wurde dadurch erleichtert, dass jeder, der teilnahm, eine Beilage mitbrachte. Erik und ich sorgten für den Truthahn und den Schinken sowie für die Nachspeisen und den Alkohol. Sein Esszimmer war nicht groß genug, um alle Gäste unterzubringen, also verteilten sich die Leute einfach im ganzen Haus und suchten sich einen freien Stuhl, auf dem sie essen konnten. Nachdem die erste Runde des Schlemmens beendet war, organisierte der junge Rookie Vance Gather eine Aufräummannschaft, und die älteren Spieler zogen sich in den Bereich des Hauses zurück, den ich Eriks „Spielflügel" nenne.

Ich habe mich immer noch nicht ganz daran gewöhnt, wie groß das hier ist. Es gibt nur ein Stockwerk, aber das ist weitläufig und es hat tatsächlich Flügel. Im ersten Stock befinden sich nur Schlafzimmer. Fünf, um genau zu sein, und sogar zwei Master-Suiten, eine an jedem Ende des Hauses. Das Erdgeschoss ist zum Wohnen und Spielen da. Die Mitte beinhaltet ein massives, eher repräsentatives Wohnzimmer direkt neben dem Foyer. Die Ostseite beinhaltet ein heimeligeres Wohnzimmer, die Küche und den Essbereich. Die Westseite ist der „Spielflügel" und beherbergt das Billardzimmer, den Kinosaal und den höhlenähnlichen Bereich mit Plüschsofas und dem riesigen Großbildfernseher. Die Zimmer gehen alle ineinander über durch weite offene Bögen.

Im Billardzimmer finde ich Dax und Pepper bei einer Partie Billard. Lässig an die Wand gelehnt, beobachte ich sie einen Moment lang. Pepper sieht heute besonders hübsch aus in ihrem schulterfreien, cremefarbenen Kleid, das hauchdünn und fließend ist, mit einem breiten Ledergürtel um ihre schmale Taille. Sie trägt große goldene Ohrringe, die perfekt zu ihrem Pixie-Haarschnitt passen. Der ganze Look unterstreicht ihre unbeschwerte Persönlichkeit. Sie hat sich ihrer Sandalen entledigt und ist derzeit barfuß. Ich war überrascht, als sie und Dax heute fast eine Stunde früher auftauchten, um mir bei den letzten Vorbereitungen zu helfen. Ich fand das unglaublich nett und aufmerksam.

Ich weiß, dass andere sich fragen, ob Dax sich endlich niederlässt und vielleicht jemanden gefunden hat, mit dem es ihm ernst ist. Aber ich glaube, das ist überhaupt nicht der Fall. Ich beobachte sie zusammen und stelle fest, dass sie sich in der Gegenwart des anderen total wohl fühlen. Sie scherzen und lachen viel. Allerdings berühren sie sich nicht. Es gibt keine körperliche Zuneigung. Allein eine leichte Kameradschaft miteinander, und das sagt mir, dass sie nur Freunde sind.

Finde ich es seltsam, dass Dax eine Freundschaft mit einer Frau entwickelt hat?

Auf jeden Fall.

Ob ich glaube, dass er Hintergedanken hat?

Auf jeden Fall.

Obwohl ich glaube, dass er Pepper wirklich mag und aufrichtig mit ihr befreundet ist, denke ich, dass er sie zu Team-Events mitbringt, um sie direkt in Legends Blickfeld zu setzen. Ich glaube, Dax hat ein perverses Vergnügen daran, Legend nervös zu machen. Vielleicht sind seine Motive auch ein bisschen netter und er möchte, dass sie Freunde werden, weil sie Nachbarn sind. Was immer es ist, mir gefällt die seltsame Spannung, die zwischen Pepper und Legend besteht. Schließlich habe ich gesehen, wie gut es sich zwischen zwei Menschen entwickeln kann, die keinen guten Start haben.

Ich werfe einen Blick hinüber zu Legend. Er sitzt zusammen mit Eriks Vater Pierce, der gestern Abend eingeflogen ist, an einem der Hochtische, die hier verstreut stehen. Sie schauen Football auf einem der Flachbildfernseher, die an der Wand angebracht sind.

Wenn ich mich ein wenig nach links lehne, kann ich über den Billardtisch und durch den Eingangsbogen zum Arbeitszimmer sehen. Erik ist genau da, wo ich ihn vor fünfzehn Minuten zurückgelassen habe, als ich beschloss, nachzusehen, wie die

Rookies mit dem Aufräumen vorankommen. Er ist in eine anscheinend sehr ausgelassene *Call-of-Duty*-Schlacht mit meinem Bruder verwickelt, dessen Rollstuhl neben dem Ende der Couch, auf der Erik sitzt, geparkt ist.

Ich kann mir ein Lächeln nicht verkneifen. Erik hält sich nicht zurück bei Billy und ruft ihm Befehle zu, als wäre er ein echter General im Spiel. Billy grinst nur, während er seine Figur auf dem Bildschirm bewegt und auf all die bösen Jungs schießt. Wir haben Billy heute Morgen abgeholt, und abgesehen von der halben Stunde, in der wir das Thanksgiving-Dinner gegessen haben, waren die beiden in dieses Spiel abgetaucht. Mir machte das aber nichts aus, denn so war Erik aus der Küche raus. Er ist dort nicht besonders hilfreich, und Billy war beschäftigt. Ich hoffe nur, er hat noch ein paar Gehirnzellen übrig, wenn wir ihn heute Abend zurück ins *Cresson* bringen.

„Happy Thanksgiving", höre ich eine dröhnende Stimme hinter mir und drehe mich um. Bishop kommt gerade herein. Brooke steht neben ihm und hält eine Flasche Wein in der Hand. Sie haben beide mit Brookes Vater zu Abend gegessen, aber versprochen, dass sie danach vorbeikommen und ein bisschen mit uns abhängen. Ich bin wirklich froh, Brooke zu sehen. Ich hatte nämlich noch keine Gelegenheit, richtig mit ihr zu reden, seit die ganze vorgetäuschte Beziehung mit Bishop, die sich in eine echte Beziehung verwandelt hat, durch die Nachrichten ging. Es wird schön sein, das nachzuholen.

Bishop grüßt Pepper und Dax, dann geht er hinüber, um sich zu Legend und Pierce zu setzen; seine Augen sind sofort auf das Footballspiel gerichtet. Ich umarme Brooke und nehme stellvertretend für Erik die Flasche Wein entgegen. Sie folgt mir zu der kleinen Bar, die ein eingebautes Weinregal hat, in dem ich das Geschenk unterbringen will.

Brooke legt ihre Hand auf meinen Arm. „Auf keinen Fall. Lass uns die Flasche köpfen!"

„Tolle Idee", sage ich lachend und tue genau das: Ich schenke zwei Gläser des tiefroten Cabernet ein. Dann führe ich sie zu einem Hochtisch auf der anderen Seite des Raumes, wo wir uns auf hohe, schmiedeeiserne Hocker mit Eichenholz setzen.

„Wie viele der Single-Spieler waren heute am Ende dabei?", fragt sie. „Ich habe gesehen, dass ein paar der Welpen in der Küche aufräumen."

„Neun insgesamt." Ich lächle. „Es hängen auch einige am Pool herum."

„Ist Tacker hier?" Sie sieht sich um.

„Nein. Erik hat ihn eingeladen, aber er hat abgelehnt."

Brooke stößt einen schweren Seufzer aus. „Ich hasse die Vorstellung, dass er an einem Feiertag allein ist."

„Ich auch", stimme ich von ganzem Herzen zu. Es ist tragisch, dass er einen so furchtbaren Verlust erlitten hat und sich nun von jedem abkapselt, der ihm ein wenig Trost spenden könnte. Erik hat sogar versucht, ihn mit dem Versprechen hierher zu locken, mit Billy abhängen zu können, aber er bestand darauf, allein gelassen zu werden.

Brooke lehnt sich über den Tisch und fragt mit einem leichten Nicken in Richtung des Billardtisches: „Also, was ist mit Dax los? Ist das seine neue Freundin oder so?"

„Das glaube ich nicht", antworte ich leise. „Ich denke, sie sind nur Freunde."

„Interessant", sagt sie, bevor sie einen Schluck von ihrem Wein nimmt. Ihr Blick wandert zurück zu den beiden.

Pepper zielt auf die Acht und lässt sich dabei Zeit. Dax steht ein paar Meter entfernt zu ihrer Linken, stützt sich auf seinen Queue und starrt auf den Tisch.

Nicht auf Pepper und schon gar nicht auf ihr Dekolleté, das frei liegt, wenn sie sich über den Tisch beugt. Mein Blick gleitet hinüber zu Legend, und ich grinse vor mich hin, als ich sehe, wie er Pepper hart anstarrt. Sie zieht ihren Schläger langsam zurück, bevor sie scharf gegen die weiße Kugel stößt. Er klackt gegen die Acht, die in Richtung Ecktasche schießt und sauber versenkt wird.

Dax greift in seine Tasche, holt sein Portemonnaie heraus und gibt ihr fünf Dollar. „Du bist so eine Gaunerin", murmelt er.

„Ich wette einfach gerne", sagt sie lachend, nimmt das Geld an und schiebt es in eine Tasche an ihrer Hüfte. Ihre Augen glitzern verschmitzt, als sie zu Legend schaut, der sie immer noch anstarrt. Er errötet und wendet seine Aufmerksamkeit wieder dem Fernseher zu.

„Hey, Legend", ruft sie quer durch den Raum.

Ich frage mich, ob jeder den Tick in seinem Kiefermuskel erkennen kann, so wie ich.

Er sieht sie langsam wieder an. „Was?"

„Willst du spielen?"

„Nein danke", murmelt er und wendet sich dem Fernseher zu.

„Ich schließe eine Wette mit dir ab", fordert sie ihn heraus und seine Augen treffen erneut auf ihre.

„Was schwebt dir vor?"

„Wenn du gewinnst, baue ich alle meine Gartendekorationen ab – nur im Vorgarten, wohlgemerkt."

„Und wenn du gewinnst?"

Pepper tippt mit dem Zeigefinger auf ihr Kinn und überlegt. Schließlich zuckt sie mit den Schultern und sagt: „Du darfst mich nicht wegen meiner Deko belästigen. Für ... sagen wir mal ... einen Monat."

„Nur einen Monat?", fragt er misstrauisch. „Nicht für immer?"

Sie schenkt ihm ein verschmitztes Lächeln, während sie die blaue Kreide in die Hand nimmt, um sie auf die Spitze ihres Queues aufzutragen. „Nun, ich will dir doch die Freude nicht ganz nehmen."

Ich verschlucke mich fast an dem Wein, den ich gerade getrunken habe, und Brooke grinst mich an, weil sie die Show offensichtlich genauso genießt wie ich.

„Abgemacht", sagt Legend, während er vom Hocker aufsteht und zu dem Regal an der Wand hinübergeht, in dem noch mehr Queues stehen.

Brooke und ich sehen zu, wie Legend die Kugeln aufbaut und Pepper einen sauberen Anstoß hinlegt.

Brooke lehnt sich zu mir rüber und flüstert mir zu: „Zwischen den beiden herrscht eine ziemlich große Spannung."

„Jep. Und es ist irgendwie sexy, oder?"

„Total sexy."

„Babe", ruft Bishop von seinem Tisch aus nach Brooke. „Komm mal kurz her … Ich möchte dir Eriks Vater vorstellen."

Brooke wirft mir einen entschuldigenden Blick zu und rutscht von ihrem Hocker. „Bin gleich wieder da. Wir haben eine Menge nachzuholen, ich weiß."

„Schon okay", sage ich und springe ebenfalls auf. „Ich gehe nur eben ins andere Zimmer und schaue nach Billy. Aber dann will ich die ganze Geschichte hören, was zwischen dir und Bishop passiert ist."

Sie grinst mich an und nickt in Richtung des Weins. „Wir trinken die Flasche aus und ich erzähle dir alle schmutzigen Details."

Ich habe Brooke zum ersten Mal im Mannschaftsflugzeug bei unserem allerersten Auswärtsspiel getroffen. Sie arbeitete zu der Zeit in der Team-Service-Abteilung und reiste mit den Jungs. Sie war mit Bishop „zusammen", was für viele eine

Überraschung war, da sie die Tochter des Trainers ist. Es stellte sich heraus, dass alles nur vorgetäuscht war, und dann wurden sie von der gleichen Frau geoutet, die Erik wegen sexueller Belästigung verklagte. Das Ganze flog mit großem Tamtam auf und war überall in den Nachrichten zu sehen, aber im nächsten Moment waren Brooke und Bishop ein echtes Paar. Ich weiß, dass es eine tolle romantische Geschichte werden wird.

Ich verlasse den Billardraum und gehe ins Arbeitszimmer, wo ich hinter der Couch hereinkomme, auf der Erik sitzt. Er lehnt sich nach vorn, hockt auf der Kante des Kissens und ist neben Billy in ein Feuergefecht vertieft. Ich trete um das Sofa herum und stelle mich natürlich an die Seite, damit ich nicht die Sicht auf den Fernseher blockiere.

Erik sieht mich aus dem Augenwinkel, wirft mir einen kurzen Blick zu und dann ein Grinsen, bevor er sich wieder dem Fernseher zuwendet. „Was gibt's, Babe?", fragt er.

„Ich wollte nur sehen, ob ihr beide etwas braucht."

Billy beachtet mich gar nicht, während er seinen Controller bearbeitet und sein Charakter auf dem Bildschirm mit einem lauten *Rat-A-Tat-Tat* eine automatische Waffe abfeuert. Ein riesiges Fass mit Treibstoff explodiert und schaltet drei Gegner aus.

„Alles gut", sagt Erik, ohne mich anzuschauen.

„Billy?", frage ich.

Er ignoriert mich, völlig konzentriert auf das Spiel.

„Bei ihm auch", antwortet Erik an seiner statt und nimmt sich tatsächlich einen Moment Zeit, den Fernseher zu ignorieren und sich mir zuzuwenden. „Ich habe ihm vorhin im Bad geholfen."

Meine Brust scheint sich zusammenzuziehen, oder vielleicht ist es mein Herz, das anschwillt, aber es berührt mich zutiefst, dass Erik es auf sich genommen hat, bei Billys Toilettengang zu helfen. Eine Welle von Emotionen trifft mich hart, und ich sauge einen tiefen, beruhigenden Atemzug ein, damit ich nicht anfange, wie ein Baby zu weinen.

„Blue … bist du okay?", fragt Erik, das Spiel nun völlig vergessen. Sein Gesichtsausdruck wirkt leicht besorgt.

Ich lächle ihn an und lache dann. Ich lüge ihn an. „Ja. Ich war nur in Gedanken versunken. Ich habe vergessen, mich um die Schlagsahne für die zweite Runde Kuchen zu kümmern. Das hole ich jetzt nach."

Erik beobachtet mich genau, vielleicht spürt er die Lüge, aber schließlich lächelt er. „Na gut."

Er richtet seine Aufmerksamkeit wieder auf den Fernseher, doch ich habe das Gefühl, dass ich in einem Sog von weiteren Emotionen zu versinken beginne. Ich mache mich schnell auf den Weg zurück durch das Billardzimmer, wo Brooke zum Glück immer noch mit Bishop und Pierce spricht, und durch den Hauptwohnbereich. Anstatt in die Küche, biege ich links ab und gehe durch das Foyer und durch die Vordertür hinaus, um frische Luft zu schnappen.

Ich werde nicht von Traurigkeit oder Angst oder Verantwortungsbewusstsein niedergedrückt.

Im Gegenteil, ich werde von Freude, Glück und einem Gefühl der Zugehörigkeit überwältigt. Manchmal ist es zu viel für mich, um es aufzunehmen … zu verarbeiten … zu akzeptieren. Dass Erik etwas Intimes für meinen Bruder tut, ohne auch nur zweimal darüber nachzudenken, berührt mich so tief, dass ich fürchte, ich könnte an all diesen wunderbaren und intensiven Emotionen zerbrechen.

Ich erschrecke, als sich die Haustür öffnet und Erik heraustritt. Er schließt sie hinter sich und sein Blick wandert über mein Gesicht. „Was ist los?"

So einfühlsam. So verdammt scharfsinnig.

Ich denke darüber nach, zu lügen, aber warum sollte ich? Es gibt nichts Beschämendes an meinen Gefühlen, und vielleicht muss ich sie nur mit jemandem feiern. Erik könnte diese Person sein.

„Ich war da drin einfach ein bisschen überfordert", gebe ich zu.

Erik tritt dicht an mich heran, legt die Hände an meine Wangen und beugt seinen Kopf, um mich genau anzusehen. „Willst du, dass ich alle wegschicke?"

Meine Finger umklammern seine Handgelenke und ich lache leise. „Nein. So ist es nicht. Überwältigt auf eine gute Art."

Er sagt nichts, doch ich kann sehen, dass er es nicht versteht. Er begreift es nicht, weil Erik nicht denkt, dass das, was er gerade mit Billy gemacht hat, eine große Sache ist. Ich will ihn aber nicht darauf ansprechen, denn ich will ihn nicht in Verlegenheit bringen.

Vielmehr erkläre ich es auf eine bessere Art und Weise. „Mir war nicht klar, wie viel Angst ich in den letzten Monaten hatte, seit meine Eltern gestorben sind und ich die Pflege von Billy übernommen habe. Jetzt allerdings habe ich keine mehr. Sie ist verschwunden, und das ist eine solche Erleichterung."

Erik lächelt, wirkt allerdings immer noch verwirrt. „Das ist toll und alles ... und ich bin nicht sicher, ob ich dir folgen kann."

„Sie ist weg, und ich glaube, das hat alles mit dir zu tun", sage ich, und seine Augen werden sanft, als er begreift. Er presst seine Lippen auf meine Stirn. „Und manchmal überwältigt es mich, das zu erkennen. Auf die beste Art und Weise, aber so sehr, dass ich mich vielleicht für ein paar Momente sammeln muss, bevor ich mich dabei ertappe, vor Freude zu schluchzen oder so. Das ist der Grund, warum ich hier draußen bin."

Erik schlingt die Arme um mich, und er zieht mich fest in eine Umarmung, die vollkommen verkörpert, wie sicher ich mich bei ihm fühle.

Er stützt seine Wange auf meinen Kopf und sagt: „Falls es dir damit besser geht: Du überwältigst mich auch. Genau wie du gesagt hast ... auf die beste Art und Weise."

Kapitel 23

Erik

Ich werde nicht herausfinden, was passiert ist, bis ich das Videomaterial überprüfen kann. Aber als sich das Tor aus der Verankerung löst und ich sehe, wie die beiden Spieler auf dem Eis miteinander ringen, weiß ich, dass unsere Chancen den Bach runtergehen, dieses Spiel gegen mein ehemaliges Team, die Demons, zu gewinnen.

Wir hatten die Gelegenheit, das Spiel auszugleichen. Wir lagen 3:2 zurück, und es war noch eine Minute und zehn Sekunden zu spielen. Trainer Perron winkte Legend vom Eis, und in dem Moment, in dem er es verließ, stellten wir einen zusätzlichen Stürmer auf das Feld. Da unser Tor leer war, waren wir mit einem Mann mehr in ihrer Zone und arbeiteten hart daran, den Puck ins Netz zu bringen, um den Ausgleich zu erzielen und die Verlängerung zu erzwingen.

Dax, Tacker und Bishop bilden eine so gute Offensivlinie, wie es in der Liga heutzutage nur geht. Ich übernehme die rechte Seite hinter ihnen und unser anderer Verteidiger, Carter Frost, positioniert sich vor dem Tor, um dem gegnerischen Goalie die Sicht zu versperren. Der zusätzliche Stürmer, ein junger Rookie namens Guy Demere, stellt sich ebenfalls vor dem Netz auf, wo es zu einem heftigen Geschubse kommt, um die Sichtlinie für den Torwart der Demons frei zu machen.

Tacker rückt auf die rechte Seite direkt vor mir, während Bishop die mittlere Position nahe der blauen Linie einnimmt. Dax geht auf die linke Seite, und wie erwartet, weil Tacker unser bester Spieler ist, driftet die gesamte Linie der Demons nach rechts, wenn er den Puck bekommt, anstatt ihre Position zu halten.

Von da an ist der Spielzug einfach und wir haben ihn schon Hunderte Male zusammen geübt. Tacker sollte zu Bishop passen, der den Puck direkt zu Tacker zurückspielt, sodass die Verteidigung der Demons weiterhin rechtslastig ist. Dann würde der Puck zurück zu Bishop gehen, der ihn schnell nach links zu Dax weitergibt.

Falls alles nach Plan läuft, schirmt Guy den Torwart ab und Dax ist bereits dabei, seinen Slapshot vorzubereiten, wenn Bishop beginnt, den Puck zu passen. Geht es schnell genug, sollte er im Netz landen, ohne dass die Demons es verhindern können.

Aber das ist nicht das, was passiert. Einer der Verteidiger der Demons, Lars Nilsson – der eigentlich ein guter Kumpel von mir ist, da wir drei Jahre zusammengespielt haben – stürzt sich auf Tacker und beginnt eine Schubserei mit ihm. Er verpasst Tacker einen Cross-Check in die Brust. Tacker gibt es ihm direkt zurück. Das stört den Spielfluss, sodass wir auf die linke Seite wechseln müssen, bis Tacker den Scheiß klären kann.

Der Puck geht von Bishop zu Dax, der einen Schuss in Erwägung zieht, es sich dann aber anders überlegt und ihn zu mir über das Eis spielt. Ich schaue zu Tacker, doch er ist mit Nilsson beschäftigt. Ich sehe zurück zu Dax, und da bricht die Hölle los.

Irgendwie landen Tacker und Nilsson auf dem Eis, mit Tacker oben auf. Nilsson liegt mit dem Gesicht nach unten, eingeklemmt unter Tackers Gewicht, und ich kann einen Blick in das Gesicht meines Teamkollegen werfen. Es ist voller Wut.

Tackers Stock klammert sich an Nilssons unteren Rücken und drückt ihn nieder. Ich ziehe eine Grimasse, als Tacker ein Bein hebt und sein Schienbein in den Nacken des Kerls presst. Die Schiedsrichter und sogar die Linienrichter eilen herbei, um die Spieler auseinanderzuziehen. Ihre Pfeifen trillern eine Spielunterbrechung, aber bevor sie die beiden erreichen können, holt Tacker mit dem Bein aus und tritt Nilsson brutal gegen den Kopf.

Dann macht er es noch einmal, und ich sehe, wie Nilssons Augen zurückrollen.

Tacker wird von Nilsson weggerissen; nicht von den Schiedsrichtern, sondern von zwei anderen Demons, von denen ich weiß, dass sie unserem Kapitän und besten Spieler die Scheiße aus dem Leib prügeln werden. Keiner von uns verschwendet Zeit und stürzt sich mit Höchstgeschwindigkeit ins Getümmel.

Einige Momente lang fliegen Fäuste, F-Wörter fallen und es werden neue Drohungen ausgesprochen. Weil die Schiedsrichter wissen, dass Tacker der Auslöser der Schlägerei ist, nehmen sie ihn ins

Visier und schaffen es, ihn herauszuziehen. Er wird von einem Verantwortlichen direkt zu der Tür geschoben, die vom Eis in die Umkleidekabine führt, was bedeutet, dass er eine Spieldauer-Disziplinarstrafe erhält und für den Rest des Spiels ausgeschlossen ist.

Die Fans der Demons sind außer sich vor Freude, und das ist normal.

Wir haben gerade unseren besten Spieler sowie die Überzahlgelegenheit verloren. Noch wichtiger ist, dass wir auch unser Momentum verloren haben.

Als sie einen benommenen Nilsson vom Eis holen, wird Legend wieder im Tor aufgestellt. Es kommt zum Face-Off, und wir schaffen es, den Puck in der Zone der Demons unter Kontrolle zu bringen, aber die Uhr ist unser Feind und uns läuft die Zeit davon, um unseren Angriff auf ihr Tor zu wiederholen.

Die Niederlage passt niemandem, denn was auch immer Tacker auf die Palme brachte und ihn dazu veranlasste, Nilsson anzugreifen, kostete uns jede richtige Chance, die wir hatten, um das Spiel auszugleichen und eine Verlängerung zu erzwingen.

Mit hängenden Schultern stapfen wir alle zurück in die Umkleidekabine. Obwohl wir enttäuscht und unsere Herzen wegen der Niederlage schwer sind, ist keiner von uns wirklich sauer auf Tacker.

Nun, der Trainer wird sauer sein, aber als Spieler wissen wir alle, dass das jedem von uns hätte passieren können. Wir spielen immer mit Leidenschaft und Feuer. Es ist ein gewalttätiger Sport, und wir alle müssen bei jedem Spiel Prügel einstecken. Ich habe mich auch schon einmal wie eine Bombe mit einer kurzen Lunte gefühlt. Zugegeben, das passiert den erfahrenen Spielern nicht oft und Tacker besitzt da draußen normalerweise viel mehr Reife und Selbstbeherrschung, aber nun ist er eben ausgerastet und ich werde deshalb nicht losflennen.

Die Stimmung ist düster und ruhig, sobald wir in die Umkleidekabine kommen. Legend kann ein Hitzkopf sein, und er legt eine große Inszenierung hin, indem er seinen Stock in seinen Spind knallt. Der Rest von uns zieht sich in aller Ruhe aus und einer nach dem anderen geht unter die Dusche. Als ich reinkomme, kommt Tacker mit gesenktem Kopf heraus und weigert sich, uns ins Gesicht zu sehen.

Ich gebe ihm einen leichten Faustschlag gegen seinen Bizeps, gehe an ihm vorbei und murmle: „Mach dir keinen Kopf, Kumpel."

Er antwortet nicht.

Als ich aus der Dusche komme und zurück zu meinem Spind gehe, ist Tacker nirgends zu sehen.

Und dann höre ich es.

Coach Perron brüllt aus voller Kehle im Büro des Gästetrainers, das an die Umkleidekabine angrenzt. Die Tür ist geschlossen und die Wände sind aus Ziegelsteinen, aber die Stimme des wütenden Trainers lässt sich nicht dämpfen.

„Du gottverdammter dummer Hurensohn solltest es besser wissen", schreit er.

Wir hören kein Wort von Tacker, und ich kann mir vorstellen, dass er sich hartnäckig weigert, das Wort zu ergreifen. Es ist das Beste, den Coach sich austoben zu lassen, der fortfährt:

„Und wenn du denkst, dass ich sauer bin, weil wir dieses Spiel verloren haben, dann irrst du dich. Ich bin sauer, weil du dafür mit Sicherheit eine Strafe bekommen wirst. Du wirst für wer weiß wie viele Spiele gesperrt werden und das Team als Ganzes wird seinen Schwung verlieren. Und das alles nur, weil du dein Temperament nicht zügeln konntest und die blöde Entscheidung getroffen hast, eine Schlägerei anzufangen, als wir einen echten Vorteil von sechs gegen fünf hatten.“

Es gibt einen Moment der Stille und dann schreit der Coach: „Hast du denn gar nichts zu deiner Verteidigung zu sagen?“

Schweigen.

Darauf brüllt der Coach: „Geh mir aus den Augen, Hall.“

Als sich die Tür öffnet, drehen wir uns alle um und tun so, als ob wir das Gespräch gerade nicht belauscht hätten. Aus dem Augenwinkel sehe ich, wie Tacker seine Tasche packt und aus dem Umkleideraum stürmt, vermutlich zum Mannschaftsbus, der uns direkt zu unserem Hotel bringen wird.

„Was zum Teufel ist da draußen passiert?“, murmelt Bishop, nicht laut genug, dass es alle hören können, aber genug von uns tun es.

„Keine Ahnung“, erwidere ich.

„Es ist zu schnell geschehen", kommt es von Dax.

„Ich habe es gesehen", sagt Carter leise und macht ein paar Schritte auf uns zu. Er senkt den Kopf und seine Stimme noch weiter. „Oder besser gesagt, ich habe es gehört. Nilsson hat Tacker immer wieder mit seinem Stock geschubst und versucht, ihn zu reizen, aber es hat nicht funktioniert. Also hat er zu Worten gegriffen."

„Was hat er gesagt?", fragt Bishop mit zusammengebissenen Zähnen.

Carter schüttelt angewidert den Kopf. „Er hat den verdammten Flugzeugabsturz erwähnt."

„Was?", knurre ich und schieße mit der Hand an der Taille von der Bank hoch, um mein Handtuch festzuhalten.

Carter nickt. „Er sagte, dass er genauso gut Hockey spielt, wie er Flugzeuge fliegt."

„Verdammter Mistkerl", schreit Bishop und rammt seine Faust an den Rahmen seines Spinds. „Ich werde diesen Wichser Nilsson umbringen. Ich werde heute Abend sein Haus finden und ihn umbringen. Du weißt doch bestimmt, wo er wohnt, oder, Erik?"

„Ja", sage ich, weil ich voll und ganz seiner Meinung bin. Das war eine so verdammt üble Aktion, wie ich sie noch nie bei einem anderen Spieler gesehen habe, und ich habe schon einige wirklich beschissene Dinge auf dem Eis mitbekommen.

Tacker gegenüber den Flugzeugabsturz zu erwähnen, war unter aller Sau. Ich kann mir nicht einmal vorstellen, was Tacker durch den Kopf ging, aber ich habe die Wut in seinen Augen gesehen, und jetzt weiß ich, warum er angegriffen hat. Die beiden Kniestöße gegen den Kopf sind beabsichtigt gewesen – und wurden wahrscheinlich in der Absicht ausgeführt, Nilsson ernsthaft zu verletzen. Tacker wird zweifelsohne richtig Probleme bekommen.

Aber Mist. Tacker hat das kleine Flugzeug geflogen, mit seiner Verlobten an seiner Seite, die er in ein paar Wochen heiraten wollte. Ich habe Gerüchte gehört, dass sie nicht sofort gestorben ist, sondern noch eine ganze Weile litt. Tacker war im Wrack eingeklemmt und konnte ihr nicht helfen. Ich habe auch gehört, dass die Rettungskräfte über vier Stunden brauchten, um sie zu erreichen. Wenn seine Verlobte diese Zeit brauchte, um zu sterben, während er dabei zusah und nichts tun konnte, kann ich es Tacker nicht verübeln, dass er den Kerl attackiert hat.

Wenn das mit Blue passiert wäre …

Verdammt … Daran kann ich nicht einmal denken.

Ja … Ich bin dafür, dass wir Nilsson heute Abend umbringen.

Da Legend nicht länger mit Valerie, der Flugbegleiterin, vögelt, können wir nicht mehr Räume tauschen. Deshalb reserviere ich jetzt in jedem Hotel, in dem wir übernachten, ein Zimmer, das Blue und ich uns teilen. Ich halte das für die beste Verwendung des wahnsinnig vielen Geldes, das ich verdiene.

Ich gehe aus dem Bad, nachdem ich das Kondom entsorgt habe, das ich gerade gefüllt hatte, und rutsche zurück ins Bett neben sie. Ich mache mir nicht die Mühe, die Decke hochzuziehen, denn mir ist immer noch warm von dem irren Sex, den wir gehabt haben. Trotz der Tatsache, dass ich nach einem Spiel erschöpft bin, finde ich Energie in meinem Reservetank, um mit Blue hart zur Sache zu kommen.

Heute Abend hatte sich außerdem ein bisschen Wut in mir aufgestaut wegen dem, was vorhin mit Tacker passiert ist. Ich schrieb Bishop eine Nachricht, als ich ins Zimmer kam, und er sagte, Tacker sei abgehauen, sobald wir von der Arena zurück ins Hotel kamen. Niemand hat ihn seitdem gesehen, und ich hoffe, dass es dem Mistkerl gut geht.

Ein paar der Jungs sind heute Abend ausgegangen, und einige meiner ehemaligen Demons-Teamkollegen haben versucht, mich zu überreden, mit ihnen abzuhängen, um sozusagen meine glorreichen Tage hier wieder aufleben zu lassen. Ich lehnte aus zwei Gründen ab. Erstens: Ich will im Moment nicht in ihrer Nähe sein. Ich wette, dass sie alle denken, dass es ziemlich beschissen war, was Nilsson zu Tacker gesagt hat, aber sie sind immer noch Teamkollegen von ihm und würden ihm gegenüber loyal sein. Ich bezweifle, dass ich heute Abend die Ruhe bewahren kann.

Doch viel wichtiger ist, dass ich Blue habe. Mir ist heute nicht nach Party zumute. Ich könnte Blue mitnehmen, aber ich will nicht, dass sie mich mit meinen alten Freunden feiern sieht. Diese Tage liegen hinter mir. Blues Partytage liegen auch hinter ihr, und ich erinnere mich nur zu gut, wie beleidigt sie war, als ich sie ein Partygirl nannte.

Für mich war es besser, tief in meinem Mädchen zu versinken – oder sogar ruhig neben ihr im Bett zu liegen –, als heute Abend auszugehen.

„Irgendetwas stört dich", sagt Blue in die Dunkelheit hinein, während sie auf mich zurollt. Sie legt einen Arm über meinen Bauch und malt mit den Fingerspitzen Muster auf meine Brust.

Ich lächle in die Finsternis. Trotz der Tatsache, dass wir uns gerade gegenseitig extreme Lust bereitet haben, wusste sie um die Wut, die ich schweigend in mir trage.

„Weißt du von dem Kampf, in den Tacker heute Abend verwickelt war?", frage ich sie.

„Ja."

Ich erzähle ihr, warum es passiert ist, und fühle mich gezwungen, sie in meine Arme zu ziehen, als sie vor Empörung über das aufkeucht, was Nilsson zu Tacker gesagt hat. Ich halte sie ruhig, während sie ihrer eigenen Wut freien Lauf lässt, indem sie sehr bunte Schimpfwörter benutzt und sich erkundigt, ob wir Nilsson umbringen können. Wie Bishop fragt sie: „Du weißt, wo er wohnt, oder?"

Aber sie beruhigt sich, genau wie ich, und dann wird sie schwermütig wegen Tackers Erlebnissen. „Ich wünschte, er würde sich von uns helfen lassen."

„Ich weiß nicht, ob wir das können", antworte

ich, während ich ihren Rücken streichle. „Wie hilft man einem Mann darüber hinweg, die Frau, die er liebt, sterben zu sehen?"

Ich weiß, dass ich nicht über den Tod von Blue hinwegkommen würde.

Ich frage mich, ob das bedeutet, dass ich mich in sie verliebt habe? Vermutlich tut es das.

Kapitel 24

Erik

Mein Haus ist ruhig, als ich durch die Garage direkt in die Waschküche gehe. Natürlich ist es ruhig, da ich der Einzige hier bin. Nur jetzt stört mich die Stille, weil ich lieber die Stimme von Blue höre, die mich begrüßt.

Ich jongliere die Einkaufstüten in meinen Händen und lege meine Schlüssel auf die kleine Ablage neben der Tür. Ich finde Trost in der Tatsache, dass Blue bald hier sein wird. Während ich beim Nachmittagstraining war, ist sie kurz zu Billy gefahren, und anschließend hatte sie vor, ihre Wäsche zu waschen, bevor sie zu mir nach Hause zurückkommen würde. Wir haben nur geplant, Abendessen zu kochen und einfach den Abend hier zu verbringen. Morgen fahren wir zu einem Spiel nach Calgary. Vom dortigen Team wurde ich mit achtzehn Jahren in die Liga geholt. Ich habe zwei Jahre für die Wild gespielt und dann drei Jahre für die Atlanta Sting, ehe ich zu den Demons ging.

Jetzt, wo ich in Phoenix bei meinem vierten Profiteam bin und Blue habe, hoffe ich irgendwie, dass ich hierbleiben kann.

Ich wollte Blue meine Waschmaschine und den Trockner für ihre Wäsche anbieten, aber ich hatte Angst, dass das seltsam wirken könnte – als ob ich vielleicht zu schnell zu viel will.

Genauso wie ich meinen Pick-up gegen einen Van mit einer elektrischen Hebebühne hinten eintauschen möchte, damit wir nicht jedes Mal einen mieten müssen, wenn wir Billy und seinen elektrischen Rollstuhl transportieren wollen.

Außerdem hätte ich es gerne, dass Blue einfach bei mir einzieht. Dass sie bleibt, da sie ohnehin jede Nacht da ist, wenn wir in der Stadt sind. Sie soll ihr beschissenes kleines Mietshaus in einer schlechten Gegend der Stadt loswerden und zu mir in die Vorstadt ziehen, damit wir wie eine Familie sein können.

Ich biete ihr nichts davon an, weil ich Angst habe, dass es zu schnell und zu früh ist. Obwohl das im Grunde nur eine Vermutung meinerseits ist, da ich nichts habe, womit ich die jetzige Erfahrung vergleichen könnte. Diese Art von Gefühlen für eine Frau zu haben, ist völlig neu und verdammt beängstigend.

Vielleicht sollte ich mit Bishop reden. Er und Brooke haben sich sehr schnell ineinander verliebt. Er hat wahrscheinlich einen Rat, wie schnell *zu* schnell ist, um zusammenzuziehen oder einen behindertengerechten Van zu kaufen.

Ja, einige dieser Dinge sind der nächste logische Schritt in unserer Beziehung. Wir haben zugegeben, dass wir verrückt nacheinander sind. Wir haben familiäre Sachen zusammen unternommen, die sich völlig natürlich angefühlt haben, obwohl ich das zum ersten Mal erlebe. Wie zum Beispiel Thanksgiving letzte Woche hier bei mir zu Hause.

Gut, ich habe den Ort zur Verfügung gestellt, aber Blue war die wahre Gastgeberin. Sie koordinierte das Essen, bereitete den Truthahn und den Schinken zu und sorgte dafür, dass sich alle amüsierten. Sie kümmerte sich sogar um die jungen, alleinstehenden Rookies, die wahrscheinlich ihr Zuhause vermissten.

Ich meine … gerade gestern haben wir das Beste aus meinem freien Tag gemacht. Ich hatte einen Van gemietet und Blue und ich holten Billy ab. Dann gingen wir shoppen und kauften einen Baum und Dekosachen.

In den zehn Jahren, die ich als Erwachsener gelte, habe ich nie einen Weihnachtsbaum aufgestellt. Es schien mir einfach eine Menge Aufwand für wenig Belohnung zu sein. Aber als Blue erwähnt hat, dass sie einen kleinen Baum in Billys Zimmer aufstellen wolle, überkam mich etwas. Im nächsten Moment sagte ich ihr, dass ich einen bei mir zu Hause haben wolle und sie und Billy mir dabei helfen sollen. Daran war nichts Seltsames, wenn ich nach dem Lächeln auf Blues Gesicht in diesem Augenblick ging. Ihre Augen leuchteten auf, und sie sprang in meine Arme, um mich wie verrückt zu küssen.

Daran war überhaupt nichts Seltsames.

Gestern war toll. Billy war für die Ornamente im unteren Drittel des Baumes zuständig, Blue hatte die Mitte und ich die Spitze, da ich der Größte bin. Im Hintergrund lief Weihnachtsmusik, die bei mir schöne Erinnerungen an Weihnachten im Haus meiner Mutter weckte. Sogar James war an den Feiertagen viel netter und weniger grinchhaft. Mein Vater hat auch immer einen Baum aufgestellt, aber ich vermute, das lag daran, dass meine Mutter ihn dazu gezwungen hat. Ich sollte eine Tradition haben, die bei beiden gleich ist.

Gefangen in meinen Erinnerungen an die Vergangenheit gehe ich durch die Küche in das große Zimmer, wo wir den Baum aufgebaut haben. Ich stelle die Tüten auf dem Boden ab und hole die Geschenke heraus. Während Blue Billy besuchte und ihre Wäsche wusch, war ich nach dem Training im Einkaufszentrum. Nachdem ich den kostenlosen Geschenkverpackungsservice in jedem Geschäft ausgenutzt habe, kann ich nun eine glänzende Schachtel nach der anderen unter den Baum legen. Bis jetzt sind es Schmuck und ein paar Dessous für Blue, und für Billy eine Nintendo Switch mit verschiedenen Spielen, jedes einzeln verpackt.

Ich habe für einen kurzen Moment darüber nachgedacht, ein neues Auto für Blue zu kaufen, weil ihres alt ist und jederzeit den Geist aufgeben könnte. Aber ich habe es mir anders überlegt. Das fällt in die Kategorie „seltsam".

Es ist noch viel zu früh.

Glaube ich.

Ehrlich gesagt, bin ich mir nicht sicher.

Sie hat sich ein wenig über das Diamantarmband aufgeregt, das ich ihr gekauft habe, aber das verstehe ich nicht. Warum sollte ich für teure Geschenke bestraft werden, wenn ich jedes Jahr Millionen an Gehalt und Werbedeals verdiene?

Ich zucke zusammen, als ich höre, wie die Haustür geöffnet wird, und Blue ruft: „Erik … ich bin hier."

Mein Puls wird allein wegen ihrer Stimme schneller und ich trete vom Baum weg und in ihre Sichtlinie vom Foyer aus. Sie tritt die Eingangstür zu, weil sie einen großen Wäschekorb voller Kleidung in der Hand hält.

Blue sieht mich und grinst. „Ich hoffe, es macht dir nichts aus. Ich habe beschlossen, meine Wäsche hier zu waschen."

Es kostet mich jedes Quäntchen Willenskraft, nicht zufrieden zu lächeln, weil ich bekomme, was ich will, ohne überhaupt darum zu bitten. Also zucke ich stattdessen lässig mit den Schultern, während ich zu ihr komme. „Klar. Kein Problem."

Ich nehme ihr den Korb aus den Händen und gehe in die Waschküche, die zwischen der Küche und der Dreifachgarage liegt. Ich stelle ihn auf die Waschmaschine, und Blue schiebt sich an mir vorbei und legt eine Hand auf meinen Rücken. Ihre leichte, unschuldige Berührung fährt mir direkt bis in meinen Schwanz.

„Hast du irgendwelche Wäsche, die ich für dich mitmachen soll?", fragt sie freundlich, während sie in den Korb greift.

Ich bewege mich hinter sie und lege meine Arme um ihren Bauch, um sie an meinen Körper zu ziehen. Ich schiebe meine Hüften vor, damit sie meine harte Länge spüren kann. Blue lässt die Kleidung fallen und ihren Kopf zurück gegen meine Brust sinken.

„Ich habe etwas, was ich für dich machen möchte", raune ich ihr ins Ohr, bevor ich daran knabbere. Ich lasse meine Hand zum Knopf ihrer Jeans gleiten, öffne ihn und ziehe den Reißverschluss herunter.

Blue atmet scharf ein, sobald meine Finger unter den Bund ihres Höschens tauchen. Da ist nichts als samtweiche Haut, als ich einen Finger durch die Lippen ihrer Pussy schiebe, vorbei an ihrem harten kleinen Kitzler und in die feuchten Tiefen darunter.

Und sie ist verdammt nass. Ich gehe etwas in die Hocke, tauche einen Finger tief in sie ein und nutze die Hebelwirkung meiner Hand, die mit ihrer Muschi verbunden ist, um sie fester an mich zu ziehen. Ich kann nicht anders, als meinen Schwanz an ihr zu reiben, was am Reißverschluss meiner Jeans gleichzeitig wehtut und sich gut anfühlt.

Ich presse meine Fingerspitze, glitschig von ihren Säften, hart gegen die Spitze ihrer Klitoris. Ich weiß, dass ich Blue mit meinem Mund sehr schnell kommen lassen kann, und ich frage mich, ob mir das auch mit meinem Finger gelingen wird.

Blues Hüften kreisen, drängen mich dazu, die Reibung zu verstärken. Ich sauge einen rauen Atemzug durch die Nase ein, als Blue flüstert: „Ich komme gleich."

Fuck, sie wird schnell heiß, und ich liebe es. Es bedeutet, dass sie mehr als einen Orgasmus bekommt, bis ich mit ihr fertig bin.

„Schenk ihn mir", verlange ich, während ich das winzige Bündel empfindlicher Nerven reibe. Ich neige meinen Kopf und kratze mit den Zähnen über die zarte Haut an ihrem Hals.

Blue bäumt sich in meinen Armen auf und stöhnt in einem unglaublich langen und kraftvollen Höhepunkt auf, der von ihrem Körper in meinen vibriert.

Einfach gottverdammt perfekt und schön und alles, was ich verdammt noch mal haben will.

Als Blues Beine nachgeben und sie sich an mich schmiegt, nehme ich meine Hand zwischen ihren Beinen weg. Ich hebe sie hoch in der Absicht, sie an einen bequemeren Ort zu bringen.

Ich beschließe, dass das Schlafzimmer zu weit weg ist, und entscheide mich stattdessen für das große Sofa im großen Raum. Es steht vor dem Weihnachtsbaum, den wir in einer Ecke aufgestellt haben, und vor einer riesigen Fensterfront, die in den Garten hinausgeht. Das Wasser des Pools ist orange und rosa von der untergehenden Sonne und es ist ein romantischer Anblick.

Ich stelle Blue auf die Füße und sie hat sich offenbar genug erholt, um beim Ausziehen zu helfen. Wir lassen mit vielen Küssen und viel Lachen zwischendurch die Hüllen fallen, besonders während der ungelenken Momente, in denen wir uns hinsetzen müssen, um unsere Schuhe und Socken loszuwerden.

Dann liegt sie nackt auf der Couch unter mir, und

auf dem Couchtisch befindet sich ein Kondom, bereit zum Einsatz.

Aber zuerst noch mehr Küsse.

Und Berührungen.

Blues Hände sind überall auf mir, zeichnen Linien und Muskeln und Brustwarzen nach. Sie fährt mit der Handfläche über meinen Schwanz, lässt ihre Finger über die Spitze flattern. Sie werden feucht, das weiß ich.

Ich manövriere uns so, dass wir auf der Seite liegen, die Vorderseiten unserer Körper aneinandergepresst, sodass wir uns bequem küssen können. Ich bewege meinen Mund weg von ihrem, zu ihrem Kiefer, und necke von dort aus ihren Hals. Sie ist gezwungen, ihren Griff um meinen Schwanz zu lösen, als ich zu ihrem Schlüsselbein hinunterwandere, zur Mitte ihres Oberkörpers und dann hinüber zu einer perfekten, vollen und runden Brust mit einem harten Nippel, der nach meinem Mund bettelt. Blues Arme legen sich um meinen Kopf, und sie wiegt mich, während ich an der Spitze arbeite.

Ich bin so verdammt steif, dass mein Schwanz unangenehm pocht, und doch bin ich nicht in Eile. Tatsächlich möchte ich mir Zeit mit ihr lassen. Kein hektisches Ficken, sondern sanftes Erforschen. Es könnte Stunden dauern, wenn es nach mir geht.

Gerade als ich mit meiner Zunge unter der unteren Wölbung ihrer Brust entlangfahre, klingelt Blues Handy. Es ist der Klingelton vom *Cresson;*

ich erkenne ihn inzwischen, da ich ihn fast täglich höre. Meistens ruft einer der Helfer an, weil Billy, so gut es geht, mit Blue am Telefon reden will. Manchmal benutzt er ein Sprache generierendes Gerät, ein anderes Mal kommuniziert er mit einer Kombination aus Worten und Zeichen über Face-Time. In diesen Konversationen wird nicht viel gesprochen, aber das liegt oftmals daran, dass Billy seine Schwester einfach sehen will, wenn auch nur über den Bildschirm.

Blue spannt sich unter mir an, und ich hebe den Kopf, um sie anzusehen. Sie starrt mich mit großen, fiebrigen Augen an und fleht mich an, weiter nach unten zu gehen. Doch ihr Ausdruck ist hin- und hergerissen, denn ich erkenne das automatische Bedürfnis, dem Ruf ihres Bruders zu folgen. Sie legt den Kopf schief und schaut auf ihre Handtasche auf dem Boden, in der sich ihr Handy befindet.

Sie blickt zu mir zurück. Die Unentschlossenheit ist auf jedem Zentimeter ihres schönen Gesichts eingebrannt.

Ich beschließe, ihr zu helfen, eine Entscheidung zu treffen. „Ignoriere es, Süße."

Ich neige mich nach unten und drücke ihr einen Kuss auf den Bauch, bevor ich ihr wieder in die Augen sehe. „Nimm dir eine Nacht frei. Du darfst das, weißt du. Lass uns heute Nacht den Rest der Welt ignorieren. Sei heute Nacht einfach nur *mein*."

Blues Blick wird sanfter und sie leckt ihre Unterlippe. Dann lächelt sie mich an, während ihre Finger zu meinem Kopf wandern und sie mich dazu drängt, meine Reise auf ihrem Körper fortzusetzen.

Das Handy wird ignoriert und mein Mund findet zu ihrer Pussy. Ich lecke Blue langsam und mache sie dabei wahnsinnig. Sie windet sich und bettelt und flucht, als ich sie endlich kommen lasse. Ihre Beine liegen über meinen Schultern, ihre Innenschenkel drücken meinen Kopf, während sie sich anzüglich gegen meine Zunge stemmt und auf den Wellen der Lust reitet, bis sie abebben.

Dann stoße ich mich von ihr ab, schnappe mir das Kondom und habe es in wenigen Sekunden übergezogen. Ich lege meinen Körper auf ihren und genieße es, wie sich meine Länge gegen ihre presst. Brust an Brust, Bauch an Bauch, Schwanz an Pussy.

Sie spreizt die Beine, und ich dringe in sie ein, während sich gleichzeitig unsere Münder finden. Ein inniger, intensiver Kuss, der ein grollendes Stöhnen verursacht. Mein Schwanz versinkt mit jedem langsamen Stoß tiefer in ihr.

Ich habe überlegt, das Ganze in die Länge zu ziehen, weil ich glaubte, das gemächliche Tempo würde unser Vergnügen verlängern. Aber als ich den Fehler mache, meinen Mund von Blue zu nehmen, um in ihr Gesicht zu schauen, gibt es kein Halten mehr. Ihre Augen … Tiefen, die etwas so Schönes reflektieren, dass es mir den Atem raubt.

Und das Durchhaltevermögen.

Ich ziehe die Hüften etwas zurück, kann nicht

anders und stoße wieder hart in sie.

„Ja", flüstert sie und weigert sich, ihren Blick zu senken. Ihre Augen fordern mich, alles zu geben, was ich habe.

Ich schiebe eine Hand zwischen unsere Körper. Meine Fingerspitzen finden ihre Klitoris. Ich betrachte es nicht als Übergang vom Liebesspiel zum Vögeln, als ich mich schneller in ihr bewege. Es ist nur ein schnelleres Liebesspiel, das ist alles.

„Genau so", stöhnt Blue, während ich stoße und stoße und stoße … in diese Frau, die mein Herz vollkommen erobert hat.

Ich gebe ihr meine Finger und meinen Schwanz und hoffe, sie versteht, dass mein Herz inbegriffen ist.

„Ich komme", schreit sie, ihre Hüften wölben sich nach oben und sie gräbt ihren Kopf zurück in die Sofakissen.

„Fuck, yeah", knurre ich, als ich ein letztes Mal schön tief eindringe und mit ihr zum Orgasmus komme. Starke, pulsierende Wellen, die mir die Kraft rauben und mich am Ende auf ihrem Körper zusammenbrechen lassen.

Ich drehe uns auf die Seite und schlinge mich um sie, beide Arme und Beine. Ihr Kinn ruht auf meiner Schulter und sie umarmt mich zurück. Wir liegen einfach so da, ohne die perfekte und besinnliche Stille mit Worten des Staunens und der Ehrfurcht über das, was wir gerade erlebt haben, zu unterbrechen.

Kapitel 25

Erik

Ich bin von Natur aus ein Frühaufsteher, denn ich habe es schon immer bevorzugt, morgens als Erstes zu trainieren. Die meiste Zeit meines Lebens als Eishockeyspieler war ich spätestens um sechs Uhr auf den Beinen, sei es, um mit meinen Kumpels auf einem zugefrorenen Teich zu spielen oder um im Kraftraum zu trainieren.

Dieser Morgen ist nicht anders, trotz der Tatsache, dass Blue und ich letzte Nacht sehr wenig Schlaf bekommen haben. Nach diesem unglaublichen, verdammt überragenden Sex auf der Couch haben wir den Kühlschrank geplündert, um etwas zu essen und zu trinken. Wir trugen unsere Beute nach oben, ließen unsere Klamotten überall auf dem Wohnzimmerboden liegen und aßen ein Festmahl aus harter Salami, hart gekochten Eiern und rohen Karotten und tranken Wasser in Flaschen zum Abendessen.

Dann vögelten wir wieder.

Schliefen ein.

Wachten auf.

Fickten erneut.

Wiederholten den ganzen Vorgang noch einmal gegen vier Uhr. Mein Schwanz schmerzt, und ich wette, Blue ist verdammt wund, aber verflucht, das war es wert. Mein Glied regt sich sogar leicht bei der Vorstellung, sie auf den Bauch zu rollen und von hinten in sie hineinzustoßen, während sie schläft.

Natürlich wäre es unendlich viel besser, wenn ich das tun könnte, ohne mir Gedanken über ein Kondom zu machen. Wir müssen das einfach auf die Liste der Dinge setzen, die ich gern verwirklichen würde, um diese Beziehung voranzutreiben.

Blue schläft auf der Seite und zur Hälfte auf mir. Normalerweise liege ich auf dem Rücken, die Arme und Beine in sämtliche Richtungen gestreckt, aber seit Blue nachts mein Bett teilt, habe ich meine Gewohnheiten geändert. Stattdessen ruhen wir so, dass ihre Beine zwischen meine und ein Arm über meinem Bauch geschoben ist. Ihr Kopf liegt auf meiner Schulter und ich umarme ihre Taille. Wir schlafen wie tot und bewegen uns nicht. Unsere Körper sind mit diesem Arrangement offenbar einverstanden.

Ich öffne die Augen und hebe den Kopf. Laut der Digitaluhr auf meiner Kommode ist es 5:58 Uhr, und ich beginne, im Geiste eine Liste zu erstellen, was alles erledigt werden muss. Das Teamflugzeug startet um elf Uhr zu unserem Flug nach Calgary. Es ist ein Kurztrip, weshalb wir gestern ein komplettes Training hatten. Wir werden vom Flughafen direkt mit dem Bus zur Arena fahren, wo die Vengeance fünfundvierzig Minuten lang das Eis haben werden. Der Trainer sagte, dass es ein leichtes Schlittschuhlaufen sein wird. Danach fahren wir ins Hotel, um uns ein wenig auszuruhen und als Team ein frühes Essen einzunehmen.

Dann geht es zurück in die Arena zum Spiel, und schließlich wieder ins Flugzeug, um zu einem Heimspiel am nächsten Tag nach Phoenix zu fliegen.

Brutal, aber da kommen die komplett umklappbaren Sitze im Flieger gerade recht, damit wir uns in der Luft ausruhen können.

Ich hebe den Kopf und gebe Blue einen Kuss auf den Scheitel, was sie dazu bringt, sich zu regen. Sie hat sowieso einen leichten Schlaf und ist auch ein Morgenmensch, also habe ich kein schlechtes Gewissen.

Sie schmiegt sich enger an mich und sagt mit einer heiseren, sexy Stimme, die meinen Schwanz zucken lässt: „Guten Morgen."

„Morgen", antworte ich.

„Ich habe Hunger", murmelt sie und senkt ihren Kopf, um ihre Lippen an meine Kehle zu drücken.

„Auf Essen oder Sex?"

„Essen", brummt sie. „Das gestern Abend war scheiße."

„Aber der Sex war toll, oder?"

„Er war großartig", stimmt sie zu.

„Dann lass uns mal Frühstück machen!" Ich gebe ihr einen Klaps auf den Po.

Sie kichert und rollt sich von mir weg. Ich nehme mir einen Moment Zeit, um ihren nackten Körper anzustarren, als sie das Bett verlässt und ins Bad geht, wobei sie sich die Haare auf dem Kopf zusammendreht.

Ein verflucht phänomenaler Arsch. Ich würde ihn

verdammt gern ficken und bin mir ziemlich sicher, dass es Blue auch gefallen würde. Sie ist richtig abenteuerlustig im Bett.

Sobald sie verschwunden ist und die Tür hinter sich geschlossen hat, rolle ich in die andere Richtung vom Bett. Aus meiner Kommode schnappe ich mir Trainingsshorts und ziehe sie an. Ich gehe nach unten, um uns beiden eine Tasse starken Kaffee zu machen und Speck zu braten.

Während ich aus dem großen Zimmer in die Küche komme, klingelt das Handy von Blue in ihrer Handtasche, die immer noch auf dem Boden inmitten der Klamotten liegt, die wir gestern Abend von uns gerissen haben. Es ist der Klingelton für das *Cresson*, also tue ich etwas, was ich normalerweise nicht wage, nämlich in die Tasche einer Frau zu greifen. Ich ziehe das Handy gerade heraus, als ich Blue die Treppe herunterkommen sehe. Sie trägt eines meiner T-Shirts und hoffentlich kein Höschen darunter. Ich stelle mir vor, wie sie sich beim Kaffeetrinken mit den Unterarmen auf die Kücheninsel stützt und ich hinter ihr stehe, während das T-Shirt hochrutscht und enthüllt, wie …

Blue reißt mir das Handy mit einem Grinsen aus der Hand, vielleicht weil meine Augen glasig geworden sind und sie wusste, dass ich schmutzige Gedanken habe. Ich wende mich ab und gehe in die Küche, um mir einen Kaffee zu machen, während sie ans Telefon geht.

Ich halte inne, als Blue mit völlig panischer Stimme ausruft: „Was?"

Mein Kopf schnellt in ihre Richtung wegen des Alarms in ihrem Ton. Ihr Gesicht ist blass, die Mundwinkel sind nach unten gezogen.

Blue schweigt einen Moment lang, dann spannt sich ihr Körper an. Ihre Hand hebt sich und flattert nervös an der Basis ihres Halses, während sie zuhört, und mein Magen beginnt sich zu drehen, als sich ihre Miene mit Schmerz füllt.

„In welchem Krankenhaus ist er?", fragt sie, und das lässt mich in Aktion treten. Ich schnappe mir die weggeworfenen Klamotten vom Boden, weil ich denke, dass es schneller geht, sie anzuziehen, statt wieder nach oben zu gehen. Ich trenne die Sachen und lege die von Blue auf den Couchtisch, während ich mich so rasch wie möglich anziehe. Bis Blue die Verbindung unterbricht, habe ich alles an, außer meinen Socken und Schuhen.

Sie schenkt mir nicht einmal einen Blick, sondern fängt an zu reden, zieht den Slip an und reißt sich dann mein T-Shirt vom Leib, um den BH anzuziehen. „Das war der Direktor des *Cresson*. Billy ist gestern Abend gestürzt, als er von seinem Stuhl in sein Bett gehoben wurde."

„Und er ist im Krankenhaus?", frage ich, setze ich mich hin und beschäftige mich mit meinen Socken und Schuhen.

Sie nickt und zieht mein T-Shirt linksherum an, aber ich mache mir nicht die Mühe, sie darauf hinzuweisen. Blue ist es egal, wie sie aussieht, und hier geht es um Schnelligkeit. „Er … ähm … hat sich den Arm gebrochen. Er hat sich auch ziemlich den Kopf angeschlagen, doch sie haben einen CT-Scan gemacht und es gibt keine Schäden an seinem Gehirn."

Okay … das klingt gar nicht so schlecht. Es hätte so viel schlimmer sein können, allerdings sind das Worte, die ich für mich behalte. Niemand will das hören, wenn er sich Sorgen um einen geliebten Menschen macht.

Blue hält inne, ihre Sandalen in der Hand, und dreht sich zu mir um. Ich kann den Ausdruck auf ihrem Gesicht nicht ganz deuten, aber er gefällt mir nicht. „Sie haben gestern Abend versucht, mich anzurufen."

„Scheiße", murmle ich, als mir klar wird, dass das der Anruf war, den zu ignorieren ich Blue überredet habe. „Es tut mir leid, Blue. Das lief einfach nur … Scheiße."

Sie sagt nichts, sondern setzt sich auf die Couch, um ihre Sandalen anzuziehen.

„In welchem Krankenhaus ist er?", frage ich.

„St. Mary's."

In weniger als zwei Minuten sind wir angezogen und aus der Tür. Ich nehme die Corvette und überschreite sämtliche Geschwindigkeitsbegrenzungen, während Blue still dasitzt und aus dem Beifahrerfenster schaut. Ich weiß nicht, was ich zu ihr sagen soll, und würde ihre Hand ergreifen, aber sie hat beide fest in ihrem Schoß umklammert und ihren Körper leicht von mir abgewinkelt.

Ich kann ihre Körpersprache klar und deutlich lesen, also schweige ich und fahre so schnell wie möglich zum Krankenhaus.

Als ich dort bin, halte ich vor dem stationären Flügel, in den Billy eingeliefert wurde. Blue springt aus dem Auto, ohne sich nach mir umzudrehen. Ich rufe ihr nach: „Ich parke und komme hoch."

Sie schlägt die Tür zu und rennt ins Gebäude.

Auf dem Hauptparkplatz ist alles belegt und ich muss in einem Nebenbereich an der Seite des Krankenhauses parken. Als ich es zu Billys Zimmer schaffe, ist eine gute Viertelstunde vergangen, seit ich Blue an der Tür abgesetzt habe.

Sobald ich mich dem Zimmer nähere, höre ich Blues Stimme, bevor ich sie durch die halb geöffnete Tür sehe. „Es tut mir so leid, Billy. Bitte sei nicht böse."

Ich habe mich noch nie in meinem Leben mehr vor etwas gefürchtet, als diese Tür aufzustoßen und das schmerzhafte Wiedersehen zwischen Bruder und Schwester mitzubekommen. Aber ich tue es, weil Blue mich braucht.

Sie sitzt auf der Kante seines Bettes und er sieht bemitleidenswert aus. Sein linker Arm ist von der Hand bis zum mittleren Oberarm in einem Neunzig-Grad-Winkel zu seinem Körper eingegipst. Das sagt mir, dass wahrscheinlich sein Ellbogen betroffen ist. Er hat einen weißen Verband an der linken Seite seines Kopfes, direkt am Haaransatz. Vermutlich hat er sich bei dem Sturz auch am Kopf geschnitten, sodass ich teilweise froh bin, dass Blue nicht dabei war. Kopfwunden bluten wie die Sau.

Billy hat sein Gesicht von seiner Schwester abgewandt und weigert sich, sie anzusehen. Er starrt stur auf die Wand neben seinem Bett. Eine Krankenschwester, die ich vorher nicht bemerkt habe, wirft mir einen mitfühlenden Blick zu und schiebt sich an mir vorbei, um den Raum zu verlassen.

„Billy." Blue sagt seinen Namen leise, und das Flehen in ihrer Stimme lässt meine Brust schmerzen. „Es tut mir leid, dass ich gestern Abend nicht ans Telefon gegangen bin. Ich schätze, ich hätte nie gedacht, dass so etwas Gefährliches passieren könnte. Aber ich schwöre dir, das wird nie wieder passieren."

Billys Kopf rollt auf dem Kissen und er richtet anklagende Augen auf seine Schwester. Er hebt beide Arme, den im Gips nur wenige Zentimeter von seinem Bauch, wo er geruht hat. Er krümmt seine Finger zu Krallen und legt die Spitzen dann auf seinen Bauch, auf den er wiederholt tippt.

Blue beobachtet die Bewegung und sieht ihren Bruder wieder an. Sie nimmt seine gesunde Hand. „Ich weiß. Ich weiß, du bist wütend auf mich, und ich verdiene es. Aber bitte verzeih mir. Ich werde dich nie, nie mehr so im Stich lassen."

Ich gehe einen weiteren Schritt in den Raum und Blues Kopf dreht sich zu mir. Sie starrt mich einen Moment an und schaut zurück zu Billy, der sich erneut hartnäckig weigert, sie anzusehen. Er rollt seinen Kopf auf dem Kissen und stiert die Wand an.

Mit einem langen Seufzer lässt Blue die Hand ihres Bruders los und drückt sich vom Bett hoch. Sie hebt ihr Kinn in Richtung Tür und deutet an, wir sollen nach draußen gehen.

Sie folgt mir in den Flur und zieht die Tür zu Billys Zimmer fest hinter uns zu. Die Krankenschwester, die im Raum war, ist etwa fünf Meter entfernt und tippt auf einem Laptop, der auf einem Stehpult mit Rollen steht.

Blue bemerkt sie und entscheidet sich für mehr Privatsphäre. Sie dreht sich um und geht den Flur hinunter bis zum Ende, wo sich ein Treppenhaus befindet. Sie tritt durch die Tür und ich folge ihr.

„Geht es ihm gut?", frage ich, nachdem wir allein auf dem Absatz stehen.

Sie wirbelt zu mir herum, ihr Gesicht eine Maske aus Wut und Schuldgefühlen. Ihre Stimme ist fast hysterisch, als sie ruft: „Nein, es geht ihm nicht gut. Er ist verängstigt und hat Schmerzen und ist unglaublich verletzt, dass ich nicht für ihn da war."

Ich mache mich auf mehr gefasst, denn sie muss das herauslassen.

Stattdessen holt sie tief Luft und schließt einen Moment die Augen. Nachdem sie den Atem wieder ausgestoßen hat, sieht sie mich mit weniger Zorn, aber nicht weniger Schuldgefühlen an. „Ich war nicht für ihn da, weil du mich gebeten hast, für dich da zu sein. Und ich habe zugestimmt. Ich habe meinen Bruder …"

Ihre Stimme bricht und Tränen steigen ihr in die Augen. Ich mache einen Schritt auf sie zu, doch sie streckt ihre Hände aus und wehrt mich mit einem Kopfschütteln ab.

„Mein hilfloser süßer Bruder, der sein Leben gefangen in einem kaputten Körper lebt … der nur mich in diesem Leben hat, auf die er zählen kann … und ich habe dich über ihn gestellt. Das darf ich nie wieder tun.“

„Also wirst du das nicht“, beeile ich mich, ihr zu versichern. „Wir haben gestern Abend einen Fehler gemacht. Du widmest dein Leben deinem Bruder, und was immer er braucht, gibst du ihm. Wenn du dir also mal eine Nacht freinehmen wolltest, war das okay, Blue. Es war beschissenes Timing und Pech, dass er in der einen Nacht stürzte, in der du dich entschieden hast, nicht ans Handy zu gehen. Aber es ist nicht das Ende der Welt.“

Blue schüttelt unnachgiebig den Kopf. In ihren Augen liegt immer noch ein Funken Wut, doch ihre Stimme ist kalt und distanziert. „Nein. Ich kann nicht zulassen, dass ich hin- und hergerissen bin. Ich habe mich von meinem Bruder abgewandt, als ich achtzehn war und von zu Hause wegging. Ich habe ihn damals im Stich gelassen, und das werde ich nicht noch einmal tun. Er muss meine einzige Priorität sein.“

Ich finde keine Worte. Sie sind in meiner Kehle versiegt, als sie erwähnte, dass sie ihn verlassen hatte, indem sie vor acht Jahren nach L.A. zog. Ich weiß, wie sehr sie sich für diesen Teil ihres Lebens schämt. Ich weiß, wie schrecklich ihr Gewissen sie deswegen immer noch drückt. Wenn sie die letzte

Nacht mit der Art von emotionalem Schmerz gleichsetzt, von dem sie glaubt, dass sie ihn Billy zuvor zugefügt hat, wird nichts, was ich jetzt sage, einen Unterschied für sie machen. Ich muss ihr nur Zeit geben, das ist alles.

Aber dann nimmt sie mir sogar diese Möglichkeit. „Ich kann nicht mehr mit dir ausgehen, Erik."

„Warum?", frage ich scharf. Auch wenn ich weiß, warum. Sie hat es deutlich erklärt.

„Weil du zu viel Macht über mich hast. Ich mache mir zu viel aus dir, um meine Hingabe für dich und für Billy in Balance zu halten. Es wird einfach nicht funktionieren."

„Das meinst du nicht ernst", grolle ich schroff.

„Doch", sagt sie ganz leise, aber auf eine Art und Weise, die sich anhört, als hätte sich gerade eine Ziegelmauer um sie herum erhoben. „Also … du solltest jetzt besser gehen. Du musst dich für die Reise fertig machen und das Flugzeug erwischen. Ich muss zurück zu Billy."

„Blue." Ich kann das Flehen in meiner Stimme, dass sie keine voreiligen Entscheidungen treffen soll, nicht verbergen.

„Tut mir leid", murmelt sie und schiebt sich an mir vorbei.

Ich lasse sie gehen.

Durch die Tür und zurück zu ihrem Bruder.

Ich lasse sie von mir weggehen und weiß, dass sie nicht zurückschauen wird.

Kapitel 26

Erik

„Geht es allein mir so oder sind die Mädchen in den Stripclubs in Vegas heißer als überall sonst?", fragt mich Legend mit undeutlicher, aber noch verständlicher Stimme.

Mein Blick verlässt das Glas Bourbon, das vor mir steht, und hebt sich zur Bühne vor mir. Eine blonde Frau tanzt vor uns, die Hüften kreisen und die Titten wackeln wie wild. Das macht mich überhaupt nicht an, und ich sitze nur hier, weil Legend mich nach unserer beschämenden Niederlage gegen die Vegas Spades angefleht hat, mitzukommen.

Wir haben den Arsch versohlt bekommen, was für die Arizona Vengeance derzeit an der Tagesordnung zu sein scheint.

Letzte Woche, bevor Blue mich abserviert hat, hatte die Vengeance eine beeindruckende Bilanz von dreiundzwanzig Siegen und sieben Niederlagen. Wir führten die Tabelle unserer Conference an, und Eishockeyfans in den ganzen Vereinigten Staaten waren von dem neuen Expansionsteam gebührend beeindruckt.

In den sieben Tagen seither haben wir alle vier Spiele verloren, die wir gespielt haben.

Ich kann das nicht darauf schieben, dass Blue mich abserviert hat, denn das hat keinen Einfluss auf das Team. Klar, ich bin nicht mehr so aufgedreht, wenn ich aufs Eis gehe, aber ich mache meinen Job genauso gut wie immer.

Nein, der Grund, warum wir verlieren, ist Tacker.

Die NHL hat gegen ihn eine Sperre von zehn Spielen und eine Geldstrafe von 150.000 Dollar verhängt, weil er Nilsson mit dem Knie gegen den Kopf gecheckt hat. Er hat die letzten vier Spiele nicht gespielt. Wir haben die letzten vier Spiele nicht gewonnen.

Es ist nicht nur so, dass wir unseren besten Spieler verloren haben. Großartige Spieler fallen immer wieder durch Verletzungen und Ähnliches aus und die Teams schaffen es trotzdem, gut abzuschneiden. Andere Spieler treten unweigerlich auf den Plan und machen den Verlust wett.

Aber wir verlieren jetzt, weil wir unser Mojo als Team verloren haben.

Nicht weil irgendjemand Tacker die Schuld dafür gibt, was er getan hat und dass er deshalb suspendiert wurde. Jeder Einzelne von uns applaudiert seinem Handeln insgeheim. Wir alle verstehen, was ihn angetrieben hat, und wenn es jemals eine gute Rechtfertigung für einen Spieler gab, durchzudrehen und einen anderen absichtlich zu verletzen, dann war es diese.

Das Problem liegt aber darin, dass wir als Team nicht gemeinsam daran arbeiten können. Wir können Tacker nicht unterstützen, weil er nicht über seine Probleme sprechen will. Keiner von uns kann zu ihm gehen und sagen: „Hey, Alter … Es war scheiße, was Nilsson zu dir gesagt hat, und wir wünschten nur, du hättest es geschafft, ihm noch einen Schlag an den Kopf zu verpassen, bevor du von ihm runtergezogen wurdest.“

Es ist im Grunde ein Tabuthema, über das niemand reden will.

Legend nimmt einen Zwanzig-Dollar-Schein vom Stapel Bargeld auf dem Tisch vor uns und winkt damit, um die Aufmerksamkeit der Blondine zu gewinnen. Sie stolziert eine kurze Treppe von der Bühne hinunter und lässt Legend den Zwanziger in ihren G-String stecken. Er lehnt sich in seinem Stuhl zurück, spreizt die Beine und lässt sich von ihr einen Lapdance geben.

Ich schaue einen Moment lang zu und wende mich dann wieder meinem Bourbon zu. Alkohol ist so ziemlich das Einzige, was mir Erleichterung verschafft hat, seit Blue und ich uns vor einer Woche getrennt haben.

Ich habe das Krankenhaus verlassen und entschieden, dass die Emotionen hochgekocht waren und dass sie einfach Raum brauchte, um die Dinge zu klären. Ich habe angenommen, dass sie sich innerhalb von ein oder zwei Tagen beruhigen und Billy ihr verzeihen würde. Sie würde erkennen, dass es nur ein Fehler war, dass es die menschliche Natur ist und wir besser daran arbeiten müssten, Billys Bedürfnisse in unserer Beziehung auszubalancieren. Ich war bereit, willens und in der Lage, ihr zu sagen, dass es für mich in Ordnung ist, wenn Billy immer an erster Stelle steht.

Aber es sind sieben lange Tage vergangen und

ich habe keinen Pieps von Blue gehört.

Ich brauchte allerdings nicht die komplette Zeit, um zu realisieren, dass es für sie wirklich vorbei war. Ich begriff es klar und deutlich, als Sadie uns auf dem Rückweg von Calgary mitteilte, dass Blue gekündigt hat. Anscheinend hat sie unserem Geschäftsführer eine E-Mail geschrieben und sich dafür entschuldigt, ihre Kündigung nicht selbst einzureichen, aber dass sie mit sofortiger Wirkung kündigte.

Ich schickte eine Nachricht an Blue und fragte, was los sei.

Sie hat nicht geantwortet.

Ich schickte ihr eine weitere Nachricht, dann noch eine. Schweigen.

Ich war verzweifelt und rief sie an. Ich sprach auf ihren Anrufbeantworter, aber sie rief nie zurück.

Ich verstand den Wink, und Bourbon wurde mein bester Freund.

Die Stripperin beendet ihren Lapdance und geht hinüber zu einem Tisch neben uns, an dem ein paar der Rookies sitzen und mit Bargeld herumwedeln.

„Ich bin sturzbesoffen", murmelt Legend, bevor er seinen Drink hebt und ihn leert.

„Ich bin auf dem Weg dorthin", murmle ich.

Wir sitzen einen Moment schweigend da, ich starre in meinen Drink und Legend in sein leeres Glas. Dann dreht er langsam den Kopf und sieht mich an. „Findest du, dass Pepper heiß ist?"

Ich zucke mit den Schultern. „Ja. Klar."

„Ich finde sie heiß", meint er mit einem Nicken, das nicht sehr selbstbewusst wirkt. Ich finde es allerdings faszinierend, dass Legend etwas Nettes über sie sagt. Das muss bedeuten, dass er richtig betrunken ist. „Aber das ist egal."

„Warum?", frage ich, wobei es mich ehrlich gesagt nicht wirklich interessiert. Ich habe meine eigenen Frauenprobleme.

„Dax ist mit ihr zusammen", murmelt er.

„Nein. Sie sind nur Freunde."

Legend setzt sich aufrechter hin. Seine Augen fokussieren mich mit mehr Klarheit, als ich ihm angesichts der Menge an Alkohol, die er getrunken hat, zugetraut hätte. „Woher weißt du das?"

Ich zucke mit den Schultern. „Blue hat mich einmal darauf hingewiesen, dass sie sich nie berühren oder Zuneigung füreinander zeigen. Sie sagt, sie sind nur Kumpel, die gerne zusammen abhängen."

Ein stechender Schmerz durchfährt mich bei der Erinnerung an Blue und all die Dinge, über die wir geredet haben. Das Getratsche über meine Teamkollegen und deren Liebesleben war für uns beide unterhaltsam.

„Dax ist nicht der Typ, der nur mit einer Frau befreundet ist", argumentiert Legend. „Ihm geht es einzig und allein darum, in ihr Höschen zu kommen."

„Vielleicht hat er es versucht und sie hat ihn abgewimmelt", schlage ich vor.

Legend schüttelt langsam den Kopf. „Dann würde er nicht mit ihr befreundet bleiben."

„Mir egal, Alter", sage ich, bereits gelangweilt von dem Gespräch. Es ist mir egal, ob Pepper Dax, Legend oder beide gleichzeitig vögelt, was eigentlich ziemlich heiß wäre, aber nein … Ich bringe nicht einmal die Energie auf, von der Vorstellung eines Dreiers angetörnt zu sein.

Blue hat nicht nur mein Herz gebrochen, sondern auch meinen Schwanz.

Wir verfallen wieder in Schweigen. Legend bestellt einen weiteren Drink bei einer vorbeieilenden Kellnerin und ich folge seinem Beispiel. Das Flugzeug startet morgen um acht Uhr und fliegt uns nach San Diego zu einem Spiel, bevor es zurück nach Phoenix geht. Ich muss nicht einmal nüchtern sein, um an Bord zu gehen, also bleibt noch viel Zeit zum Trinken.

„Wirst du jemals darüber reden?", fragt mich Legend und ich drehe den Kopf in seine Richtung.

Er sieht mich erwartungsvoll an. Ich bilde mir ein, auch Anklage in seinen Augen zu erkennen.

„Scheiße", murmle ich, während ich meinen Drink nehme und den letzten Rest leere. Das Schicksal meint es gut mit mir, denn genau in diesem Moment kommt die Kellnerin zurück und stellt einen frischen Highball vor mich. Ich stecke ihr einen Zwanziger zu und trinke einmal kräftig. Mit einem Zischen durch die Zähne setze ich ihn ab und drehe mich wieder zu Legend um.

Er wartet immer noch darauf, dass ich loslege, und ich bin gerade so betrunken, dass ich glaube, dass ich es tun werde. Seit unserer Trennung habe ich niemandem erzählt, was zwischen Blue und mir vorgefallen ist.

Auf der Reise nach Calgary letzte Woche, als ich im Flieger auftauchte und Blue nicht, erklärte ich meinen Kumpels auf deren Nachfrage nur, dass Blue einen medizinischen Notfall mit Billy hatte. Sobald auf dem nächsten Flug eine neue Stewardess ihren Platz übernahm, gab ich keine Erklärungen ab.

Doch jetzt wollte Legend offenbar darüber sprechen.

Ich trinke von meinem Bourbon. „Sie hat mit mir Schluss gemacht."

„Warum?", fragt er und beugt sich mit besorgtem Interesse zu mir.

Ich erzähle ihm von dem Anruf, den sie verpasst hat, weil sie mit meinem Mund zwischen ihren Beinen beschäftigt war, aber natürlich verschweige ich den Teil mit dem Oralsex. Sage nur, dass wir im Bett waren. Ich berichte ihm auch von Blues vergangenen Entscheidungen bezüglich Billy, von ihrem Weggehen von zu Hause und von den enormen Schuldgefühlen, die sie mit sich herumträgt.

Ich weiß nicht, ob Legend zu betrunken ist, um die Verbindung zwischen den Ereignissen herzustellen. Deshalb erläutere ich ihm, dass sie das Gefühl hatte, eine Beziehung mit mir und ihre Loyalität zu Billy – ihn immer an erste Stelle zu setzen – nicht unter einen Hut bringen zu können.

„Das ist verdammt dämlich", ruft er und hämmert mit der Faust auf unseren Tisch. Unsere Getränke schwappen ein wenig über.

„Da stimme ich dir zu", sage ich schleppend.

„Und wie geht es dir damit?", fragt er.

Ich habe noch nie mit einem anderen Mann über eine Frau gesprochen. Die Gelegenheit hat sich nie ergeben, aber Legend ist ein guter Kumpel und er wird sich wahrscheinlich morgen nicht mehr daran erinnern.

Also lege ich los.

„Ich bin sauer auf sie, Mann." Ich drehe mich in meinem Stuhl, um ihm besser ins Gesicht sehen zu können, und stütze meinen Arm auf den Tisch. „Ja … Ich habe einen Fehler gemacht. Sie hat einen Fehler gemacht. Egal. Wir sind Menschen, und das passiert. Aber nichts davon bedeutet, dass ich Billy verdrängen oder ihn in der Hackordnung herabsetzen will. Ich nehme gerne Rücksicht auf seine Bedürfnisse. Und verdammt … Ich habe sie in ihrer Verantwortung ihm gegenüber nur unterstützt. Mein Gott … Ich würde sie und Billy morgen bei mir einziehen lassen, wenn sie sich darauf einlassen würde. Ich kann einen Aufzug einbauen, damit er in den ersten Stock kommt, und das zweite Schlafzimmer behindertengerecht machen. Ich meine, was soll's, Legend … Ich habe immer ihr Bedürfnis unterstützt, für ihren Bruder da zu sein, und das eine Mal, als ich es versaue und um etwas für mich selbst bitte, schmeißt sie mich aus ihrem Leben. Und das, obwohl ich bereit bin, für den Fehler die volle Verantwortung zu übernehmen.

Sie wirft nicht mal einen Blick zurück, und das tut verdammt weh, weil ich echt viel für sie empfunden habe. Sie offensichtlich aber nicht für mich, jetzt, wo ich darüber nachdenke. Wie könnte sie sonst so gefühllos sein? Habe ich verdammt noch mal alles missverstanden? War ich ein verdammter Idiot? Hat sie mich aufs Kreuz gelegt? Ich meine, was zum Teufel ist passiert und warum habe ich mich hinreißen lassen …"

„Okay", unterbricht mich Legend und legt seine große Hand auf meine Schulter. Er drückt fest zu, um mich zum Schweigen zu bringen. „Du begibst dich auf gefährliches Terrain mit deiner Wut auf Blue, und du wirst Dinge sagen, die du nicht wirklich meinst, und dann alles unverhältnismäßig aufblähen."

Mein Mund schließt sich abrupt.

Dann öffne ich ihn wieder. „Es tut einfach weh, und ich finde, dass sie es ein wenig übertrieben hat, mich aus ihrem Leben auszuschließen."

„Rede mit ihr darüber", erwidert Legend beiläufig.

„Ich habe Nachrichten geschrieben und angerufen. Sie antwortet nicht. Ich denke, es ist klar, dass sie mit mir fertig ist."

„Oder vielleicht fühlt sie jetzt ganz anders, weiß aber nicht, wie sie sich an dich wenden soll. Vielleicht ist es ihr peinlich, wie sie sich verhalten hat und dass sie vorschnell ihren Job beim Team gekündigt hat. Vielleicht versteckt sie sich und leckt ihre Wunden."

„Meinst du?", frage ich hoffnungsvoll, denn verdammt, er lässt das verflucht plausibel klingen.

„Woher soll ich das wissen?", entgegnet er achselzuckend. „Ich weiß, dass du nicht aufgeben wirst, nur weil sie auf ein paar Nachrichten und Anrufe von dir nicht reagiert hat. Nicht, wenn sie dir wirklich so wichtig ist, wie du sagst – und mir ist verdammt klar, dass das auch für ihren Bruder gilt."

„Also sollte ich sie kontaktieren", denke ich laut.

„Ich würde zu ihr fahren", schlägt Legend vor. „Wenn wir wieder in Phoenix sind. Fahr einfach zu ihrem Haus, und geh nicht weg, bis sie zustimmt, mit dir zu reden. Ich glaube, sie ist hier die Unvernünftige, Erik. Und so, wie ich Blue kennengelernt habe, ist sie eigentlich eine kluge, vernünftige Frau. Vertrau mir … sie weiß, dass sie unvernünftig gehandelt hat, wahrscheinlich aus Angst, Schuldgefühlen und Wut. Ich denke, die Chancen stehen gut, dass du die Sache wieder in Ordnung bringen kannst."

Gott … falls das verdammt noch mal wahr ist …

Sollte ich überhaupt zu hoffen wagen?

Ja … sollte ich. Blue ist das Beste, was mir je passiert ist, und ich bin das Beste, was ihr passieren konnte. Ich werde zu ihr gehen, wenn ich zurück bin, und ich werde meine Frau zurückbekommen. Dann ziehe ich mit ihr und Billy zu mir, tausche meinen Wagen gegen einen Van und kaufe Blue ein neues Auto.

Genau in dieser Reihenfolge.

Ich hoffe verdammt noch mal, dass das nicht der Alkohol ist, der da spricht, und dass ich tatsächlich die Eier habe, diesen Plan umzusetzen, wenn ich nüchtern bin.

Kapitel 27

Blue

Während ich zur Eingangstür des *Cresson* gehe, überlege ich, wie ich meine Zeit am besten einteilen soll. Ich konnte einen zweitägigen Charterflug nach San Francisco ergattern, der heute Abend abhebt, und ich muss auf jeden Fall Wäsche waschen. Es ist etwas mehr als eine Woche her, dass ich meine Sachen in Eriks Haus waschen wollte, und ich habe seither nicht die Motivation gefunden, es zu erledigen. Aber ich habe mein letztes sauberes Höschen aufgebraucht, also heißt es: Entweder waschen oder in den Laden gehen und neue Kleidung kaufen, was eine schreckliche Geldverschwendung ist, die ich mir nicht leisten kann.

Ich beschließe, den Waschsalon aufzusuchen, nachdem ich Billy ein paar Stunden besucht habe. Mein Wäschekorb steht auf dem Rücksitz meines Autos. Nach Billys Sturz habe ich den größten Teil des Tages mit meinem Bruder im Krankenhaus verbracht und bin am frühen Abend zu Eriks Haus gefahren. Ich ließ mich mit dem Schlüssel, den er mir gegeben hatte, hinein und holte alle zurückgelassenen Besitztümer, einschließlich meiner schmutzigen Kleidung. Ich befand mich immer noch im Rausch rechtschaffener Empörung, die aus enormen Schuldgefühlen geboren worden war.

Die Formel war eigentlich ganz einfach.

Ich schämte mich furchtbar, dass ich Billy erneut im Stich gelassen hatte, also gab ich Erik die Schuld dafür, weil er mich überredet hatte, diesen Anruf zu ignorieren. Ich hielt diesen Zorn nur etwa zwei Tage lang aufrecht, bis genau zu dem Zeitpunkt, als Billy sich entschloss, wieder mit mir zu reden. Während dieser zwei Tage ignorierte ich die Mitteilungen von Erik, da es einfacher war, die Wut auf ihn zu lenken statt auf mich selbst.

Aber ich schürte meine Schuldgefühle, und das hatte viel damit zu tun, dass ich mich von Erik auf diese Weise getrennt hatte. Ich denke immer noch, dass es die richtige Entscheidung war, denn letztendlich habe ich es getan, um nicht zwischen den beiden Männern wählen zu müssen, die ich liebe.

Und ja … ich liebe Erik.

Aber er hat etwas Besseres verdient als jemanden wie mich. Erik hat das größte und gütigste Herz, das ich kenne, und ich weiß das, weil er ohne Groll oder Zögern zulassen würde, dass ich ihn nicht an die Spitze meiner Prioritäten stelle. Er würde sich gern für mich im Hintergrund halten, damit ich weiter das Gefühl haben kann, meinen Bruder gut zu behandeln.

Das hat er von einer Frau absolut nicht verdient.

Was alles nebensächlich ist. Ich bin mir ziemlich sicher, dass Erik mich vermutlich hasst, und er hätte jedes Recht dazu. Es war wahnsinnig unfair ihm gegenüber, wie ich die Sache beendet habe. Ich habe ihm keine Chance gegeben, sich zu ver-

teidigen. Als er sich noch am selben Abend per
Textnachricht aus Calgary meldete, ignorierte ich
diese, hauptsächlich aus Angst, er würde sich wieder in mein Leben einmischen. Aus dem gleichen
Grund habe ich auch seine Anrufe nicht angenommen.

Uff … es ist alles so kompliziert.

Ich ziehe die Tür ein wenig zu schwungvoll auf,
zwinge mich jedoch, Helen anzulächeln. Sie
schürzt die Lippen und starrt mich an, was nicht
besonders fair ist. Zugegeben, sie denkt, Erik
könnte über Wasser gehen und so, aber ich verdiene ihren Zorn nicht. So war sie schon die ganzen
letzten drei Tage, nachdem sie gefragt hatte, wo
Erik sei und warum er Billy nicht besucht habe.

Als ich ihr mitteilte, dass wir uns getrennt haben,
stand sie hinter ihrem Schreibtisch auf, stemmte
die Hände in die Hüften und fragte: „Warum?"

Ich war so verblüfft von ihrer Neugier, dass ich
nicht daran dachte, zu lügen. Ich antwortete nur:
„Weil ich es für das Beste hielt, dass wir uns nicht
mehr treffen."

Seitdem habe ich kein Lächeln mehr von ihr gesehen.

Ich ignoriere es jedoch und gehe in der Absicht
zum Aufzug, das Beste aus meiner Zeit mit Billy
zu machen. Schließlich werde ich wegen dieses
Charterflugs für ein paar Tage weg sein. Wenn
Erik wüsste, dass ich erneut Jobs von dort anneh-
me, wäre er stinksauer. Aber ich habe keine Wahl.
Ich musste die Arbeit für die Vengeance aufgeben,

weil ich auf keinen Fall wieder in seiner Nähe arbeiten konnte. Bis ich also etwas Dauerhaftes finde und die Auszahlung der Lebensversicherung meines Vaters eintrifft, muss ich auf so vielen Charterflügen wie möglich arbeiten und sparsam von den Ersparnissen aus Moms Lebensversicherung leben.

Als ich den Aufzug verlasse und mich auf Billys Zimmer zubewege, bin ich überrascht, eine männliche Stimme von drinnen zu hören. Sie ist tief und ruhig, wobei ich die Worte durch die halb geöffnete Tür nicht verstehen kann.

Ich trete ein und bleibe überrascht stehen, sobald ich sehe, dass Tacker auf einem der beiden Besucherstühle an dem quadratischen Tisch sitzt. Er ist lässig zurückgelehnt, einen Knöchel auf ein Knie gelegt. Sein Blick gleitet zu mir und er hebt sein Kinn zur Begrüßung. Billy konzentriert sich in seinem elektrischen Rollstuhl auf ein Puzzle am Tisch. Er liebt so etwas und sie helfen ihm bei seiner Feinmotorik.

„Was machst du denn hier?", frage ich Tacker.

„Ich dachte, ich komme vorbei und besuche Billy", antwortet er und steht auf. „Ist das okay?"

„Natürlich", versichere ich ihm mit einem Lächeln. „Aber das Team ist auf einem Roadtrip. Solltest du heute nicht bei ihnen in San Diego sein?"

„Hast du die News über das Team nicht verfolgt?", fragt er mit gerunzelter Stirn.

„Doch." Weil ich Erik nicht loslassen kann, schaue ich ihm im Fernsehen zu und lese jeden

Artikel über das Team, den ich finden kann.

„Dann weißt du, dass ich suspendiert wurde", sagt er trocken. „Ich habe genug Zeit."

Ich schüttele den Kopf wegen des Missverständnisses. „Ja. Ich habe gesehen, dass du suspendiert wurdest. Ich habe einfach angenommen, dass du trotzdem noch mit dem Team reist."

„Es gibt keinen Platz für mich", murmelt er. „Sie mussten jemanden aus unserer zweiten Mannschaft hochrufen, der meine Position übernimmt."

„Oh." Mein Blick wandert hinüber zu Billy, der sich auf das Puzzle konzentriert. Er hat nicht einmal zu mir aufgeschaut, sondern sucht mit der rechten Hand akribisch nach einem passenden Teil. Sein eingegipster linker Arm wird von einer Schlinge gestützt.

Ich schiebe mich neben Tacker, beuge mich über Billys Stuhl und drücke ihm einen Kuss auf den Scheitel. Er hebt den Kopf und lächelt mich an.

„Blue", sagt er zur Begrüßung, was mich zum Lächeln bringt. Es ist das Wort, das er am besten kann. Sein klarstes. Er benutzt es, seit er anfangen konnte, Worte zu bilden, trotz seiner Einschränkungen.

„Du machst das so gut", lobe ich ihn, während ich das Puzzle betrachte. Er hat den äußeren Rand gelegt und füllt ihn nun fleißig aus.

„Danke", stößt er mühsam hervor. Ich beuge mich über ihn und küsse ihn erneut.

„Könnten wir einen Moment unter vier Augen reden?", fragt Tacker und ich zucke überrascht zusammen. Tacker ist nicht dafür bekannt, dass er über irgendetwas reden will.

„Ja … okay." Ich drehe mich zu Billy und lege meine Hand auf seine Schulter. „Ich bin gleich wieder da und dann helfe ich beim Puzzle."

Billy hebt erneut seinen Kopf und ich erhalte sein breites, schönes Lächeln. Ja, alles ist vergeben zwischen uns und mein Gewissen ist in dieser Hinsicht entlastet, auch wenn es immer noch schwer wiegt, was ich Erik angetan habe.

Gott, ich vermisse ihn so sehr, verdammt.

Tacker dreht sich um und geht aus dem Raum. Ich folge ihm und ziehe die Tür hinter mir zu.

„Lass uns nachsehen, ob das Familienzimmer auf dieser Etage leer ist", schlage ich vor. „Wochentags ist es hier normalerweise ziemlich leer."

„Jeder muss arbeiten, oder?", antwortet er, während er mir den Korridor entlang folgt.

Der Raum ist tatsächlich leer. Tacker schließt die Tür hinter sich und lehnt sich dann dagegen. Ich nehme an, das bedeutet, dass dies kein langes und ausführliches Gespräch werden wird, also mache ich mir nicht die Mühe, mich zu setzen.

„Erik hat mich gebeten, vorbeizukommen und zu schauen, wie es Billy nach seinem Sturz geht", sagt Tacker und mir fällt der leicht anklagende Ton in seiner Stimme auf.

„Verstehe", antworte ich steif, aber eigentlich begreife ich es nicht. Wenn er so besorgt ist, warum ruft er mich nicht einfach an und fragt?

Weil du ihn weggestoßen hast, Blue, und du hast letzte

Woche nicht auf seine Versuche, mit dir zu sprechen, reagiert.

Ich atme tief durch. „Wie du sehen kannst, geht es Billy gut. Es gibt nichts, worüber Erik sich Sorgen machen muss."

Tacker hebt eine Augenbraue. „Ich würde sagen, er hat genug, worüber er sich Sorgen machen kann."

Ich bin nicht darauf vorbereitet, wie schlecht ich mich deshalb fühle. Ich habe nie die Tatsache aus den Augen verloren, dass ich Erik nicht nur aus *meinem* Leben ausgeschlossen habe, sondern auch aus Billys. In den letzten Wochen hat er sich sehr um meinen Bruder gekümmert. Es hätte nicht nötig sein sollen, Tacker zu Billy zu schicken, um nach ihm zu sehen. Ich habe einen schrecklichen Fehler begangen.

„Wie geht es ihm?", frage ich mit dünner und zittriger Stimme.

„Nicht gut", antwortet er fast teilnahmslos.

Angst macht sich in mir breit. „Warum? Hat er etwas gesagt?"

Tacker zuckt mit den Achseln. „Ich habe ihn in der letzten Woche ein paarmal im Kraftraum gesehen. Er ist sogar noch ruhiger als ich, und das heißt einiges, aber andererseits bin ich nicht der Typ, dem andere ihre Sorgen anvertrauen. Sagen wir einfach, ich erkenne Schmerz, wenn ich ihn sehe."

Natürlich. Ich senke den Blick zu Boden. Ich fühle mich elend. „Ich habe alles vermasselt. Ich war so unfair zu ihm."

„Dann repariere es."

Mein Kopf schießt hoch. „Wie? Ich habe einen Riesenfehler gemacht und er hasst mich doch bestimmt!"

„Du traust ihm nicht viel zu", stellt Tacker fest, und ich ducke mich wieder, fühle mich gebührend gescholten. Natürlich hasst er mich nicht. So ist Erik nicht.

„Sieh mich an, Blue", sagt Tacker unwirsch, und ich hebe den Blick, vor allem, weil dieser Mann, der nie viel redet, sich hier so für jemanden einsetzt. „Diese Art von Fehler kann korrigiert werden. Du hast Glück. Also verschwende keinen verdammten Moment deiner Zeit damit, denn du könntest morgen aufwachen und er könnte für immer weg sein. Glaube mir, wenn ich dir sage: Diese Art von Elend willst du nicht."

Ja, das stimmt. Ich kann es in jedem Zug von Tackers Gesicht sehen, es in seiner Stimme hören. Ich habe Erik nicht auf die Art verloren, wie er seine Verlobte verloren hat. Er hat recht. Mein Fehler kann behoben werden, und ich kann mir nicht vorstellen, wie sehr er leiden muss.

„Wie hieß sie?", frage ich ihn kaum hörbar. Ich will es wissen, denn es wurde immer nur leise über sie gesprochen und sie war immer nur „Tackers Verlobte", die bei einem Flugzeugabsturz starb. Er ist ein so verschlossener Mann, dass ich keine Ahnung habe, ob meine Frage nach ihrem Namen ihn verärgern wird oder nicht. Aber er hat es für mich so real wirken lassen ... wie sich der

Schmerz anfühlen würde, wenn ich die Sache mit Erik nicht in Ordnung bringen kann. Daher möchte ich ihren Namen aus einem Gefühl der Ehre und des Respekts heraus erfahren.

Tackers Lippen wölben sich leicht nach oben … kaum merklich, aber er versucht nicht, die Wärme und Zärtlichkeit in seinen Augen zu verbergen. „Melody. Ihr zweiter Vorname war Jane, also nannten alle sie MJ.“

„Es tut mir leid, Tacker. Ich kann es mir nicht einmal vorstellen.“

Wir starren uns an. Die Stille zwischen uns ist schwer von Trauer auf beiden Seiten. Schließlich nickt er leicht und wendet sich der Tür zu. Nachdem er den Knauf ergriffen hat, hält er inne und schaut über seine Schulter zu mir.

„MJs älterer Bruder sitzt im Rollstuhl“, erinnert er mich an etwas, was er mir schon einmal gesagt hat. „Ich weiß, wie viel Verantwortung damit einhergeht. Ich möchte nur, dass du weißt, dass dein Bruder wirklich Glück hat, dich zu haben.“

Kapitel 28

Erik

Als ich die Treppe zum Teamflugzeug hochstapfe, sehe ich oben Valerie. „Hi, Erik", sagt sie mich mit einem strahlenden Lächeln.

„Hallo", erwidere ich und nicke ihr zu, bevor ich nach rechts abbiege. Ich begrüße ein paar der Teamkollegen mit einem Fistbump, die sich entschieden haben, vorn zu sitzen. Das Flugzeug hat Reihen mit Ledersitzen, die sich zu Betten verstellen lassen – die besten Plätze für Nachtflüge zurück nach Phoenix.

Aber ich bin auf dem Weg nach hinten zu dem Tisch, an dem ich normalerweise mit Bishop, Dax und Legend sitze. Wir fliegen am Spätnachmittag nach New York, also wird es Karten und Schnaps auf dem Flug geben, um auf dem Weg zu entspannen, zusammen mit ein paar netten Snacks, um uns über Wasser zu halten. Wenn wir ankommen, werden wir ein spätes Abendessen einnehmen.

Die Mannschaftskameraden, an denen ich vorbeigehe, haben Grund, heute ein wenig mehr zu lächeln, weshalb mir Fäuste zur Begrüßung hingehalten werden. Das Team scheint ein bisschen von seinem Mojo zurückbekommen zu haben, trotz der Tatsache, dass Tacker noch bis nächste Woche ausfallen wird. Wir haben in San Diego gewonnen und am Samstag zu Hause ebenfalls. Hoffentlich können wir die Siegesserie auf dem ausgedehnten Roadtrip beibehalten, bei dem wir gegen die beiden New Yorker Teams und gegen Boston spielen.

Wir haben zwar die letzten beiden Spiele gewonnen, was Anlass zu großer Freude war, aber mein Wochenende war trotzdem beschissen, weil ich Blue vermisst habe. Wenigstens milderte Tacker meine Sorgen um Billy, indem er ihn im *Cresson* besuchte. Er hat mir eine Nachricht geschickt, nachdem er gegangen war, um mir mitzuteilen, dass es Billy gut gehe und dieser gestrahlt habe, als Tacker ankam und ging. Das hat mich etwas beruhigt und ich schulde Tacker einen großen Gefallen.

Ich wollte selbst zu Billy gehen, aber ich hatte Angst, dass Blue denken könnte, ich würde ihr nachstellen, falls sie mich dort erwischen würde. Ihre ausbleibende Reaktion auf meine Handvoll Anrufe und Nachrichten sprach Bände. Wenn Blue mich nicht in ihrem Leben haben will, dann will sie mich ganz sicher auch nicht in Billys Nähe haben.

Also ja … Ich schulde Tacker etwas, weil er mir diesen Seelenfrieden gegeben hat.

Im hinteren Teil des Flugzeugs finde ich Bishop, Dax und Legend, die bereits an unserem üblichen Platz sitzen. Sadie wuselt von Tisch zu Tisch und nimmt Bestellungen auf, aber es könnte eine Weile dauern, bis sie zu uns kommt. Ich sehe die neue Flugbegleiterin nicht, eine Frau, deren Namen ich mir immer noch nicht gemerkt habe.

Ich lasse mich in meinen Stuhl plumpsen und

drehe ihn in Richtung Bishop, obwohl ich auch Dax zugenickt habe. „Seid ihr bereit, morgen ein paar Vipers in den Arsch zu treten?"

Die New York Vipers sind das Team, in dem Bishop und Dax gespielt haben, bevor sie im Rahmen der Erweiterung der Liga zu den Vengeance kamen. Sie schlagen sich in dieser Saison erwartungsgemäß gut, und die Chancen steigen, dass sie im nächsten April Cup-Anwärter sein werden. Es muss Bishop und Dax ein bisschen geärgert haben, dass ihr Team hat ziehen lassen, denn das erlaubte der Vengeance im Grunde erst, sie zu holen.

„Jetzt, wo wir anscheinend wieder alles im Griff haben", murmelt Dax als Antwort, „freue ich mich auf jeden Fall darauf."

Bishop nickt. „Die Suspendierung von Tacker hat uns definitiv aus der Bahn geworfen, aber ich denke, das liegt hinter uns."

„Da hast du verdammt recht", fügt Legend hinzu.

Tacker hat mit uns trainiert und ist während des Trainings ein bisschen gesprächiger und offener gewesen. Ich bin mir sicher, dass er wegen seiner Suspendierung das Gefühl hat, uns im Stich zu lassen, daher gab er sich mehr Mühe, sich uns gegenüber zu öffnen. Das ging zwar nur so weit, dass er uns beim Gewichtestemmen aufmunterte oder sich beiläufig über das Wetter unterhielt, aber zumindest unterhielt er uns. Vielleicht waren der Kampf und seine Suspendierung eine gute Sache, wenn es ihn letztendlich auf individueller Basis ein wenig mehr mit seinen Teamkollegen verbindet.

„Bestimmt wollen uns einige unserer alten Kumpels morgen nach dem Spiel treffen", sagt Dax. Wir würden am Tag danach gegen das andere New Yorker Team, die Phantoms, spielen, daher haben wir einen Abend zwischen den Spielen frei. „Habt ihr Lust dazu?"

„Ich bin raus." Bishop schüttelt den Kopf. „Brooke fliegt ein, um sich die Spiele anzusehen und mit ihrem alten Chef abzuhängen, also werde ich etwas mit ihnen unternehmen."

Brooke war von New York nach Phoenix gezogen, als ihr Vater den Job hier annahm. Er war Assistenztrainer bei den Phantoms, bevor er den Posten des Cheftrainers bei den Vengeance angeboten bekam.

„Warum ist sie nicht mit uns geflogen?", frage ich.

„Sie konnte nicht rechtzeitig von der Arbeit weg", erwidert Bishop mit einem lässigen Achselzucken. „Kein Problem."

„Es ist ja nicht so, dass du es dir nicht leisten könntest, dein Mädchen im Privatjet einfliegen zu lassen", bemerkt Legend.

„Sehr wahr." Bishop grinst.

Eine der Flugbegleiterinnen erscheint zu meiner Linken, um unsere Bestellungen aufzunehmen. Ich nehme an, dass es Sadie ist. Als ich aufblicke und Blue in einer Uniform aus weißer Bluse, grauem Rock und marineblauer Strickjacke sehe, muss ich zweimal hinschauen.

Ich blicke mich am Tisch um und merke, dass alle

Jungs mit leicht geöffneten Mündern dasitzen.

Sie beugt sich vor und platziert effizient Cocktailservietten vor jedem von uns. Als sie sich aufrichtet, schaut sie mit einem Lächeln, das kühl und professionell ist, um den Tisch herum. Sie nimmt sogar genauso viel Augenkontakt mit mir auf wie mit den anderen Jungs, was mir sagt, dass sie mich nicht mehr und nicht weniger beachtet als sie.

„Was kann ich euch bringen, bevor wir abheben?"

Bishop bestellt ein Bier und fügt hinzu: „Schön, dass du wieder da bist."

„Danke", erwidert sie mit einem viel strahlenderen an ihn gerichteten Lächeln. „Es ist schön, wieder hier zu sein."

Als Nächstes nimmt sie die Bestellungen von Dax und Legend entgegen und wendet sich schließlich mit hochgezogenen Augenbrauen an mich.

„Dachte, du hättest aufgehört", bemerke ich unverblümt.

„Das habe ich", antwortet sie, immer noch mit diesem Lächeln auf dem Gesicht. „Aber dann habe ich gemerkt, dass es ein Fehler war, und Mr. Rutherford angefleht, mir meinen Job zurückzugeben. Ich habe Glück, dass er ein netter Mann ist."

Ich starre sie einen Moment an, bevor ich anerkennend mein Kinn hebe. Um ehrlich zu sein, bin ich froh, dass sie wieder diesen Job hat – unabhängig davon, wie sie und ich uns getrennt haben. Das bringt ihr mehr Geld und verschafft ihr mehr Zeit für Billy, wenn sie erneut in Phoenix ist, und ich will immer nur das Beste für die beiden.

„Ich nehme einen Jack und eine Cola", sage ich höflich und weigere mich, selbst einen Hauch von Emotion in meine Worte einfließen zu lassen.

Ich senke den Blick auf mein Handy. Ich schalte es ein und versuche, nicht zu bemerken, dass sie zögert, bevor sie geht, aber schließlich tut sie es doch. In dem Moment, in dem sie außer Hörweite ist, beugen sich die Jungs alle zu mir vor. Dax und Legend von der anderen Seite des Tisches und Bishop von meiner linken.

„Was war das denn?", flüstert Legend.

„Seid ihr beide wieder zusammen?", fragt Dax.

„Sie hat dich angelächelt, Kumpel", fügt Bishop hinzu.

Ich schaue alle drei an, als ob sie verrückt wären. „Ich habe keine Ahnung, was das war. Ich habe Blue nicht mehr gesehen oder gesprochen, seit sie vorletzte Woche mit mir Schluss gemacht hat."

„Aber sie ist wieder da", meint Bishop und wirft mir einen erwartungsvollen Blick zu.

„Und?", frage ich mit einem Kopfschütteln. „Das hat nichts zu bedeuten."

Und es bedeutet mir gar nichts. Sie hat ihren Standpunkt klargemacht. Es gibt keinen Platz für mich in ihrem Leben und ich habe das akzeptiert. Habe weitergemacht.

Mehr oder weniger.

Nicht wirklich, aber egal.

Ich denke immer noch über Legends Rat in Vegas nach, unsicher, welche Art von Bemühungen ich in

Bezug auf Blue unternehmen sollte, um die Sache zwischen uns wieder voranzutreiben. Eine klare Antwort habe ich bisher nicht gefunden, und jetzt, wo ich mit ihrer Anwesenheit konfrontiert bin, bin ich sogar noch ratloser.

„Psst", zischt Bishop und lehnt sich in seinen Sitz zurück. „Da kommt sie."

Dax und Legend verhalten sich ganz lässig und lassen sich ebenfalls zurücksinken.

Blue trägt ein Tablett mit unseren Getränkebestellungen. Sie schweigt, als sie sie vor jedem von uns abstellt. Keiner der Jungs sagt etwas, und es ist ein bisschen peinlich, da sie sich immer wohlfühlten, wenn sie mit ihr scherzten.

Sie stellt mein Getränk als letztes ab, schaut mir in die Augen, während sie sich zu mir hinunterbeugt, und murmelt: „Ähm ... falls du Zeit hast, kann ich dich kurz unter vier Augen sprechen?"

Scheiße ... Warum muss sie mir das antun? Genau hier, vor meinen Mannschaftskameraden. Ich kenne Blue und ich kenne ihre zarte Seele. Ich bin sicher, sie hat eine nette Rede für mich vorbereitet, wie leid es ihr tut, und sie wird versuchen, den Zustand meines verletzten Herzens zu verbessern. Sie wird sich darum bemühen, obwohl sie mich abserviert hat, und ich werde ihr diese Macht über mich nicht geben. Es liegt an mir, mich selbst zu heilen, und wenn ich herausfinde, wie ich das tun kann, werde ich sofort damit beginnen.

Bis dahin entschließe ich mich, meinen Mann zu stehen. „Nein danke. Ich denke, wir haben uns schon alles gesagt, was wir uns zu sagen haben."

Ich spüre, dass die anderen drei Jungs mich anstarren, als ob ich verrückt wäre. Ich halte meine Augen auf Blue gerichtet und kann die Enttäuschung und Traurigkeit sehen, die in ihnen aufsteigen. Sie starrt mich eine gefühlte Ewigkeit an, als würde ich ihr jeden Moment mitteilen, dass ich nur einen Scherz gemacht habe, aber dann richtet sie sich auf.

Sie dreht sich auf dem Absatz um und geht von mir weg in Richtung Küche, und ich ignoriere den seelischen Schmerz in mir.

„Du bist ein totales Arschloch", murmelt Bishop, und ich drehe mich um und blicke ihn überrascht an.

„Was soll der Scheiß, Kumpel?", fragt Legend mit ausgestreckten Armen. „Warum hast du das ausgeschlagen?"

„Was ausgeschlagen?", knurre ich. „Eine freundlichere Absage als das, was sie mir zuvor gesagt hat? Noch mehr schöne Worte, um den Schmerz zu überdecken? Erneut zu hören, dass sie mich nicht in ihrem Leben braucht?"

Legend blinzelt mich überrascht an und schüttelt den Kopf. „Ich glaube nicht, dass sie deshalb mit dir reden wollte."

„Nein?" Ich runzle die Stirn.

„Ich habe keine Ahnung, was sie denkt, aber ihr Gesichtsausdruck sah nicht so aus, als ob sie dir ein paar mitleidige Worte zuwerfen wollte."

„Ich glaube, sie wollte sich entschuldigen", fährt

Bishop fort. „Sich wieder versöhnen."

„Scheiße", murmle ich und sehe zur Küche. Doch alles, was ich durch den Eingangsbereich erkennen kann, ist ein Teil der Schränke.

Ich fahre zu Bishop herum, da er derjenige mit echter Beziehungserfahrung ist. „Soll ich mit ihr reden?"

Bevor er mir antworten kann, kommt ein leichtes Knistern über die Lautsprecher im Flugzeug und dann ertönt Blues Stimme.

„Es tut mir leid, Erik", sagt sie, und mein Kopf schnellt so heftig in Richtung Küche zurück, dass mir schwindelig wird. Sie steht da, das Mikrofon in der Hand. „Ich habe mich geirrt. Mit allem. Und da du nicht mit mir reden willst, werde ich dich zwingen, wenigstens zuzuhören. Und ich hoffe, die Piloten verzeihen mir diese Einmischung und verlangen nicht, dass ich gefeuert werde."

Mir bleibt der Mund offen stehen, genauso wie den Jungs, die bei mir sitzen. Ein kurzer Blick in die Runde und ich sehe, dass alle still und ruhig geworden sind. Alle schauen auf Blue.

„Es war so falsch von mir, wütend auf dich zu sein wegen Billys Sturz. Ich habe eine Menge unangebrachter Schuldgefühle auf deine Schultern übertragen, und das war absolut unfair."

Ich richte meine Aufmerksamkeit wieder auf Blue. Sie starrt mich quer durch die Flugzeugkabine an, über die Köpfe und Schultern der Mannschaftskameraden und Trainer hinweg, die ihr dabei zusehen, wie sie vor mir auf sehr öffentliche

Weise zu Kreuze kriecht.

„Mir ist etwas klar geworden", sagt sie, und ich kann gerade noch die leichte Kurve an ihrem Mundwinkel ausmachen, die ein sanftes Lächeln hinter dem Mikrofon andeutet. „Mir ist klar geworden, dass Billy keinen Vorrang vor dir haben kann. Wenn ich einen Mann wie dich lieben soll, dann muss es mit der gleichen Hingabe geschehen, wie ich sie für Billy habe, weil du mir genauso wichtig bist."

Mein Gott … Eine Welle purer Emotionen schlägt mir mitten gegen die Brust, und ich erhebe mich von meinem Sitz. Als ich mich durch die Kabine auf Blue zubewege, redet sie einfach weiter und starrt mich dabei aufmerksam an. „Ich verspreche dir, wenn du mir noch eine Chance gibst, werde ich die richtige Balance in meinem Leben finden, um dir alles zu geben, was du brauchst, denn du hast es verdient."

Ich strecke den Arm aus und meine Hand erreicht sie vor dem Rest von mir, nimmt ihr das Mikrofon ab und lässt es achtlos fallen, sodass es an dem Kabel wippt. Meine andere Hand lege ich an ihren Nacken, und als Nächstes ist mein Mund auf ihrem.

Er prallt gegen sie, zusammen mit meinem Körper, der endlich den Rest von mir einholt. Ich schlinge einen Arm um ihren unteren Rücken, beuge sie nach hinten und zwinge sie damit, sich an meine Schultern zu klammern, um mehr von meinem Kuss zu bekommen. Ich schaffe es einfach nicht, ihn genug zu intensivieren, um meine Seele zu beruhigen.

Ich höre vage Klatschen und Pfiffe aus der Kabine, aber alles, was für mich zählt, ist die Frau in meinen Armen.

Ich beschließe, sie nach Luft schnappen zu lassen, ziehe mich von ihr zurück und stelle sie aufrecht hin. Sie legt die Hände auf meine Schultern und sieht mit funkelnden Augen und geschwollenen Lippen, die sich zu einem Grinsen verziehen, zu mir auf.

„Hoffentlich werde ich dafür nicht gefeuert", keucht sie.

„Das bezweifle ich ernsthaft", sagte ich trocken und dann mit etwas mehr Ehrfurcht: „Dadurch hast du dich ziemlich ins Rampenlicht gestellt."

Ihr Blick schweift nach links und sie zuckt frech mit den Schultern. „Na ja, weißt du … Du warst ganz schön stur, also musste ich zu etwas Theatralik greifen, um deine Aufmerksamkeit zu bekommen."

Ich streichle ihr Gesicht, damit sie mich wieder ansieht, und beuge mich vor. „Du wirst immer meine Aufmerksamkeit haben, Blue."

„Ich meine, was ich gesagt habe. Ich werde eine Balance finden, die funktioniert."

Ich schüttele den Kopf, bevor sie den Gedanken zu Ende gebracht hat. „Das Gleichgewicht war so, wie es war, in Ordnung. Wir haben eine Lektion gelernt. Wir dürfen das Handy nicht mehr ignorieren. So einfach ist das."

„Wir?“, fragt sie mit Hoffnung in den Augen. „Meinst du damit dich und mich?“

„Jep.“

„Klingt nach einer Art Partnerschaft“, überlegt sie laut, während sie sich nachdenklich gegen das Kinn tippt.

„Du hast gesagt, dass du mich liebst“, betone ich.

„Wirklich?“, frotzelt sie. „Daran kann ich mich nicht erinnern.“

„Du hast gesagt“, fahre ich langsam fort, „dass, wenn du einen Mann wie mich lieben sollst …“

„Das habe ich wohl wirklich gesagt, oder?“

„Jetzt gibt es kein Zurück mehr.“

Wir lächeln uns an, und dann beschließe ich, sie wieder zu küssen. Sanft und mit der gleichen Menge an Hingabe, die ich gerade in mir spüre. Was verdammt viel ist.

Als wir Pause machen, drücke ich meinen Mund zärtlich auf ihren und sage ihr zum ersten, aber nicht zum letzten Mal: „Ich liebe dich.“

Ihre Lippen wölben sich zu einem kurzen Lächeln, bevor sie sich zu einem weiteren Kuss an mich drängt.

„Nehmt euch ein Zimmer“, brüllt jemand hinter mir.

Blue kichert und stößt mich weg.

Widerstrebend lasse ich sie los. „Wir werden das in New York fortsetzen.“

„Verdammt richtig, das werden wir“, erwidert sie und legt eine Hand auf ihre Hüfte. „Und jetzt setz dich wieder hin, bevor ich wegen dir gefeuert werde.“

Ich grinse sie an, drehe mich um und bahne mir einen Weg zurück durch die Sitzreihen. Ich erhalte einige Fistbumps, meine Hände werden geschüttelt und ich bekomme sogar einen frechen Klaps auf den Hintern von einem der Trainer. Legend, Bishop und Dax grinsen mich an, als ich mich wieder hinsetze, und ich merke, dass meine Brust übermäßig aufgeblasen ist, aber was soll's.

Blue liebt mich. Sie ist zurück in meinem Leben und sie wird dort bleiben.

Der Frauenheld Erik Dahlbeck ist offiziell vom Markt.

Jemand sollte die Presse informieren.

Kapitel 29

„Dieser Garten ist ziemlich armselig", murmle ich, während Blue und ich Hand in Hand spazieren gehen. Wir folgen Billy, der seinen elektrischen Stuhl durch das manövriert, was man sehr beschönigend als „Garten" hinter dem *Cresson* bezeichnet. Es ist ein einigermaßen großer, runder und bröckelnder Betonweg, der innen und außen mit wahlloser Bepflanzung bestückt ist. Genauso deprimierend wie das Gebäude selbst.

„Ich weiß", stimmt Blue zu und rückt dann näher an mich heran. „Aber er wird es nicht mehr lange ertragen müssen."

Das liegt daran, dass Blue gerade die Versicherungsauszahlung für die Police ihres Vaters erhalten hat. Was auch immer Dominiks Anwälte getan haben, damit es so schnell ging, werde ich nie erraten können, doch ich bin dankbar dafür.

Ebenso wie Blue.

Sie begann sofort, Vorkehrungen zu treffen, um Billy verlegen zu lassen. Das Heim, in dem er zum Zeitpunkt des Todes ihrer Eltern war, hatte keinen freien Platz, sie fand allerdings eine noch schönere Unterbringung für ihn. Der Umzug soll nächste Woche stattfinden.

Plötzlich bleibe ich stehen und halte Blue neben mir an. Ich drehe mich zu ihr und nehme ihre

Hände in meine. Sie sieht außergewöhnlich gut aus, trägt nur eine verblichene Jeans und ein Vengeance-T-Shirt. Ihr Haar ist zu einem Pferdeschwanz gebunden und ihr Gesicht ungeschminkt.

„Ich liebe dich", sage ich ihr einfach.

Ihr Lächeln ist im Gegenzug zärtlich. „Ich liebe dich auch."

Sie wirft einen kurzen Blick auf Billy, der fröhlich vor sich hinfährt, dann zurück zu mir.

„Nein." Ich drücke ihre Hände, um einen sehr wichtigen Punkt zu unterstreichen. „Ich meine, ich liebe dich *wirklich*. Ich bin nicht nur übermäßig verliebt in dich und erliege all diesen neuen und erstaunlichen Gefühlen und spektakulärem Sex. Ich meine, ich liebe dich wie nichts, was ich je geliebt habe. Nicht mal Eishockey. Ich liebe dich und werde dich immer lieben, bis zu dem Tag, an dem ich sterbe."

Blues Gesichtsausdruck wirkt entsetzt, als sie ausruft: „Oh Gott. Du stirbst doch nicht, oder?"

„Scheiße, nein", beeile ich mich, sie genauso erschrocken zu beruhigen. „Wie kommst du denn darauf?"

„Weil du über Liebe und Sterben redest, und ich dachte, du wolltest mir damit sagen …"

„Blue", unterbreche ich sie lachend. „Ich möchte nur, dass du weißt, dass das für mich tief greifend ist. Tiefer als alles, was ich mir je hätte vorstellen können."

Sie atmet erleichtert aus und schüttelt den Kopf. Nach einem zittrigen Lachen entgegnet sie: „Erik

… Ich liebe dich auch wirklich. Das ist keine vorübergehende Laune. Es steckt mir tief in den Knochen. Ich wusste es bei *Dave & Busters*, als ich dich mit Billy spielen sah. Ich wusste, dass du dir so viel aus ihm machst wie aus mir."

„Ich mag ihn. Und da du das angesprochen hast … Ich möchte mit dir über Billy und seine Lebensumstände sprechen."

„Der Ort, an den wir ihn verlegen, ist erstklassig."

„Das ist nicht das, was ich meine." Ich drehe den Kopf und sehe Billy, der sich langsam den Weg entlang bewegt. Ich ziehe Blue weiter und wir folgen ihm wieder. „Ich möchte das zweite große Zimmer im Obergeschoss umgestalten. Es soll behindertengerecht werden. Und ich will einen Aufzug für seinen Rollstuhl einbauen."

Ein Blick zu Blue und ich merke, wie sie die Stirn runzelt. „Das sind ganz schön viele Kosten, nur weil er ein paar Nächte bei uns in deinem Haus bleibt."

Ich schüttele den Kopf. „Nicht nur ein paar Nächte. Dauerhaft."

Wir haben Billy fast eingeholt, aber Blue bleibt stehen und schaut mich an. „Dauerhaft?"

„Ja … dauerhaft."

Sie runzelt noch stärker die Stirn und neigt den Kopf. „Du willst, dass Billy dauerhaft in dein Haus einzieht?"

„Ja."

„Das ist seltsam", sagt sie unverblümt.

Ich kann nicht verbergen, dass ich mich beleidigt

fühle. „Ist es nicht. Wieso sollte es seltsam sein?"

„Na ja ..." Sie zieht die Worte mit einem verschmitzten Lächeln in die Länge. „Ich habe eigentlich gedacht, du würdest vor meinem Bruder mich bitten, einzuziehen. Aber hey ... Ich schätze, daran ist nichts Seltsames."

„Scheiße!" Ich breche in Gelächter aus. „Das kam nicht in der richtigen Reihenfolge heraus. Ja, ich möchte, dass du dauerhaft bei mir einziehst. Und zwar sofort. Und wo du hingehst, geht auch dein Bruder hin. Also werden wir für Billy umbauen."

Blue antwortet nicht mit Worten, sondern mit Taten.

Wirklich großartige Taten, indem sie ihre Arme um meinen Hals wirft und mich intensiv küsst. Für einen Moment verschwinden der Garten und Billy und es gibt nur noch uns.

Nachdem sie sich zurückgezogen hat, grinst sie mich an. „Ja, ich ziehe gerne bei dir ein. Da muss ich nicht mal drüber nachdenken, aber es ist vielleicht nicht das Beste für Billy."

Wir drehen uns beide in seine Richtung und ich frage: „Wie das?"

„Beim Leben in einer Wohngruppe gibt es ein ausgeprägtes soziales Element. Er wird Freunde und Aktivitäten haben, die auf seine Einschränkungen abgestimmt sind. Wenn er bei uns wohnt, ist er mit einem Pfleger allein, falls wir unterwegs sind. Das sollte man in Betracht ziehen."

„So habe ich das noch nie gesehen", gestehe ich.

„Lass uns das mit Billy besprechen", schlägt sie

vor. „Lassen wir ihn sich in der neuen Anlage eingewöhnen und geben wir ihm etwas Zeit. Er ist deswegen sehr aufgeregt. Und nach ein paar Wochen reden wir mit ihm darüber, wie es ihm gefällt und ob er etwas anderes möchte – wie die Möglichkeit, bei uns zu wohnen."

Ich lege die Hand um ihren Nacken und ziehe sie an mich, beuge mich nach unten und drücke meine Lippen auf ihre. „Das machen wir. Obwohl ich immer noch finde, dass wir umbauen sollten, damit er die Nächte bei uns verbringen kann, wenn wir in der Stadt sind."

Blues Lächeln raubt mir den Atem. Daher ist es etwas schmerzhaft, als sie sich auf die Zehenspitzen stellt und mich auf eine Weise küsst, die mir die restliche Luft aus den Lungen saugt. Sobald ihre Absätze den Boden wieder berühren, sagt sie: „Du bist unglaublich, Erik. Du bist die beste zweite Chance, die ich je hatte."

„Das beruht auf Gegenseitigkeit", stimme ich zu und füge dann hinzu: „Oh … und ich tausche meinen Pick-up gegen einen Van mit elektrischer Hebebühne ein, damit wir Billy transportieren können, statt jedes Mal ein Fahrzeug zu mieten."

„Ich glaube nicht …"

„Und ich kaufe dir auch ein neues Auto", rede ich einfach weiter. „Deines ist eine Todesfalle und ich fahre nicht gerne damit."

„Du fährst nie in meinem Auto …"

Ich bringe sie zum Schweigen, indem ich sie küsse. Meine Hand in ihrem Nacken hält sie fest, und als Zugabe lege ich meinen anderen Arm um ihre Taille. Alles verschwindet wieder, als sich unsere Zungen berühren.

Nur ich und Blue.

Bis etwas gegen mein Bein stößt. Ich richte mich auf und sehe Billy, der die Kante seines Stuhls gegen mein Bein tippen lässt. Er beherrscht den Joystick, mit dem der Stuhl kontrolliert wird, und fährt ihn langsam zurück und wieder vor, sodass die Berührung an mir sanft ist.

Er grinst breit, und ich kann in seinen Augen erkennen, dass er mich schilt, weil ich seine Schwester in der Öffentlichkeit geküsst habe. Er winkt mit der anderen Hand mahnend in unsere Richtung.

„Keine öffentlichen Zuneigungsbekundungen mit deiner Schwester?", vermute ich.

Billys Kopf kippt zurück und er lacht. „Neiiiin", sagt er lang gezogen und schüttelt langsam den Kopf.

„Ekelt es dich an, wenn ich deine Schwester küsse?", necke ich ihn.

Ich hätte es nicht für möglich gehalten, aber sein Grinsen wird breiter und er nickt.

Ich lasse Blue los und gehe in die Hocke, um in die Nähe von Billys Ohr zu kommen. Ich flüstere ihm zu: „Wie wär's, wenn du einfach die Augen schließt, während wir uns küssen?"

„Okay", sagt er langsam und lässt Zähne und funkelnde Augen aufblitzen.

Ich richte mich auf, und Billy und ich liefern uns einen Moment ein Wettstarren.

„Nun", sage ich mit einem Kopfnicken. „Schließ die Augen."

Billys Gesicht verzieht sich und er kneift die Lider zu. Ich nutze die Gelegenheit und ziehe Blue für einen weiteren Kuss an mich. Ich mache es nicht lange und behalte meine Zunge bei mir, denn ich wette, dass Billy seine Augen nicht ewig geschlossen halten wird.

Aber in diesem Moment reicht es für mich.

Autorin

Seit ihrem Debütroman „Off Sides" im Januar 2013, hat Sawyer Bennett mehr als 90 Bücher von New Adult bis Erotic Romance veröffentlicht und es wiederholt auf die Bestsellerlisten der New York Times und USA Today geschafft.

Sawyer nutzt ihre Erfahrungen als ehemalige Strafverteidigerin in North Carolina, um mitreißende und sexy Geschichten zu schreiben.

Sie mag ihre Helden stark und mit Ecken und Kanten. Wenn sie nicht gerade die Figuren ihrer Romane zum Leben erweckt, ist Sawyer Chauffeurin, Stylistin, Köchin, Putzfrau und die persönliche Assistentin ihres lebhaften Kleinkindes sowie Vollzeitbetreuerin zweier niedlicher, aber ungezogener Hunde. Sie glaubt an das Gute im Menschen, und auch daran, dass ein schlechter Tag durch ein Workout oder ein Stück Kuchen – gerne auch durch beides – besser wird.